BASTEI
LÜBBE

Von Jeffrey Archer sind die folgenden BASTEI LÜBBE Taschenbücher erschienen:

14 690 Das elfte Gebot
14 709 Abels Tochter
14 710 Ein Mann von Ehre
14 711 Der Aufstieg
14 712 Falsche Spuren
14 713 Die Stunde der Fälscher
14 714 Imperium
14 849 Verbrechen lohnt sich

# JEFFREY ARCHER

# DAS ATTENTAT

AUS DEM ENGLISCHEN VON
ILSE WINGER UND MARGARETE VENJAKOB

BASTEI LÜBBE

BASTEI LÜBBE TASCHENBUCH
Band 14907

Erste Auflage dieser Augabe: Mai 2003

Vollständige Taschenbuchausgabe

Bastei Lübbe Taschenbücher ist ein Imprint der Verlagsgruppe Lübbe

Titel der englischen Originalausgabe: Shall We Tell the President?

Lizenzausgabe: Verlagsgruppe Lübbe GmbH & Co. KG,
Bergisch Gladbach
Umschlaggestaltung: Tanja Østlyngen
Titelbild: Getty Images Stone
Satz: KCS GmbH, Buchholz/Hamburg
Druck und Verarbeitung: Elsnerdruck, Berlin
Printed in Germany
ISBN 3-404-14907-6

Sie finden uns im Internet unter
http://www.luebbe.de

Der Preis dieses Bandes versteht sich einschließlich
der gesetzlichen Mehrwertsteuer.

*Für Adrian und Anne*

# Vorbemerkung

Als ich »Das Attentat« schrieb, verlegte ich die Handlung sechs oder sieben Jahre in die Zukunft. Jetzt, da diese Zukunft Vergangenheit geworden ist, klingt die Geschichte an manchen Stellen unwahrscheinlich.

Außerdem habe ich in der Zwischenzeit das Buch »Abels Tochter« geschrieben, dessen Hauptfigur, Florentyna Kane, der erste weibliche Präsident der Vereinigten Staaten wird. Es erscheint mir daher nur logisch, in der Neufassung von »Das Attentat« die reale Person Edward Kennedys durch meine erfundene Präsidentin zu ersetzen und dadurch auch eine natürliche Verbindung zu »Abels Tochter« und zu »Kain und Abel« herzustellen.

Ich habe die wesentlichen Handlungselemente von »Das Attentat« in dieser überarbeiteten Version beibehalten, jedoch einige Änderungen – bedeutende wie auch geringfügige – durchgeführt.

# 1

*Dienstag, 20. Januar* *12 Uhr 26*

*»Ich, Florentyna Kane, schwöre feierlich …«*

»Ich, Florentyna Kane, schwöre feierlich …«

»… *dass ich das Amt eines Präsidenten der Vereinigten Staaten getreulich ausüben werde …«*

»… dass ich das Amt eines Präsidenten der Vereinigten Staaten getreulich ausüben werde …«

»… *und mit allen meinen Kräften die Verfassung der Vereinigten Staaten erhalten, schützen und verteidigen werde.«*

»… und mit allen meinen Kräften die Verfassung der Vereinigten Staaten erhalten, schützen und verteidigen werde. So wahr mir Gott helfe.«

Während ihre Hand noch immer auf der Douay-Bibel lag, lächelte sie – der 33. Präsident – dem First Gentleman zu. Es war das Ende eines Kampfes und der Beginn eines neuen. Florentyna Kane wusste, was Kampf bedeutete. Ihren ersten hatte sie ausgefochten, um in den Kongress gewählt zu werden, dann in den Senat; und schließlich, vier Jahre später, war sie der erste weibliche Vizepräsident der Vereinigten Staaten geworden. Nach einer verbissenen Vorwahlschlacht war es ihr mit knapper Not gelungen, Senator Ralph Brooks beim Nationalkonvent der Demokraten im Juni im fünften Wahlgang zu schlagen. Im November war sie aus der noch grimmigeren Schlacht gegen den republikanischen Kandidaten, einen ehemaligen Kongressabgeordneten aus New York, siegreich hervorgegangen. Florentyna Kane wurde mit 105.000 Stimmen oder einem Prozent Vorsprung Präsidentin – der knappsten Mehrheit in der amerikanischen Geschichte, knapper sogar als die John F. Kennedys, der 1960 mit 118.000 Stimmen Vorsprung über Richard Nixon gesiegt hatte.

Während der Beifall verklang, wartete die Präsidentin, bis die einundzwanzig Salutschüsse abgefeuert waren. Florentyna Kane räusperte sich und wandte sich fünfzigtausend aufmerksamen Bürgern vor dem Kapitol zu, und weiteren zweihundert Millionen, die irgendwo im Lande vor ihren Fernsehschirmen saßen. Decken und Wintermäntel, die bei diesem Anlass normalerweise notwendig waren, brauchte man diesmal nicht. Für Ende Januar war das Wetter außergewöhnlich mild, und die Rasenfläche gegenüber der Ostfront des Kapitols, auf der eine große Menschenmenge lagerte, war zwar feucht, aber nicht mehr schneebedeckt.

»Vizepräsident Bradley, Herr Vorsitzender des Obersten Gerichtshofs, Präsident Carter, Präsident Reagan, ehrwürdige Geistlichkeit, liebe Mitbürger.«

Der First Gentleman hörte zu und lächelte, als er Worte und Sätze wieder erkannte, die er selbst zur Rede der Präsidentin beigesteuert hatte.

Der Tag hatte um halb sieben Uhr morgens begonnen. Nach dem glanzvollen Konzert, das ihnen zu Ehren am Vorabend der Inauguration veranstaltet worden war, hatten sie beide nicht sehr gut geschlafen. Florentyna hatte zum letzten Mal ihre Antrittsrede durchgelesen, wesentliche Worte mit Rotstift unterstrichen und noch geringfügige Änderungen vorgenommen.

Als Florentyna an diesem Morgen aufgestanden war, hatte sie rasch ein blaues Kleid aus ihrer Garderobe gewählt. Sie steckte die kleine, zarte Brosche an, die Richard, ihr erster Mann, ihr knapp vor seinem Tod geschenkt hatte.

Jedes Mal, wenn sie diese Brosche trug, dachte sie an ihn; wie er an jenem Tag das Flugzeug nicht mehr erreicht hatte wegen eines Streiks des technischen Personals, dann jedoch ein Auto mietete, um nur ja an Florentynas Seite sein zu können, wenn sie ihre Rede in Harvard hielt.

Richard aber sollte ihre Rede nie hören, die *Newsweek* als »Plattform für die Präsidentschaft« bezeichnete, denn als Florentyna das Krankenhaus erreichte, war er bereits tot.

Abrupt kehrte sie in die reale Welt zurück, deren mächtigste politische Führerin sie war. Und doch nicht mächtig genug, um Richard zurückzuholen. Florentyna betrachtete sich prüfend im Spiegel. Sie fühlte sich zuversichtlich. Schließlich war sie schon seit fast zwei Jahren Präsidentin, seit Präsident Parkins plötzlichem Tod.

Historiker würden überrascht sein, wenn sie entdeckten, dass sie vom Tod des Präsidenten erfahren hatte, als sie gerade versuchte, einen Single Putt gegen ihren ältesten Freund und künftigen Ehemann, Edward Winchester, ins Loch zu bringen.

Sie hatten ihr Spiel unterbrochen, als Hubschrauber über ihren Köpfen kreisten. Einer davon landete, ein Captain der Marines sprang heraus, rannte auf sie zu, salutierte und sagte: »Madam President, der Präsident ist tot.« Jetzt hatte das amerikanische Volk bestätigt, dass es gewillt war, weiterhin mit einer Frau im Weißen Haus zu leben. Zum ersten Mal in ihrer Geschichte hatten die Vereinigten Staaten eine Frau in die begehrteste politische Position gewählt, die sie zu vergeben hatten. Florentyna warf einen Blick aus dem Schlafzimmerfenster, auf den breiten, ruhig dahinfließenden Potomac, der im Licht des frühen Morgens schimmerte.

Sie verließ das Schlafzimmer und ging geradewegs in das private Esszimmer, wo Edward, ihr Ehemann, mit ihren Kindern William und Annabel plauderte. Florentyna küsste sie alle drei, dann setzten sie sich zum Frühstück.

Sie lachten über die Vergangenheit und sprachen über die Zukunft, aber als die Uhr acht schlug, verabschiedete sich die Präsidentin von ihnen, um sich ins Oval Office zu begeben. Ihre persönliche Assistentin und Pressechefin, Janet Brown, saß draußen auf dem Korridor und erwartete sie.

»Guten Morgen, Madam President.«

»Guten Morgen, Janet. Alles in Ordnung?«, fragte Florentyna lächelnd.

»Ich glaube schon, Madam.«

»Gut, warum planen Sie den Tag nicht wie gewohnt? Kümmern Sie sich nicht um mich. Ich werde Ihren Anordnungen folgen. Was soll ich zuerst machen?«?

»842 Telegramme und 2412 Briefe sind eingetroffen. Sie werden warten müssen, bis auf die Briefe an die Staatsoberhäupter. Die sind bis längstens zwölf Uhr fertig.«

»Gut, schreiben Sie das heutige Datum, das wird ihnen gefallen. Ich werde jeden Brief persönlich unterzeichnen, sobald er fertig ist.«

»Gern, Madam, und hier ist Ihr Tagesprogramm. Der offizielle Teil beginnt um elf Uhr mit einem Imbiss im Weißen Haus mit den früheren Präsidenten Carter und Reagan. Dann fahren Sie zur Inauguration. Die ersten Stunden als

Präsidentin werden Sie bei einem Lunch im Senat verbringen und anschließend vor dem Weißen Haus die Parade abnehmen.«

Janet Brown schob ihr ein geheftetes Bündel von Karteikarten zu, 7,5 mal 12,5 Zentimeter im Format, wie sie es täglich seit fünf Jahren tat, nachdem sie zu Florentynas Stab gestoßen war – damals, als diese zum ersten Mal in den Kongress gewählt worden war. Auf den Karten war, Stunde für Stunde, das Tagesprogramm der Präsidentin zusammengefasst. Florentyna überflog das Programm und dankte Janet Brown. Edward Winchester erschien in der Tür. Wie immer lächelte er bewundernd, als sie sich ihm zuwandte. Sie hatte ihren beinahe impulsiven Entschluss, ihn zu heiraten – damals auf dem Golfplatz, beim achtzehnten Loch, an jenem denkwürdigen Tag, als sie von Präsident Parkins Tod erfuhr –, kein einziges Mal bereut, und sie war sicher, dass Richard diese Entscheidung gebilligt hätte.

»Ich werde bis elf Uhr über meinen Akten sitzen«, teilte sie ihm mit. Er nickte und ging hinaus.

Vor dem Haus hatten sich bereits eine Menge Gratulanten angesammelt.

»Wenn es nur regnete«, sagte sich H. Stuart Knight, der Chef des Secret Service. Auch für ihn war es einer der wichtigsten Tage im Leben. »Ich weiß, dass die meisten dieser Leute harmlos sind, aber Menschenansammlungen machen mir Angst.«

Vor dem Haus standen etwa hundertfünfzig Menschen; fünfzig davon waren Knights Leute. Die Vorhut, die immer fünf Minuten vor dem Präsidenten losfuhr, prüfte bereits genauestens die Route zum Weißen Haus. Männer des Secret Service beobachteten kleine Menschenansammlungen entlang der Strecke. Einige der Leute schwenkten Fähnchen. Sie waren hier, um der Inauguration beizuwohnen und ihren Enkelkindern eines Tages erzählen zu können, dass sie dabei gewesen waren, als Florentyna Kane Präsidentin der Vereinigten Staaten wurde.

Um zehn Uhr neunundfünfzig öffnete der Butler das Tor, und die Menge stimmte Hochrufe an.

Die Präsidentin und ihr Mann winkten den lächelnden Menschen zu, und nur aus langjähriger beruflicher Erfahrung wussten sie, dass fünfzig Augenpaare nicht auf sie gerichtet waren.

Um elf Uhr hielten zwei schwarze Limousinen lautlos vor dem Nordeingang des Weißen Hauses. Die Ehrengarde der Marineinfanteristen salutierte den beiden Expräsidenten und deren Frauen, als diese von Präsidentin Kane vor der Säulenhalle begrüßt wurden – eine Ehre, die für gewöhnlich nur Staatsoberhäuptern auf Staatsbesuch zuteil wurde. Die Präsidentin führte sie persönlich in die Bibliothek, wo sie zusammen mit Edward, William und Annabel den Kaffee einnehmen sollten.

Der ältere der Expräsidenten brummte, seine Gebrechlichkeit sei darauf zurückzuführen, dass er in den letzten acht Jahren auf die Kochkünste seiner Frau angewiesen gewesen sei. »Sie hat jahrzehntelang keine Bratpfanne angerührt, aber sie macht es von Tag zu Tag besser. Sicherheitshalber hab ich ihr das *New-York-Times-Kochbuch* gekauft; das ist so ungefähr die einzige Publikation dieser Zeitung, die mich nicht verrissen hat.« Florentyna lachte nervös. Sie wollte mit den offiziellen Feierlichkeiten fortfahren, andererseits war sie sich bewusst, dass es den Expräsidenten Freude bereitete, wieder im Weißen Haus zu sein. Daher tat sie so, als höre sie aufmerksam zu. Sie hatte die Maske aufgesetzt, die ihr nach fast zwanzig Jahren in der Politik zur zweiten Natur geworden war.

»Madam President ...« Florentyna musste rasch schalten, damit niemand ihre instinktive Reaktion auf diese Anrede bemerkte. »Es ist eine Minute nach zwölf.« Sie sah zu ihrer Pressesekretärin auf, erhob sich und führte die Expräsidenten und deren Frauen zu den Stufen des Weißen Hauses. Ein letztes Mal stimmte die Musikkapelle der Marines »Hail to the Chief« an. Um ein Uhr würde sie es für die neue Präsidentin zum ersten Mal spielen.

Die beiden früheren Präsidenten wurden zum ersten Wagen der Autokolonne geleitet – eine schwarze Limousine mit kugelsicherem Verdeck. Der Sprecher des Repräsentatenhauses, Jim Wright, und der Vorsitzende der Mehrheitspartei im Senat, Robert Byrd, der den Kongress vertrat, saßen bereits im zweiten Auto. Direkt dahinter kamen zwei Wagen mit Sicherheitsbeamten. Florentyna und Edward folgten im fünften Auto. Im nächsten Wagen fuhren Vizepräsident Bradley aus New Jersey und seine Frau.

H. Stuart Knight führte eine weitere Routinekontrolle durch. Aus seinen fünfzig Leuten waren jetzt hundert geworden. Bis Mittag würden es einschließlich der Stadtpolizei und des FBI-Kontingents fünfhundert sein. Die Jungens vom CIA nicht mit eingeschlossen, dachte Knight betrübt. Die sagten ihm bestimmt nicht, ob sie kommen würden oder nicht, und selbst er konnte sie in einer Menschenmenge nicht immer erkennen. Er hörte den Beifall der Zuschauer, der einen Höhepunkt erreichte, als die Präsidentin in Richtung Kapitol losfuhr.

Edward plauderte liebenswürdig, doch Florentynas Gedanken weilten anderswo. Sie winkte mechanisch, aber im Geist ging sie noch einmal ihre Rede durch. Der Konvoi rollte an dem renovierten Willard Hotel und sieben in Bau befindlichen Bürogebäuden vorbei, an übereinander geschachtelten Wohneinheiten, die den Felsbehausungen von Indianern glichen, an neuen Geschäften und Restaurants und breiten Gehsteigen; am J. Edgar Hoover-Building, welches das FBI beherbergte und immer noch, trotz der Bemühungen einiger Senatoren, den Namen seines ersten Direktors trug. Wie sich diese Straße doch in den letzten fünfzehn Jahren verändert hatte!

Die Autos näherten sich dem Kapitol, und Edward unterbrach die Träumereien der Präsidentin. »Gott mit dir, Liebes.« Sie lächelte und fasste nach seiner Hand. Die sechs Autos hielten an.

Präsidentin Kane betrat das Erdgeschoss des Kapitols. Edward blieb einen Augenblick zurück, um dem Chauffeur zu danken. Die anderen Wageninsassen wurden sofort von Sicherheitsbeamten umringt, als sie ausstiegen. Sie winkten der Menge zu, dann gingen sie einzeln zu ihren Plätzen auf der Plattform. Inzwischen führte der Zeremonienmeister Präsidentin Kane schweigend durch den Tunnel, wo alle zehn Schritt Marineinfanteristen salutierten, zu den Empfangsräumen. Dort wurde sie von Vizepräsident Bradley begrüßt. Sie standen da, redeten Belangloses, und keiner hörte zu, was der andere antwortete.

Die beiden Expräsidenten kamen lächelnd aus dem Tunnel. Zum ersten Mal sah der ältere von ihnen so alt aus, wie er tatsächlich war, sein Haar schien über Nacht ergraut zu sein. Wieder ein formelles Händeschütteln zwischen ihnen und Florentyna; sie würden diese Formalität heute noch siebenmal wiederholen.

Der Zeremonienmeister führte sie durch einen kleinen Empfangsraum auf die Plattform. Wie für jede Inauguration eines Präsidenten hatte man sie auch diesmal auf der Osttreppe des Kapitols errichtet. Während die Präsidentin und die Expräsidenten winkten, erhob sich die Menschenmenge und jubelte; schließlich setzten sich alle nieder und warteten schweigend auf den Regierungswechsel.

»Meine Mitbürger, ich trete mein Amt in einem Augenblick an, in dem die weltweiten Probleme der Vereinigten Staaten groß und bedrohlich sind. In Südafrika ist zwischen Schwarzen und Weißen ein unbarmherziger Bürgerkrieg entbrannt. Im Nahen Osten ist man dabei, die verheerenden Folgen des letztjährigen Krieges zu beseitigen; beide Seiten beschäftigen sich jedoch mehr mit der Wiederaufrüstung als mit ihren Schulen und Farmen. An den Grenzen zwischen China und Indien sowie zwischen Russland und Pakistan droht ein Krieg – ein Krieg also zwischen vier der mächtigsten und volksreichsten Nationen der Erde. Südamerika schwankt zwischen extremer Rechter und extremer Linker, aber weder das eine noch das andere Extrem scheint imstande zu sein, die Lebensbedingungen der Menschen zu verbessern. Zwei der ursprünglichen Signatarmächte der NATO, Frankreich und Italien, sind nahe daran, aus der Gemeinschaft auszutreten. 1949 verkündete Präsident Harry Truman, dass die Vereinigten Staaten bereit seien, mit aller Macht und mit allen ihnen zur Verfügung stehenden Mitteln die Freiheit überall dort zu verteidigen, wo sie in Gefahr scheint. Heute könnte man behaupten, dass diesem Großmut kein Erfolg beschieden war, dass Amerika zu schwach war und es heute noch ist, um die ganze Last eines Weltpolizisten zu tragen. Angesichts der sich ständig wiederholenden internationalen Krisen könnte sich jeder amerikanische Bürger mit Recht fragen, warum er sich für Ereignisse interessieren soll, die sich so fern von seiner Heimat abspielen; warum er für die Verteidigung der Freiheit außerhalb seines Landes verantwortlich gemacht wird. Ich brauche diese Zweifel nicht mit eigenen Worten zu beantworten. ›Kein Mensch ist eine Insel‹, schrieb Donne vor mehr als dreieinhalb Jahrhunderten. ›Jeder Mensch ist ein Stück des Kontinents.‹ Die Vereinigten Staaten erstrecken sich vom Atlantik bis zum Pazifik und von der Arktis bis zum Äquator. ›Ich bin ein Teil der Menschheit; frag daher niemals, für wen die Glocken läuten; sie läuten immer für dich.‹«

Edward gefiel dieser Teil der Rede; er drückte seine eigenen Gefühle aus. Aber er war nicht sicher gewesen, ob das Publikum mit dem gleichen Enthusiasmus reagieren würde, mit dem es Florentynas Höhenflüge der Rhetorik in der Vergangenheit begrüßt hatte.

Der donnernde Applaus, der an sein Ohr schlug, beruhigte ihn. Der Zauber wirkte noch immer.

»Wir werden in unserem Land einen Gesundheitsdienst einrichten, um den uns die ganze freie Welt beneiden wird. Er wird allen Bürgern die gleichen Möglichkeiten für die beste medizinische Betreuung bieten. Kein Amerikaner darf sterben, weil er es sich nicht leisten kann, zu leben.«

Viele Demokraten hatten wegen Florentyna Kanes Einstellung zu einer allgemeinen Krankenversicherung nicht für sie gestimmt. Ein alter Landarzt etwa hatte zu ihr gesagt: »Die Amerikaner müssen lernen, auf eigenen Beinen zu stehen.« – »Wie sollen sie das machen, wenn sie bereits auf dem Rücken liegen?«, erwiderte Florentyna. »Gott bewahre uns vor einer Frau als Präsident«, meinte der Arzt und wählte die Republikaner.

»Die Hauptgrundlage dieser Administration werden jedoch Recht und Ordnung sein, und zu diesem Zwecke beabsichtige ich, dem Kongress einen Gesetzesentwurf bezüglich des Verbots des freien Verkaufs von Feuerwaffen vorzulegen.«

Der Applaus der Menge klang nicht gerade spontan.

Florentyna hob den Kopf. »Und so sage ich euch, meine Mitbürger, lasst die letzten Jahre dieses Jahrhunderts eine Zeit sein, in der die Vereinigten Staaten die ersten auf dieser Welt sind – sowohl, was die Gerechtigkeit betrifft, als auch die Macht; die Sorge für andere wie auch den Unternehmungsgeist; eine Zeit, in der unser Land den Krieg erklärt – den Krieg gegen die Krankheit, den Krieg gegen die Benachteiligung der Schwächeren, den Krieg gegen die Armut.«

Die Präsidentin setzte sich, wie ein Mann erhoben sich alle Zuhörer. Die sechzehnminütige Rede war zehnmal von Applaus unterbrochen worden. Doch als sich die Präsidentin, jetzt in der Gewissheit, dass die Zuhörer auf ihrer Seite waren, vom Mikrofon abwandte, blickte sie nicht auf die jubelnde Menschenmenge. Zwischen den Würdenträgern auf der Plattform suchten ihre Augen einen bestimmten Menschen. Sie ging auf ihren Mann zu, küsste ihn auf die Wange und nahm dann seinen Arm, bevor der flinke Zeremonienmeister sie beide von der Plattform geleitete.

H. Stuart King hasste alles, was nicht programmgemäß ablief, und heute ging nichts nach Programm; alle würden mindestens dreißig Minuten zu spät zum Lunch kommen.

Sechsundsiebzig Gäste standen auf, als die Präsidentin den Saal betrat. Es waren die Männer und Frauen, die jetzt die Demokratische Partei beherrschten. Das Establishment des Nordens, das beschlossen hatte, die Lady zu unterstützen, war anwesend, ausgenommen jene Leute, die für Senator Ralph Brooks gestimmt hatten.

Einige der Gäste waren bereits Mitglieder von Florentynas Kabinett, und jeder der Anwesenden hatte irgendwie dazu beigetragen, dass sie ins Weiße Haus zurückkehren konnte.

Die Präsidentin hatte weder Gelegenheit noch Lust, in Ruhe zu essen; jeder der Anwesenden wollte sofort mit ihr sprechen. Für das Menü hatte man sorglich ihre Lieblingsspeisen ausgewählt; zuerst Hummersuppe, dann Roastbeef, schließlich die *pièce de résistance* des Küchenchefs – eine glacierte Schokoladentorte in Form des Weißen Hauses. Edward bemerkte, dass seine Frau den sauberen Keil, der dem berühmten Oval Office, dem Büro des Präsidenten, nachgebildet war und den man vor sie hinstellte, in keiner Weise beachtete. »Deswegen hat sie nie Gewichtssorgen«, sagte Marian Edelmann, die zur allgemeinen Überraschung Justizminister geworden war. Marian hatte Edward soeben einen Diskurs über die Bedeutung der Rechte der Kinder gehalten. Edward hatte versucht zuzuhören.

Als die letzte Hand geschüttelt und der letzte Flügel des Weißen Hauses in Tortenform demoliert worden war, hatten die Präsidentin und ihre Gäste, wie erwartet, fünfundvierzig Minuten Verspätung. Als sie schließlich auf der Tribüne vor dem Weißen Haus zur großen Parade eintrafen, freute sich unter der Menge von 200.000 Zuschauern ohne Zweifel die Ehrengarde am meisten; mehr als eine Stunde hatten die Soldaten in Grundstellung gewartet. Die Präsidentin nahm ihren Platz ein, und die Parade begann. Die Ehrenformation marschierte an der Tribüne vorüber, die Kapelle des Marine Corps spielte »God bless America«.

Plattformwagen aus jedem Bundesstaat – einige davon, wie der aus Illinois, brachten Florentynas polnische Herkunft in Erinnerung – gaben der feierlichen Parade etwas Farbe und Heiterkeit.

Als die dreistündige Parade endlich vorüber und der letzte Uniformierte am Ende der Avenue verschwunden war, beugte sich Florentynas Pressesekretärin Janet Brown zu der Präsidentin und fragte sie, was sie bis zum ersten Inaugurationsball zu tun gedenke.

»Alle Kabinettsernennungen unterschreiben und den Schreibtisch für morgen in Ordnung bringen«, war die rasche Antwort. »Das sollte bloß vier Jahre dauern.«

Die Präsidentin begab sich direkt ins Weiße Haus. Als sie durch die Säulenhalle an der Südseite schritt, spielte die Kapelle des Marine Corps »Hail to the Chief«. Bevor sie das Oval Office betrat, zog sie den Mantel aus. Mit gelassener Selbstverständlichkeit setzte sie sich an den großen, mit Leder bespannten Schreibtisch aus Eichenholz. Einen Moment lang blickte sie sich um. Man hatte alles dorthin gestellt, wo sie es haben wollte; hinter ihr hing ein Bild von Richard und William beim Football. Vor ihr lag ein Briefbeschwerer mit dem Zitat von George Bernard Shaw, das Annabel so oft zitierte: »Manche Menschen sehen die Dinge, wie sie sind, und fragen, warum; ich träume von Dingen, die es nie gab, und frage, warum nicht.« Zur Linken stand die Flagge des Präsidenten, zur Rechten jene der Vereinigten Staaten. Die Mitte des Schreibtischs nahm ein Modell des Baron-Hotels in Warschau ein; William hatte es aus Papiermaché verfertigt, als er vierzehn gewesen war. Im Kamin brannte ein Kohlenfeuer. Ein Portrait von Lincoln blickte auf die neue Präsidentin herab; vor den großen Fenstern breitete sich die grüne Rasenfläche ohne Unterbrechung bis hin zum Washington Monument aus. Die Präsidentin lächelte. Sie war wieder zu Hause.

Florentyna Kane griff nach einem Stoß offizieller Dokumente und warf einen Blick auf die Namen jener, die ihrem Kabinett angehören sollten; mehr als dreißig Ernennungen waren vonnöten. Die Präsidentin unterzeichnete eine jede mit einem schwungvollen Schnörkel. Die letzte Urkunde war das Ernennungsdekret für Janet Brown, ihre Stabschefin. Florentyna gab Anweisung, die Papiere sofort an den Kongress weiterzuleiten. Janet Brown nahm die Schriftstücke, die in den nächsten vier Jahren die amerikanische Geschichte entscheidend beeinflussen würden, und sagte: »Danke, Madam President.« Dann fragte sie: »Was möchten Sie als Nächstes in Angriff nehmen?«

»Fang immer mit dem größten Problem an, hat Lincoln geraten. Machen wir also weiter mit der Gesetzesvorlage über die Kontrolle der Handfeuerwaffen.«

Janet Brown erschauderte. Sie wusste nur allzu gut, dass die Kämpfe im Repräsentantenhaus in den nächsten zwei Jahren höchstwahrscheinlich ebenso grimmig und zäh werden würden wie der Bürgerkrieg, mit dem Lincoln konfrontiert gewesen war; so viele Leute betrachteten den Besitz von Waffen immer noch als ihr unveräußerliches Recht, von Geburt an. Sie betete nur im Stillen, dass die Sache nicht ebenso enden würde – mit der Spaltung des Repräsentantenhauses.

## 2

*Donnerstag, 3. März (zwei Jahre danach)* *17 Uhr 45*

Nick Stames wollte nach Hause gehen. Er hatte seit sieben Uhr früh gearbeitet, und jetzt war es bereits Viertel vor sechs. Ob er zu Mittag gegessen hatte oder nicht, wusste er nicht mehr. Seine Frau Norma hatte wieder geschimpft, dass er niemals rechtzeitig zum Abendessen nach Hause käme, und wenn er kam, dann meistens so spät, dass das Essen nicht mehr genießbar war. Übrigens, wann hatte er zum letzten Mal eine richtige, komplette Mahlzeit gegessen? Wenn er um sechs Uhr dreißig ins Büro fuhr, lag Norma noch im Bett. Jetzt, da die Kinder tagsüber in der Schule waren, bestand ihre einzige echte Arbeit darin, ihm ein Abendbrot zu kochen. Nie konnte er es ihr recht machen, wäre er ein Versager, würde sie sich darüber auch beklagen, aber, zum Teufel, er war erfolgreich; der jüngste Spezialagent, der im FBI ein Field Office leitete. Einen solchen Job bekommt man nicht mit einundvierzig Jahren, wenn man täglich zum Dinner zu Hause ist. Jedenfalls liebte Nick seine Arbeit. Sie war seine Geliebte; wenigstens dafür sollte seine Frau ihm dankbar sein.

Nick Stames war seit neun Jahren Leiter des Field Office in Washington. Obwohl ihm das kleinste Gebiet von Washington, D.C. unterstellt war – nur hundertachtundfünfzig

Quadratkilometer –, verfügte das drittgrößte Field Office in Amerika über zweiundzwanzig Polizeieinheiten, zwölf Kriminalabteilungen und zehn Abteilungen für den Staatssicherheitsdienst. Ja, so war es; Nick Stames beschützte die Hauptstadt der Welt. Natürlich musste er sich da manchmal verspäten. Aber heute Abend wollte er einmal versuchen, pünktlich zu sein. Wenn er Zeit dazu hatte, vergötterte er seine Frau. Über das Haustelefon rief er seinen Stellvertreter Grant Nanna an.

»Grant.«

»Boss.«

»Ich fahre nach Hause.«

»Wusste gar nicht, dass Sie ein Zuhause haben.«

»Fangen Sie nicht auch noch damit an!«

Nick Stames legte den Hörer nieder und fuhr sich mit der Hand durch das lange dunkle Haar. In einem Film hätte er vermutlich den Verbrecher gespielt und nicht den FBI-Agenten, denn an ihm war alles dunkel – dunkle Augen, dunkle Haut, dunkles Haar, sogar der Anzug und die Schuhe waren dunkel; diese letzten beiden Accessoires gehörten allerdings zu jedem Spezialagenten. Am Revers trug er eine Nadel mit den Flaggen der Vereinigten Staaten und Griechenlands.

Vor ein paar Jahren hatte man ihm eine Beförderung und die Chance angeboten, als einer der dreizehn Berater des Direktors ins Hauptquartier des Bureaus zu übersiedeln. Berater zu werden gefiel ihm nicht, also blieb er, wo er war. Dieser Schritt hätte ihn aus einem Elendsquartier in einen Palast gebracht; das Washington Field Office befindet sich im vierten, fünften und achten Stock des alten Postamtes auf der Pennsylvania Avenue, und die Zimmer erinnerten ein wenig an Eisenbahnabteile. Wären sie im

Getto gewesen, hätte man sie als Elendsquartiere eingestuft.

Als die Sonne langsam hinter den hohen Gebäuden verschwand, wurde Nicks düsteres Büro noch dunkler. Er ging zum Lichtschalter. »Energie sparen« stand auf einem Schild unter dem Schalter. Wie das fortwährende Kommen und Gehen von dunkel und unauffällig gekleideten Männern und Frauen vor dem alten Postamt anzeigte, wo das FBI-Field Office seinen Sitz hatte, so wies das kleine Schild darauf hin, dass die hohen Herren der Energie-Verwaltung zwei Stockwerke des alten Gebäudes bewohnten.

Nick starrte aus dem Fenster über die Straße auf das neue, 1976 fertig gestellte Hauptquartier des FBI; ein großes, hässliches Monster, mit Fahrstühlen, die größer waren als sein Büro. Ihn störte das nicht. Er hatte Gehaltsstufe 18 erreicht, und nur der Direktor verdiente mehr als er. Jedenfalls würde er nicht hinter dem Schreibtisch sitzen, bis man ihn mit goldenen Handschellen in den Ruhestand schickte. Er wollte in fortwährendem Kontakt mit den Agenten auf der Straße sein und den Pulsschlag des Bureaus spüren. Er würde im Field Office bleiben und in Stiefeln sterben. Wieder griff er zum Telefon. »Julie, ich bin auf dem Weg nach Hause.«

Julie Bayers schaute auf und warf einen Blick auf die Uhr, als wäre es Zeit zum Mittagessen.

»Ja, Sir.«

Als er durch das Büro ging, grinste er. »Moussaka, Pilaw und die Ehefrau; verraten Sie es nicht der Mafia.« Nick hatte eben einen Schritt aus der Tür gemacht, als sein Privattelefon klingelte. Noch ein Schritt und er hätte es geschafft, aber Nick konnte niemals widerstehen, er musste zumindest feststellen, wer anrief. Julie stand auf, und Nick bewunderte wie immer ihre schönen Beine.

»Nein, nein, Julie. Ich übernehme es.« Er ging ins Büro zurück und nahm den Hörer ab.

»Hier Stames.«

»Guten Abend, Sir. Hier Lieutenant Blake von der Stadtpolizei.«

»Hallo, Dave, gratuliere zu Ihrer Beförderung. Ich habe Sie nicht mehr gesehen seit ...« Er hielt inne. »Es muss fünf Jahre her sein, damals waren Sie noch Sergeant. Wie geht's?«

»Danke, Sir, ausgezeichnet.«

»Nun, Lieutenant, haben Sie ein Kapitalverbrechen für uns? Vielleicht einen Vierzehnjährigen, der ein Paket Kaugummi gestohlen hat? Und jetzt brauchen Sie meine besten Leute, um herauszufinden, wo der Verdächtige das Diebesgut versteckt hat?«

Blake lachte. »Nicht ganz so schlimm, Mr. Stames. Ich hab einen Kerl im Woodrow-Wilson-Hospital, der den FBI-Chef sprechen will. Behauptet, er müsse ihm etwas Lebenswichtiges mitteilen.«

»Dieses Gefühl kenne ich – würde ihn selber gerne sprechen. Wissen Sie, ob er einer unserer üblichen Informanten ist?«

»Nein, Sir.«

»Wie heißt er?«

»Angelo Casefikis.« Blake buchstabierte den Namen.

»Gibt's eine Beschreibung?«

»Nein, ich hab nur mit ihm telefoniert. Er sagt, Amerika würde es schlimm ergehen, wenn das FBI ihn nicht anhört.«

»So, so. Warten Sie einen Moment, ich werde den Namen überprüfen. Vielleicht ist er ein Verrückter.«

Nick Stames drückte einen Knopf, um mit dem diensthabenden Beamten verbunden zu werden.

»Wer hat heute Dienst?«

»Paul Fredericks, Boss.«

»Paul, hol die Narrenschachtel.«

Die Narrenschachtel, wie sie im Bureau liebevoll genannt wurde, war eine Sammlung von weißen Karteikarten mit den Namen aller jener, die gern mitten in der Nacht anrufen und behaupten, in ihrem Hof seien Marsmenschen gelandet oder sie hätten eine Verschwörung des CIA zur Eroberung der Welt aufgedeckt.

Spezialagent Fredericks meldete sich wieder; die Narrenschachtel, alle Karteiblätter, stand vor ihm.

»Los, Boss. Wie heißt er?«

»Angelo Casefikis«, sagte Stames.

»Ein närrischer Grieche«, meinte Fredericks. »Bei diesen Fremden weiß man nie, woran man ist.«

»Griechen sind keine Fremden«, erwiderte Stames scharf. Bevor sein Name gekürzt wurde, hatte er Nick Stamatakis geheißen. Er konnte es seinem Vater – Gott sei seiner Seele gnädig – niemals verzeihen, einen so herrlichen hellenischen Namen anglisiert zu haben.

»Pardon, Sir. Kein solcher Name in der Narrenschachtel und auch nicht im Informanten-Dossier. Hat der Knabe den Namen eines ihm bekannten Agenten erwähnt?«

»Nein, er wollte einfach das FBI.«

»Das wollen wir doch alle.«

»Keine blöden Witze, Paul, oder Sie übernehmen den Beschwerde-Dienst länger als die übliche Woche.«

Jeder Agent des Field Office musste eine Woche pro Jahr mit der Narrenschachtel verbringen; das hieß, die ganze Nacht das Telefon beantworten, schlaue Marsmenschen abwehren, heimtückische Komplotte des CIA verhindern und, vor allem, niemals das Bureau damit belästigen. Jeder Agent fürchtete sich davor. Paul Fredericks legte rasch auf. Zwei Wochen eines solchen Dienstes und man konnte beruhigt den eigenen Namen auf einer der kleinen weißen Karten eintragen.

»Was ist Ihre Meinung, Lieutenant?«, wollte Stames von Blake wissen, während er resigniert eine Zigarette aus der linken Schreibtischlade nahm. »Wie klang der Mann?«

»Aufgeregt und unzusammenhängend. Ich schickte einen meiner jungen Leute hin. Er konnte nur aus ihm herausbringen, dass Amerika auf das hören sollte, was er zu sagen habe. Er schien wirklich in panischer Angst zu sein. Hat eine Schusswunde am Bein, und es kann Komplikationen geben. Die Wunde ist infiziert; anscheinend wartete er ein paar Tage, bevor er ins Krankenhaus ging.«

»Wie bekam er die Schusswunde?«

»Weiß ich nicht. Wir versuchen, Zeugen zu finden, aber bis jetzt haben wir keine, und Casefikis weigert sich, uns den Zeitpunkt anzugeben.«

»Er will das FBI, was? Nur das Allerbeste?«, fragte Stames. Kaum hatte er die Bemerkung gemacht, bereute er es, aber es war zu spät. Er machte keinen Versuch, die Worte zurückzunehmen. »Danke, Lieutenant«, sagte er. »Ich werde sofort jemanden darauf ansetzen und Sie morgen informieren.« Stames legte den Hörer auf. Schon sechs Uhr – warum war er zurückgekommen? Verdammtes Telefon. Grant Nanna hätte die Angelegenheit genauso gut erledigen können, außerdem hätte er keine gedankenlose Bemerkung über das ›Allerbeste‹ gemacht. Es gab schon genug Reibereien zwischen dem FBI und der Stadtpolizei, ohne dass er dazu hätte beitragen müssen. Nick rief den Leiter der Kriminalabteilung an.

»Grant.«

»Ich dachte, Sie seien längst nach Hause gegangen.«

»Kommen Sie bitte auf einen Sprung in mein Büro.«

»Natürlich, ich bin gleich da.«

Ein paar Sekunden später erschien Grant Nanna, seine Lieblingszigarre in der Hand. Er hatte sein Jackett angezogen, was er nur tat, wenn er Nick in seinem Büro aufsuchte.

Nannas Karriere war wie eine Lesebuchgeschichte. In El Campo, Texas, geboren, hatte er in Baylor das Diplom eines Bachelor of Arts erworben. Hierauf ging er an die Southern Methodist University und studierte Jura. Als junger Assistent des Field Office von Pittsburgh lernte er seine künftige Frau Betty, eine Stenotypistin des FBI, kennen. Ihre vier Söhne besuchten alle das Polytechnische Institut von Virginia; zwei wurden Ingenieure, einer Arzt, einer Zahnarzt. Nanna war seit mehr als dreißig Jahren Agent. Zwölf Jahre länger als Nick, der als junger Mann unter ihm gearbeitet hatte. Aber Nanna war nicht neidisch; schließlich war er Leiter der Kriminalabteilung, liebte seine Arbeit und schätzte Stames – oder Nick, wie er ihn privat nannte – außerordentlich.

»Was gibt's, Boss?«

Als Nanna eintrat, schaute Stames auf. Er stellte fest, dass sein ein Meter siebzig großer, fünfundfünfzigjähriger, robuster, Zigarren kauender Stellvertreter nach den Gewichtsvorschriften des Bureaus keinesfalls ›wünschenswert‹ war. Von einem Mann dieser Größe verlangte man, dass er sein Gewicht zwischen sechsundsiebzig und achtzig Kilo hielt. Nanna hatte die viermal im Jahr stattfindenden Gewichtskontrollen aller FBI-Agenten immer gefürchtet. Vor allem während der Hoover-Ära, als ›wünschenswert‹ ein Synonym für rank und schlank war, musste er viele Kilo loswerden, um den Gewichtsvorschriften des Bureaus auch nur einigermaßen zu entsprechen.

Ach, zum Teufel, dachte Stames. Grants Wissen und Erfahrung wogen mehr als ein halbes Dutzend junger athletischer Agenten auf, wie man sie in den Räumen des Washington Field Office jederzeit finden konnte. Wie schon so oft, sagte er sich auch heute, dass er sich mit Nannas Gewichtsproblemen ein andermal beschäftigen wolle.

Nick wiederholte die Geschichte von dem seltsamen Griechen im Woodrow-Wilson-Hospital, wie sie ihm von Lieutenant Blake erzählt worden war. »Ich möchte, dass Sie zwei Leute hinschicken. Wer hat heute Nacht Dienst?«

»Aspirin. Aber wenn Sie glauben, es handelt sich um einen Informanten, kann ich ihn natürlich nicht hinschicken.«

»Aspirin« war der Spitzname des ältesten Agenten im Washington Field Office. Nach seinen Anfängen unter Hoover führte er alles peinlich genau nach Vorschrift aus, was seinen Mitarbeitern häufig Kopfschmerzen bereitete. Ende des Jahres sollte er in Pension gehen, und die Verzweiflung über ihn machte bereits einer gewissen Nostalgie Platz.

»Nein, schicken Sie nicht Aspirin, schicken Sie zwei Junge.«

»Wie wäre es mit Calvert und Andrews?«

»Einverstanden«, erwiderte Stames. »Veranlassen Sie es sofort; vielleicht komme ich doch noch rechtzeitig zum Dinner nach Hause.«

Grant Nanna verließ das Büro, und Nick sagte seiner Sekretärin zum zweiten Mal ein zärtliches Lebewohl. Sie war der einzige hübsche Anblick im Washington Field Office. Julie schaute auf und lächelte gleichgültig. »Ich arbeite ganz gern für einen FBI-Agenten, aber niemals würde ich einen heiraten«, sagte sie nicht zum ersten Mal zu ihrem kleinen Spiegel in der Schreibtischlade.

In seinem Büro ließ sich Grant Nanna mit einem Beamten der Kriminalabteilung verbinden.

»Schicken Sie mir Calvert und Andrews.«

»Ja, Sir.«

Es klopfte leise, aber nachdrücklich an der Tür. Die beiden Spezialagenten traten ein. Barry Calvert war ein großer Mann, ein Meter achtundachtzig ohne Schuhe, und kaum jemand hatte ihn je ohne Schuhe gesehen. Mit seinen zweiunddreißig Jahren hielt man ihn für einen der ehrgeizigsten jungen Leute der Abteilung. Er trug ein dunkelgrünes Jackett, eine dunkle undefinierbare Hose und derbe schwarze Lederschuhe. Das braune Haar war kurz geschnitten und auf der rechten Seite säuberlich gescheitelt. Einzig die Piloten-Sonnenbrille sollte seine Nonkonformität unter Beweis stellen. Meistens war er noch lange nach dem offiziellen Büroschluss im Dienst, nicht nur, weil er ehrgeizig war, sondern auch, weil er seinen Job liebte. Soweit seine Kollegen wussten, liebte er sonst niemanden oder höchstens vorübergehend. Calvert stammte aus dem Mittelwesten und war mit einem Diplom in Soziologie von der Indiana University in das FBI eingetreten. Er hatte den fünfzehnwöchigen Kursus auf der FBI-Akademie in Quantico absolviert und war in jeder Hinsicht der Archetyp eines FBI-Mannes.

Mark Andrews hingegen gehörte zu den ungewöhnlicheren jungen FBI-Leuten. Nach einem Geschichtsstudium und der Absolvierung der Rechtsakademie in Yale wollte er, bevor er in eine Anwaltsfirma eintrat, noch einige Abenteuer erleben. Verbrecher und Polizei aus der Nähe kennen zu lernen konnte nur nützlich sein, fand er. Natürlich gab er diesen Grund nicht in seinem Aufnahmegesuch an – das Bureau als akademisches Experiment zu betrachten entsprach nicht den Prinzipien des FBI. Hoover war so weit gegangen, Agenten, die den Dienst einmal quittiert hatten, unter keinen Umständen wieder aufzunehmen. Mark Andrews – gelocktes helles Haar bis zum Hemdkragen und ein frisches hübsches Gesicht mit hellblauen Augen – war ein Meter fünfundsiebzig groß und wirkte klein neben Calvert. Mit achtundzwanzig Jahren gehörte er zu den jüngsten Agenten der Abteilung. Er war immer nach der letzten Mode, aber nicht immer nach den Vorschriften des FBI gekleidet. Nick Stames hatte ihn einmal in einem roten Sportjackett und in brauner Hose erwischt und nach Hause geschickt, damit er sich anständig anziehe. Nur niemals das Bureau in Verlegenheit bringen. Marks Charme half ihm, eine Reihe von unangenehmen Situationen in der Kriminalabteilung zu meistern, und er besaß eine Zielstrebigkeit, die seine Ausbildung an einer amerikanischen Eliteuniversität und das entsprechende Auftreten mehr als wettmachten. Er war selbstsicher, drängte sich jedoch niemals vor und war nicht auf Beförderung aus. Was er eigentlich vorhatte, vertraute er niemandem an.

Grant Nanna berichtete den beiden von Casefikis.

»Ein Schwarzer?«, fragte Calvert.

»Nein, Grieche.«

Calvert verbarg seine Überraschung nicht. Achtzig Prozent der Einwohner von Washington und achtundneunzig Prozent der wegen eines Verbrechens Inhaftierten waren Schwarze. Einer der Gründe, warum den mit Washingtoner

Verhältnissen Vertrauten der infame Einbruch im Watergate-Gebäude von Anfang an verdächtig erschienen war, war die Tatsache, dass keine Schwarzen dabei gewesen waren. Natürlich gab das niemand zu.

»O. k., Barry, können Sie die Sache erledigen?«

»Klar, wollen Sie morgen früh einen Bericht?«

»Nein, der Boss will direkt kontaktiert werden, falls es sich um etwas Besonders handelt. Andernfalls geben Sie Ihren Bericht heute Abend ab.« Nannas Telefon schellte.

»Mr. Stames über Funk aus seinem Auto. Für Sie, Sir«, sagte Polly von der Telefonvermittlung.

»Er gibt nie Ruhe, was?«, meinte Grant zu den beiden jungen Agenten, während er die Telefonmuschel mit der Hand zuhielt.

»Hallo, Boss.«

»Grant, hab ich Ihnen gesagt, dass der Grieche eine infizierte Schusswunde am Bein hat?«

»Ja, Boss.«

»Gut, bitte tun Sie mir einen Gefallen. Rufen Sie Vater Gregory von meiner Pfarre, Saint Constantine und Saint Helen, an, und bitten Sie ihn, den Griechen im Krankenhaus zu besuchen.«

»Selbstverständlich.«

»Und gehen Sie nach Hause, Grant. Aspirin kann das Büro für den Rest des Abends übernehmen.«

»Ich wollte eben gehen, Boss.«

Die Verbindung brach ab.

»O. k., ihr zwei, macht euch auf den Weg.« Die beiden Spezialagenten gingen den schmutzigen, grauen Korridor entlang zum Fahrstuhl, der aussah, als müsse man ihn mit der Hand ankurbeln. Als sie endlich auf der Pennsylvania Avenue waren, stiegen sie in einen Dienstwagen.

Mark lenkte den dunkelblauen Ford Sedan am Nationalarchiv und der Mellon Gallery vorbei die Pennsylvania Avenue hinunter. Er fuhr um die üppig grünen, schattigen Rasenflächen des Kapitols herum und bog in Richtung Südost in die Independence Avenue ein. Als die beiden Agenten nahe der Kongressbibliothek auf grünes Licht warteten, brummte Barry ärgerlich über den irrsinnigen Verkehr in der Stoßzeit und sah auf die Uhr.

»Warum hat man nicht Aspirin hingeschickt?«

»Wer würde Aspirin in ein Krankenhaus schicken?«

Mark lächelte. Als sich die beiden Männer auf der FBI-Akademie in Quantico kennen gelernt hatten, freundeten sie sich sehr rasch an. Am ersten Tag des Trainingskursus erhielt jeder Teilnehmer ein Telegramm, das seine Zulassung bestätigte. Hierauf wurden die neuen Agenten angewiesen, die Telegramme ihres rechten und linken Nachbarn auf ihre Echtheit zu prüfen. Damit sollte auf die Notwendigkeit äußerster Vorsicht hingewiesen werden. Mark hatte einen Blick auf Barrys Telegramm geworfen und es ihm grinsend zurückgegeben. »Ich glaube, Sie sind in Ordnung«, sagte er, »wenn die Vorschriften King Kong als FBI-Agenten zulassen.«

»Hören Sie zu«, hatte Calvert erwidert, während er Marks Telegramm sorgfältig prüfte, »eines Tages werden Sie King Kong vielleicht sehr gut brauchen können, Mr. Andrews.«

Die Ampel schaltete auf Grün, aber ein Wagen vor Mark und Barry wollte nach links in die First Street einbiegen. Einen Moment lang waren die beiden ungeduldigen Beamten im Verkehrsgewühl eingekeilt.

»Was glaubst du, wird uns dieser Kerl erzählen?«

»Ich hoffe, er weiß etwas über den Bankraub in der City«,

antwortete Barry. »Man hat mich mit dem Fall beauftragt, aber jetzt, nach drei Wochen, habe ich noch immer keinen Hinweis. Stames wird langsam ungeduldig.«

»Nein, mit dem Bankraub hat das wohl nichts zu tun. Da war keine Schießerei. Vermutlich ist er ein weiterer Kandidat für die Narrenschachtel. Vielleicht hat ihn seine Frau angeschossen, weil er nicht rechtzeitig zu den gefüllten Weinblättern zu Hause war.«

»Weißt du, der Boss würde nur einem Griechen einen Priester schicken; wir beide zum Beispiel könnten von ihm aus ruhig in der Hölle braten.«

Beide lachten. Sie wussten genau, dass Nick Stames, sollte einer von ihnen in Schwierigkeiten geraten, das Washington Monument Stein für Stein abtragen würde, wenn er der Meinung wäre, es könnte helfen. Während das Auto die Independence Avenue entlang südostwärts fuhr, wurde der Verkehr allmählich schwächer. Ein paar Minuten später kamen sie an der Neunzehnten Straße und am D. C. Armory vorbei und erreichten das Woodrow-Wilson-Hospital. Auf dem Besucherparkplatz prüfte Calvert zweimal jedes Wagenschloss. Nichts ist peinlicher für einen Agenten, als seinen gestohlenen Wagen von der Stadtpolizei zurückzuerhalten. Das war der direkte Weg zu einem Monat mit der Narrenschachtel.

Der Krankenhauseingang war alt und schäbig, die Korridore waren grau und kahl. Das Mädchen, das in der Portierloge den Nachtdienst versah, teilte den beiden Beamten mit, dass Casefikis in Zimmer 4308 im vierten Stock liege. Die Agenten wunderten sich über das Fehlen jeglicher Sicherheitsvorkehrungen. Niemand verlangte einen Ausweis von ihnen, und sie konnten im Gebäude umhergehen, als wären sie in der Klinik angestellt. Niemand würdigte sie eines Blickes. Vielleicht waren sie als FBI-Männer zu sehr auf Sicherheit bedacht.

Langsam und widerwillig brachte sie der Fahrstuhl in den vierten Stock. Ein Mann auf Krücken und eine Frau fuhren mit ihnen; die beiden plauderten miteinander, als hätten sie sehr viel Zeit; wie langsam die Fahrt war, bemerkten sie gar nicht. Oben angekommen, fragte Calvert eine Krankenschwester nach dem Dienst habenden Arzt.

»Ich glaube, Dr. Dexter ist bereits gegangen, aber ich werde nachsehen«, erklärte die Schwester und machte sich auf die Suche. Schließlich bekam man nicht jeden Tag Besuch vom FBI, und der Kleinere mit den hellen Augen sah überdies besonders gut aus. Schwester und Ärztin kamen gemeinsam zurück. Dr. Dexter überraschte sowohl Calvert wie Andrews. Sie stellten sich vor. Es müssen die Beine sein, dachte Mark. Solche Beine hatte er das letzte Mal bei Anne Bancroft in dem Film »Die Reifeprüfung« gesehen. Damals hatte er zum ersten Mal bewusst die Beine einer Frau bewundert, und seitdem hatte er nicht aufgehört, darauf zu achten.

›Elizabeth Dexter, MD‹ stand weiß gedruckt auf dem roten Plastikstreifen, der ihren gestärkten weißen Kittel schmückte. Darunter konnte Mark eine rote Seidenbluse und einen schicken Rock aus schwarzem Crêpe erkennen, der knapp die Knie bedeckte. Dr. Dexter war mittelgroß und so schlank, dass sie zerbrechlich wirkte. Soweit Mark es beurteilen konnte, trug sie kein Make-up; die zarte Haut und die dunklen Augen bedurften auch keiner Korrektur. Vielleicht würde sich dieser Ausflug doch lohnen. Barry dagegen zeigte nicht das geringste Interesse an der hübschen Ärztin und verlangte Casefikis' Krankengeschichte. Fieberhaft suchte Mark nach einer Einleitung.

»Sind Sie mit Senator Dexter verwandt?«, fragte er, das Wort Senator ein wenig betonend.

»Ja, er ist mein Vater«, sagte sie gleichgültig. Offenbar war sie die Frage gewohnt, und sowohl die Frage als auch der Fragesteller – der dieser Frage offensichtlich Bedeutung beimaß – schienen sie zu langweilen.

»Ich hörte seine Vorlesungen während meines letzten Semesters in Yale«, sagte Mark. Ihm war klar, dass er zu dick auftrug, aber Calvert würde jeden Moment mit dieser blöden Krankengeschichte fertig sein.

»Ach, Sie waren auch in Yale? Wann wurden Sie fertig?«

»Vor drei Jahren mit Jura«, erwiderte Mark.

»Dann hätten wir einander schon früher begegnen können. Ich bin letztes Jahr mit Medizin fertig geworden.«

»Hätte ich Sie schon früher kennen gelernt, hätte ich Sie doch nicht vergessen, Dr. Dexter.«

»Wenn ihr beiden Absolventen unserer Nobeluniversität damit fertig seid, euch eure Lebensgeschichte zu erzählen«, unterbrach Barry Calvert, »dann möchte ein einfacher Mann aus dem Mittelwesten gern seinen Auftrag erledigen.«

Ja, dachte Mark, Barry verdient es, eines Tages Direktor zu werden.

»Was können Sie uns über den Mann erzählen, Dr. Dexter?«, fragte Calvert.

»Leider sehr wenig«, erwiderte die Ärztin und nahm die Krankengeschichte wieder an sich. »Er kam mit einer Schusswunde zu uns, aus freien Stücken. Die Wunde war infiziert und schien etwa eine Woche alt. Ich wollte, der Mann wäre früher gekommen. Heute morgen entfernte ich die Kugel. Wie Sie wissen, Mr. Calvert, ist es unsere Pflicht, sofort die Polizei zu benachrichtigen, wenn ein Patient mit einer Schusswunde zu uns kommt, deshalb haben wir eure Jungs von der Stadtpolizei angerufen.«

»Nicht unsere Jungs«, verbesserte Mark.

»Entschuldigen Sie«, erwiderte Dr. Dexter eher steif, »für einen Arzt ist ein Polizist ein Polizist.«

»Und für einen Polizisten ist ein Arzt ein Arzt, obwohl auch Sie Spezialisten haben – Gynäkologen, Neurologen, Orthopäden – nicht wahr? Sie wollen doch nicht behaupten, dass ich aussehe wie einer jener Plattfüße von der Stadtpolizei?«

Dr. Dexter war nicht zu einer schmeichelhaften Antwort zu bewegen. »Als die Polizei kam, teilte sie uns mit, dass in ein paar Stunden jemand vom FBI erscheinen würde.« Sie öffnete die Mappe. »Wir wissen nur, dass der Mann Grieche ist und Angelo Casefikis heißt. Er war niemals vorher in diesem Krankenhaus und erscheint nicht in unserer Kartei. Sein Alter gab er mit achtunddreißig an. Das ist leider alles, was ich Ihnen sagen kann.«

»Gut. Wir sind gewöhnt, nicht mehr zu erfahren. Danke, Dr. Dexter«, sagte Calvert. »Könnten wir den Mann jetzt besuchen?«

»Natürlich, kommen Sie mit.« Elizabeth Dexter wandte sich um und führte sie durch den Korridor.

Die beiden Männer folgten ihr; Barry hielt nach der Tür Nummer 4308 Ausschau. Mark blickte auf ihre Beine. Als sie ankamen, sahen sie durch ein kleines Fenster zwei Männer im Zimmer, Angelo Casefikis und einen fröhlich dreinschauenden Schwarzen, der auf einen Fernsehapparat starrte, dessen Ton abgeschaltet war. Calvert wandte sich an Dr. Dexter.

»Können wir allein mit ihm sprechen, Dr. Dexter?«

»Warum?«, fragte sie.

»Wir wissen nicht, was er uns sagen will; vielleicht möchte er keine Zuhörer.«

»Machen Sie sich keine Sorgen«, lachte Dr. Dexter, »mein liebster Briefträger, Benjamin Reynolds im nächsten Bett, ist stocktaub, und bevor wir ihn nächste Woche operieren, kann er nicht einmal die Posaunen des Jüngsten Gerichts hören, geschweige denn ein Staatsgeheimnis.«

Zum ersten Mal lächelte Calvert. »Er würde einen tollen Zeugen abgeben.«

Die Ärztin führte Calvert und Andrew ins Zimmer, drehte sich um und verließ die beiden. Werde dich bald wieder sehen, hübsches Mädchen, versprach sich Mark. Calvert schaute Reynolds misstrauisch an, aber der Postbote lachte nur freundlich, winkte und verfolgte weiter sein stummes Fernsehprogramm. Barry Calvert verstellte ihm trotzdem die Sicht, für den Fall, dass er von den Lippen lesen konnte. Barry dachte eben an alles.

»Mr. Casefikis.«

»Ja.«

Casefikis war ein grau und krank aussehender Mann von mittlerer Statur, mit einer kräftigen Nase, buschigen Augenbrauen und einem ängstlichen Gesichtsausdruck. Auf der weißen Bettdecke wirkten seine Hände besonders groß, und die Venen traten deutlich hervor. Mit dem mehrere Tage alten Bart erschien das Gesicht noch dunkler. Das schwarze Haar war dicht und ungekämmt. Sein Blick irrte nervös zwischen den beiden Beamten hin und her.

»Ich bin Spezialagent Calvert, und das ist Spezialagent Andrews. Wir sind Beamte des FBI und haben gehört, dass Sie uns sehen wollten.«

Beide Männer zogen mit der linken Hand die Ausweise

aus der rechten inneren Rocktasche und zeigten sie Casefikis. Selbst eine so unbedeutende Handlung wird den FBI-Agenten genau vorgeschrieben; die »gute Hand« muss frei bleiben, um nötigenfalls sofort schießen zu können.

Casefikis betrachtete stirnrunzelnd die Ausweise, fuhr sich mit der Zunge über die Lippen und wusste offensichtlich nicht, worauf er achten sollte. Die Unterschrift des Agenten muss, um die Echtheit zu gewährleisten, zum Teil vom Stempel des Justizministeriums bedeckt sein. Casefikis schaute auf Marks Kartennummer 3302 und auf die Plakettennummer 1721. Er schwieg und schien unentschlossen, ob er überhaupt reden sollte. Er starrte Mark an, den er für den mitfühlenderen der beiden hielt. Dann begann er seine Geschichte.

»Ich noch niemals mit der Polizei Schwierigkeiten gehabt«, sagte er. »Nicht mit irgendeiner Art Polizei.«

Keiner der Agenten lächelte oder antwortete.

»Aber jetzt in großer Not, und bei Gott, brauche Hilfe.«

Calvert unterbrach. »Warum brauchen Sie unsere Hilfe?«

»Ich bin illegaler Einwanderer und Frau auch. Wir sind Griechen, kamen mit Schiff nach Baltimore und arbeiten hier zwei Jahre. Können nicht zurück.« Die Worte kamen stoßweise. »Wenn wir nicht deportiert werden, ich kann Information geben.«

»Wir können nicht …«, begann Mark.

Barry berührte Marks Arm. »Wenn es wichtig ist und Sie uns helfen, ein Verbrechen aufzuklären, werden wir mit der Einwanderungsbehörde reden. Mehr können wir nicht versprechen.«

Mark dachte nach; bei sechs Millionen illegaler Einwanderer würde dieses eine Paar auch nicht ins Gewicht fallen.

Casefikis schaute verzweifelt drein. »Ich brauche einen Job, ich brauche Geld. Sie verstehen?«

Beide Männer verstanden. Sie standen jede Woche ein dutzendmal dem gleichen Problem gegenüber.

»Als ich Job bekam als Kellner in Restaurant, meine Frau sehr froh. In zweiter Woche bekam ich besondere Arbeit, in einem Hotelzimmer einem großen Mann Lunch servieren. Der einzige Haken, dass Mann Kellner wollte, der nicht Englisch spricht. Mein Englisch sehr schlecht, so Boss mir sagt, ich darf gehen, soll Mund halten, nur Griechisch sprechen. Für zwanzig Dollar ich ja sagen. Wir fahren hinten in Lieferwagen zu Hotel. Ich glaube in Georgetown. Wenn wir ankommen, ich in die Küche geschickt, zum Personal unten. Ich mich umziehen und Speisen bringen in privates Esszimmer. Dort fünf, sechs Männer, und ich höre großen Mann sagen, ich nicht Englisch sprechen. Also sie sprechen. Ich nicht zuhören. Letzte Tasse Kaffee, als sie über Präsidentin Kane anfangen zu reden, ich mag Kane, ich zuhören. Ich höre sagen: ›Wir müssen sie aus dem Weg räumen.‹ Ein anderer Mann sagen: ›Der 10. März wäre immer noch der beste Tag, so wie wir es geplant haben.‹ Und dann ich hören: ›Ich pflichte dem Senator bei, wir müssen das Weibsstück loswerden.‹ Jemand mich anstarren, ich aus dem Zimmer gehen. Wenn ich unten bin und abwasche, ein Mann kommt herein und ruft: ›He, fang das auf.‹ Ich mich umdrehen, Hände in die Höhe geben. Plötzlich er springt auf mich zu. Ich laufe zu Tür und Straße hinunter. Er schießt auf mich, ich Schmerz im Bein haben, aber kann weglaufen, weil er älter, größer und langsamer ist als ich. Ich höre ihn rufen, aber ich weiß, er mich nicht einholen können. Ich Angst. Ich ganz schnell nach Hause laufen, und Frau und ich ziehen am Abend aus und verstecken uns bei Freund aus Griechenland außerhalb der Stadt. Denke, alles ist okay, aber mein Bein schlechter nach ein paar Tagen, so Ariana schickt mich ins Krankenhaus, und ich soll Sie rufen, weil mein Freund sagt, sie kommen in meine Wohnung, suchen mich, weil wenn sie mich finden, sie mich töten.« Er hielt inne und holte tief Atem. Das unrasierte Gesicht war schweißnass, und er schaute die beiden Männer flehend an.

»Wie lautet Ihr voller Name?«, fragte Calvert, und seine Stimme klang ungefähr so aufgeregt, als schreibe er einen Parksünder auf.

»Angelo Mexis Casefikis.«

Calvert ließ sich den Namen buchstabieren.

»Wo wohnen Sie?«

»Jetzt in Blue Ridge Manor Apartments, 11501 Elkin Street, Wheaton. Haus von meinem Freund, guter Mann, bitte nicht Schwierigkeiten machen.«

»Wann hat sich dieser Vorfall ereignet?«

»Letzten Donnerstag«, sagte Casefikis sofort.

Calvert prüfte das Datum. »Am 24. Februar?«

Der Grieche zuckte die Achseln. »Letzten Donnerstag«, wiederholte er.

»Wo ist das Restaurant, in dem Sie gearbeitet haben?«

»Bei mir nächste Straße hinunter. Heißt *Golden Duck.*«

Calvert schrieb alles säuberlich auf. »Und wo war das Hotel, in das man Sie brachte?«

»Weiß nicht, in Georgetown. Vielleicht Sie hinbringen kann, wenn aus dem Krankenhaus heraus.«

»Passen Sie jetzt bitte sehr genau auf, Mr. Casefikis. Hat noch jemand anderer bei diesem Lunch bedient, der vielleicht dasselbe gehört hat wie Sie?«

»Nein, Sir. Ich einziger Kellner, der bedient im Zimmer.«

»Haben Sie irgendjemandem erzählt, was Sie gehört haben? Ihrer Frau? Ihrem Freund, bei dem Sie wohnen? Irgendjemandem?«

»Nein, Sir. Nur Ihnen. Nicht Frau sagen, was ich höre. Nicht sagen, niemand. Zu viel Angst.«

Calvert setzte die Befragung fort, verlangte eine Beschreibung der anderen Männer im Hotelzimmer und ließ den Griechen alles noch einmal wiederholen, um zu prüfen, ob er bei seiner Geschichte blieb. Er blieb dabei. Mark hörte schweigend zu.

»Okay, Mr. Casefikis, das ist alles, was wir heute Abend machen können. Morgen früh kommen wir wieder, damit Sie Ihre Aussage unterschreiben können.«

»Aber sie werden mich umbringen.«

»Seien Sie unbesorgt, Mr. Casefikis. So bald wie möglich wird ein Polizist vor ihrem Zimmer sitzen, und niemand wird Sie umbringen.«

Casefikis senkte den Blick, aber er war nicht beruhigt.

»Morgen früh sind wir wieder hier«, sagte Calvert und klappte das Notizbuch zu. »Ruhen Sie sich jetzt aus. Gute Nacht, Mr. Casefikis.«

Calvert warf einen Blick auf den fröhlichen Benjamin, der immer noch in sein stummes Fernsehprogramm vertieft war. Wieder winkte er den Agenten zu, lächelte freundlich und zeigte alle seine Zähne; zwei schwarze und einen goldenen. Calvert und Andrews verließen das Zimmer.

»Ich glaub ihm kein Wort«, sagte Barry sofort. »Sein Englisch ist doch so schlecht, er kann alles missverstanden haben. Vermutlich war es ganz harmlos. Die Leute verfluchen die Präsidentin fortwährend. Auch mein Vater tut es, trotzdem hat er nicht die Absicht, sie zu töten.«

»Möglich, aber woher stammt die Schusswunde? Die ist eine Tatsache«, sagte Mark.

»Ich weiß es nicht. Sie ist das Einzige, was mir Kopfzerbrechen macht«, gab Barry zu. »Vielleicht ist sie eine Tarnung für etwas ganz anderes. Um sicherzugehen, werde ich jedenfalls den Boss benachrichtigen.«

Calvert ging zur Telefonzelle neben dem Fahrstuhl und nahm zwei Vierteldollar aus der Tasche. Alle Agenten haben die Taschen voller Vierteldollars. Angehörige des Bureaus erfreuen sich keiner besonderen Telefonprivilegien.

»Nun, hat er Fort Knox ausgeraubt?«

Elizabeth Dexters Stimme überraschte Mark, obwohl er ihre Rückkehr halb erwartet hatte. Sie wollte offensichtlich nach Hause gehen und hatte den weißen Kittel mit einer roten Jacke vertauscht.

»Das nicht gerade«, erwiderte Mark. »Wir werden morgen wiederkommen, um die Angelegenheit zu erledigen. Wahrscheinlich wird er das Protokoll seiner Aussage unterschreiben müssen, und wir werden seine Fingerabdrücke brauchen.«

»Gut«, sagte sie, »meine Kollegin Dr. Delgado wird Ihnen behilflich sein. Ich habe morgen dienstfrei.« Sie lächelte sanft. »Meine Kollegin wird Ihnen auch gefallen.«

»Arbeiten in diesem Krankenhaus nur schöne Ärztinnen?«, fragte Mark. »Dann sagen Sie mir doch bitte, wie ich krank werden kann.«

»Grippe ist um diese Jahreszeit die Modekrankheit«, erwiderte sie. »Sogar Präsidentin Kane hatte sie.«

Bei der Erwähnung des Namens drehte sich Calvert brüsk um. Elizabeth Dexter schaute auf die Uhr.

»Ich habe soeben zwei unbezahlte Überstunden gemacht. Wenn Sie keine weiteren Fragen haben, Mr. Andrews, dann gehe ich nach Hause.« Sie lächelte und wandte sich zum Gehen. Ihre Stöckel klapperten auf dem Fliesenboden.

»Nur noch eine Frage«, sagte Mark und folgte ihr um die Ecke, wo sie vor Barry Calverts missbilligenden Augen und Ohren geschützt waren. »Was würden Sie dazu sagen, heute Abend mit mir essen zu gehen?«

»Was ich dazu sagen würde?«, fragte sie neckend. »Lassen Sie mich nachdenken. Ich glaube, ich würde die Einladung gnädig und relativ gleichgültig annehmen. Vielleicht ist es lustig, herauszufinden, wie FBI-Agenten wirklich sind.«

»Fein«, sagte Mark. Sie lächelten einander zu. »O. k., jetzt ist es Viertel nach sieben. Wenn Sie bereit sind, es zu riskieren, könnte ich Sie vermutlich gegen halb neun abholen.«

Mit der linken Hand schrieb sie Adresse und Telefonnummer auf eine Seite seines Kalenders.

»Sie sind also Linkshänderin, Liz?«

Die dunklen Augen blitzten einen Moment lang auf. »Nur meine Liebhaber nennen mich Liz«, sagte sie und war verschwunden.

»Hier spricht Calvert, Boss. Ich bin meiner Sache nicht sicher. Ich weiß nicht, ob er ein Gauner ist oder die Wahrheit sagt. Möchte Ihnen gerne sofort darüber berichten.«

»O. k., Barry. Schießen Sie los.«

»Vielleicht ist die Sache ernst, vielleicht hat er uns auch nur einen Bären aufgebunden. Vielleicht ist er ein unbedeutender Dieb, der sich von einem größeren Ding loskaufen möchte. Ich weiß es einfach nicht. Wenn sich herausstellt, dass jedes seiner Worte wahr ist, dann ist es besser, Sie wissen jetzt schon Bescheid.« Barry berichtete die wesentlichen Details der Befragung, ohne den Senator zu erwähnen, und betonte, dass es etwas gab, das er nicht am Telefon besprechen wollte.

»Was wollen Sie von mir? Wollen Sie mich vor ein Scheidungsgericht bringen? Ich muss ins Büro zurück«, sagte Nick Stames und versuchte, das ärgerliche Gesicht seiner Frau zu ignorieren. »Okay, okay. Zum Glück habe ich das Moussaka schon vertilgt. Also in einer halben Stunde, Barry.«

»In Ordnung, Boss.«

Calvert drückte die Telefongabel nieder, dann wählte er die Nummer der Stadtpolizei. Zwei weitere Vierteldollar; sechzehn hatte er noch in der Tasche. Manchmal dachte er, die schnellste Art, einen FBI Agenten zu erkennen, wäre, ihn seine Taschen entleeren zu lassen. Wenn er zwanzig Fünfundzwanzigcentstücke zum Vorschein brachte, war er ein echter FBI-Mann.

»Lieutenant Blake ist in seinem Büro, ich verbinde Sie.«

»Hier Lieutenant Blake.«

»Spezialagent Calvert. Wir haben Ihren Griechen besucht, und wir hätten gern eine Wache vor seinem Zimmer. Er hat vor irgendetwas panische Angst, und wir wollen nichts riskieren.«

»Er ist nicht *mein* Grieche, verdammt noch mal«, sagte Blake.

»Können Sie nicht einen Ihrer schönen Jungen abkommandieren?«

»Im Augenblick können wir niemanden entbehren, Lieutenant.«

»Mein Gott, ich habe auch nicht gerade zu viele Leute. Glauben Sie, wir sind ein Hotelbetrieb? Aber ich werde mein Möglichstes tun. Vermutlich wird es ein paar Stunden dauern.«

»Gut. Danke für Ihre Hilfe, Lieutenant. Ich werde mein Büro verständigen.« Barry legte den Hörer auf.

Mark Andrews und Barry Calvert warteten auf den Fahrstuhl, der sie ebenso widerwillig und langsam hinunterbrachte, wie er sie hinaufgetragen hatte. Keiner von ihnen sprach, bis sie in dem dunkelblauen Ford saßen.

»Stames kommt ins Büro, um sich unsere Geschichte anzuhören«, sagte Calvert. »Ich kann mir nicht vorstellen, dass er die Sache weiterverfolgen wird, aber jedenfalls ist es besser, ihn zu informieren. Vielleicht können wir dann für heute Schluss machen.«

Mark schaute auf die Uhr; beinahe zwei Überstunden, theoretisch das Maximum pro Tag für einen Agenten. »Das hoffe ich«, meinte er. »Ich habe soeben ein Rendezvous ausgemacht.«

»Jemand, den wir kennen?«

»Die schöne Frau Doktor Dexter.«

Barry zog die Brauen hoch. »Sag das lieber nicht dem Boss; wenn er erfährt, dass du dir im Dienst jemanden angelacht hast, schickt er dich nach Montana, in die Salzbergwerke von Butte.«

»Wusste gar nicht, dass es in Montana Salz gibt.«

»Nur FBI-Agenten, die sich etwas Fürchterliches zu Schulden kommen lassen, wissen von den Salzbergwerken in Montana.«

Mark fuhr in das Zentrum von Washington zurück, während Barry neben ihm den Bericht über Casefikis' Aussage schrieb. Es war sieben Uhr vierzig, als sie das Postgebäude erreichten, und Mark hatte beinahe den ganzen Parkplatz zur Verfügung. Um diese Zeit waren vernünftige Menschen zu Hause und taten etwas Vernünftiges, wie zum Beispiel Moussaka essen. Stames' Auto stand bereits da.

Zum Kuckuck mit ihm. Sie fuhren mit dem Fahrstuhl in die fünfte Etage und traten in Stames' Vorzimmer. Ohne Julie wirkte es leer. Calvert klopfte leise an die Tür des Chefs, und die beiden traten ein. Stames blickte auf. Er hatte bereits hunderterlei Dinge zu tun gefunden, beinahe, als hätte er vergessen, dass er nur zurückgekommen war, um mit den beiden zu sprechen.

»Gut, Barry. Berichten Sie nochmals von Anfang an, langsam und genau.«

Calvert erzählte in allen Einzelheiten, was sich von dem Augenblick ihrer Ankunft im Krankenhaus bis zu seinem Anruf bei der Stadtpolizei ereignet hatte. Barrys vollkommenes Gedächtnis beeindruckte Mark. Sein Bericht war weder voreingenommen, noch verriet er etwas von Barrys eigener Ansicht. Der Boss hatte ihn nicht danach gefragt. Stames dachte eine Weile schweigend nach, dann wandte er sich plötzlich an Mark.

»Haben Sie noch etwas hinzuzufügen, Mark?«

»Eigentlich nicht, Sir. Es war alles ein bisschen melodramatisch. Aber Casefikis schien mir nicht der Typ, der üblicherweise lügt, und bestimmt hatte er Angst; in unseren Unterlagen findet sich kein Wort über ihn. Ich bat per Funk um Überprüfung des Namens. Nichts über Casefikis.«

Nick griff zum Telefon und ließ sich mit dem FBI-Hauptquartier verbinden. »Geben Sie mir das National Computer Information Center, Polly.« Er wurde verbunden, und eine weibliche Stimme meldete sich.

»Hier Stames, Washington Field Office. Würden Sie bitte sofort den Computer über folgende Person befragen? Angelo Casefikis, weiß, männlich, griechischer Abstammung, einen Meter siebzig groß, etwa achtzig Kilo schwer, dunkelbraunes Haar, dunkle Augen, achtunddreißig Jahre, keine besonderen Kennzeichen oder Narben bekannt, keine Identifikationsnummern bekannt.« Stames las aus dem Bericht vor, den Calvert auf den Schreibtisch gelegt hatte, dann wartete er schweigend.

»Wenn seine Geschichte wahr ist«, sagte Mark, »dann sollte er nicht aufgeführt sein.«

»Wenn sie wahr ist«, sagte Calvert.

Stames wartete.

Die Zeiten, in denen es noch Ewigkeiten gedauert hatte, bis man wusste, ob jemand in der Kartei des FBI erschien oder nicht, waren längst vorüber. Das Mädchen meldete sich wieder.

»Über einen Casefikis, Angelo, haben wir nichts. Wir haben überhaupt keinen Casefikis. Das Einzige, was der Computer bieten kann, ist ein Casegikis, 1901 geboren. Tut mir leid, Mr. Stames.«

»Vielen Dank.« Stames legte den Hörer nieder. »Okay, Jungens. Vorläufig wollen wir Casefikis glauben. Nehmen wir einmal an, dass er die Wahrheit sagt und dies eine ernsthafte Untersuchung ist. In unseren Akten taucht er nicht auf, also wollen wir seine Geschichte so lange glauben, bis sie widerlegt ist. Vielleicht hat er tatsächlich etwas gehört. Wenn die Sache stimmt, dann reicht sie weit über unseren Bereich hinaus. Morgen früh, Barry, gehen Sie mit einem Spurensicherungsmann ins Hospital; nehmen Sie die Fingerabdrücke von Casefikis, für den Fall, dass er einen falschen Namen angibt, und füttern Sie sofort den Computer damit. Sehen Sie zu, dass die vollständige Aussage zu Protokoll genommen und unterschrieben wird. Prüfen Sie die Polizeiakten, ob es am 24. Februar irgendwo eine Schießerei gegeben hat, an der Casefikis beteiligt gewesen sein kann. Sobald er aus dem Krankenhaus entlassen wird, setzen wir ihn in einen Ambulanzwagen, damit er uns zeigt, wo dieser Lunch stattgefunden hat. Versuchen Sie zu erreichen, dass er morgen entlassen wird. Bisher ist er weder verhaftet, noch wird er wegen eines uns bekannten Verbrechens gesucht, also gehen Sie vorsichtig vor. Obwohl er nicht unbedingt ein Mann zu sein scheint, der über seine Rechte Bescheid weiß, Mark, ich möchte, dass Sie sofort ins Hospital zurückfahren und sich vergewissern, dass jemand von der Stadtpolizei dort ist. Wenn nicht, bleiben Sie bei ihm, bis jemand kommt. Gehen Sie morgen früh zum *Golden Duck* und überprüfen Sie Casefikis' Angaben. Ich werde versuchen, uns gegen zehn Uhr beim Direktor anzusagen, das sollte Ihnen genügend Zeit lassen, vorher Bericht zu erstatten. Wenn der Computer auch nichts über die Fingerabdrücke ausspuckt und wenn das Restaurant und das Hotel existieren, dann können wir tatsächlich in teuflische Schwierigkeiten geraten. Ohne Wissen des Direktors möchte ich die Sache nicht eine Stunde länger verfolgen. Im Augenblick will ich nichts Schriftliches haben. Geben Sie Ihr offizielles Protokoll erst morgen ab. Und erwähnen Sie vor allem keinem Menschen gegenüber, auch nicht vor Grant Nanna, dass ein Senator in die Sache verwickelt ist. Vielleicht werden wir morgen, wenn wir mit dem Direktor gesprochen haben, nur einen ausführlichen Bericht abgeben und die ganze Sache dem Secret Service überlassen. Vergeßt nicht die geteilte Verantwortung – das Secret Service beschützt die Präsidentin, wir kümmern uns um Verbrechen auf Bundesebene. Wenn ein Senator mit drinsteckt, geht das uns an; wenn es um die Präsidentin geht, dann ist das deren Problem. Diese Feinheiten werden wir dem Direktor überlassen – verstanden? Ich werde mich nicht mit dem

Kapitol anlegen, das ist ausschließlich Sache des Direktors. Wir haben nur sieben Tage Zeit, da können wir nicht herumsitzen und akademische Spitzfindigkeiten besprechen.«

Stames griff nach dem roten Telefon, durch das er direkt mit dem Büro des Direktors verbunden war.

»Hier Nick Stames, Washington Field Office.«

»Guten Abend«, sagte eine tiefe ruhige Stimme. Mrs. McGregor, eine treu ergebene Sekretärin des Direktors des FBI, war immer noch im Dienst. Man behauptete, dass sogar Hoover ein wenig Angst vor ihr gehabt hatte.

»Mrs. McGregor, wenn es sich machen lässt, möchte ich mich mit meinen beiden Spezialagenten Calvert und Andrews für eine viertelstündige Unterredung mit dem Direktor anmelden. Morgen zwischen neun und elf, wann immer es ihm passt. Es ist auch möglich, dass sich dieser Besuch nach weiteren Erhebungen heute Nacht und morgen früh erübrigt.«

Mrs. McGregor studierte den Terminkalender des Direktors.

»Um elf Uhr wird der Direktor einer Sitzung des Polizeichefs beiwohnen, aber voraussichtlich wird er um halb neun ins Büro kommen, und er hat keinen Termin bis elf Uhr. Ich werde Sie für halb elf vormerken, Mr. Stames. Soll ich dem Direktor sagen, worum es geht?«

»Lieber nicht.«

Mrs. McGregor drängte nie und stellte keine zweite Frage. Sie wusste, dass Stames nur anrief, wenn es um etwas Wichtiges ging. Er sah den Direktor etwa zehnmal im Jahr bei gesellschaftlichen Anlässen, aber höchstens drei oder viermal aus dienstlichen Gründen. Es war nicht seine Art, die Zeit des Direktors zu vergeuden. »Danke, Mr. Stames, morgen um halb elf, außer Sie sagen die Verabredung vorher ab.«

Nick legte den Hörer auf und sah seine beiden Leute an.

»Okay, wir sind um halb elf beim Direktor angemeldet. Barry, bringen Sie mich bitte nach Hause. Dann fahren Sie selbst heim und holen mich morgen früh wieder ab. Das gibt uns ein wenig mehr Zeit, alle Details zu besprechen.« Barry nickte. »Mark, Sie fahren sofort ins Hospital zurück.«

Mark sah in Gedanken Elizabeth Dexter durch den Gang des Krankenhauses auf sich zukommen; über dem weißen Ärztekittel lag ein roter Seidenkragen, und ein schwarzer Rock flatterte um ihre Beine. Er träumte mit offenen Augen, und das Resultat war überaus erfreulich. Er lächelte.

»Andrews, was, zum Teufel, amüsiert Sie an einem möglichen Attentat auf die Präsidentin?«, wollte Stames wissen.

»Tut mir Leid, Sir. Sie haben soeben mein Privatleben zerstört. Darf ich meinen eigenen Wagen benutzen? Ich hatte gehofft, direkt vom Krankenhaus zum Dinner fahren zu können.«

»In Ordnung. Wir werden mit dem Dienstwagen fahren und sehen Sie dann morgen früh. Los, Mark. Hoffe, die Stadtpolizei erscheint noch vor dem Frühstück.« Mark schaute auf die Uhr. »Mein Gott, es ist bereits acht Uhr.«

Leicht verärgert verließ er das Büro. Selbst wenn die Polizei bei seiner Ankunft schon dort wäre, würde er Elizabeth Dexter nicht rechtzeitig abholen können. Er musste sie vom Krankenhaus aus anrufen.

»Haben Sie Lust auf einen Teller aufgewärmtes Moussaka und eine Flasche Retsina, Barry?«

»Klingt großartig, Boss.«

Die zwei Männer verließen das Büro. Im Geist ging Stames die abendliche Routine durch.

»Barry, würden Sie bitte nochmals nachsehen, ob Aspirin Dienst macht, und ihm sagen, dass wir heute nicht mehr zurückkommen.«

Calvert machte einen Umweg und informierte Aspirin. Aspirin war gerade mit dem Kreuzworträtsel im *Washington Star* beschäftigt; drei Wörter hatte er bereits gefunden. Es würde eine lange Nacht werden. Barry holte Nick Stames beim Auto ein. »In Ordnung, Boss. Er arbeitet.«

Sie sahen einander an; vor ihnen lag eine Nacht voller Kopfzerbrechen. Barry setzte sich in den Fahrersitz, schob ihn so weit wie möglich zurück und schnallte sich an. Sie fuhren die Constitution Avenue hinauf, am Weißen Haus vorüber auf den Expressway und weiter zur Memorial Bridge.

»Wenn Casefikis tatsächlich etwas aufgespürt hat, haben wir eine schlimme Woche vor uns«, sagte Nick Stames. »War er ganz sicher, was das Datum des Mordversuchs betrifft?«

»Als ich ihn ein zweites Mal über die Details befragte, sagte er wieder: 10. März, in Washington.«

»Hm, sieben Tage sind nicht viel. Bin gespannt, was der Direktor unternehmen wird«, sagte Stames.

»Wenn er nur einen Funken Verstand hat, wird er den Fall dem Secret Service übergeben«, meinte Barry.

»Ach, vergessen wir alles eine Weile. Denken wir an aufgewärmtes Moussaka; was morgen geschieht, darüber zerbrechen wir uns morgen den Kopf.«

Knapp hinter dem Weißen Haus hielt der Wagen vor einer Verkehrsampel. Ein bärtiger Jugendlicher mit langen schmutzigen Haaren, der vor dem Wohnsitz der Präsidentin auf Posten stand, hielt ein großes Plakat in die Höhe: *Hütet euch, das Ende ist nahe.* Stames warf einen Blick darauf und nickte Barry zu.

»Das haben wir heute Abend gerade noch gebraucht.«

Sie fuhren unterhalb der Virginia Avenue auf den Expressway und näherten sich der Memorial Bridge. Ein schwarzer 3,5-Liter-Lincoln überholte sie mit mehr als 110 Stundenkilometern.

»Wetten, dass die Polizei den bald erwischen wird«, sagte Stames.

Der Verkehr war schwach, die Stoßzeit lange vorüber, und als sie in den George Washington Parkway einbogen, beschleunigten sie das Tempo. Die kurvenreiche Straße, die entlang des bewaldeten Ufers dem Potomac folgt, war dunkel. Barrys Reflexe waren so schnell wie die jedes anderen FBI-Mannes, und Stames, obwohl etwas älter, merkte ebenso rasch, was im selben Moment geschah. Ein großer schwarzer Buick überholte sie links. Calvert sah auf den Buick, und als er einen Augenblick später wieder auf die Fahrbahn schaute, kam ihm auf der falschen Seite der Überlandstraße ein schwarzer Lincoln entgegen. Er glaubte, einen Gewehrschuß zu hören.

Barry wollte das Lenkrad herumreißen, doch es sprach nicht an.

Die beiden Autos krachten gleichzeitig in seinen Wagen; es gelang Barry, einen der beiden den felsigen Abhang mit hinunterzureißen. Sie wurden schneller, bis sie aufs Wasser aufschlugen. Während er vergeblich versuchte, die Tür zu öffnen, dachte Nick, dass sie grotesk langsam, aber unaufhaltsam sanken.

Der schwarze Buick fuhr auf der Landstraße weiter, als wäre nichts geschehen, und überholte ein Auto, in dem ein junges Paar saß – verstörte Zeugen des Unglücks, die sofort anhielten. Die beiden sprangen aus dem Auto und liefen zum Abhang. Sie konnten nichts tun, nur ein paar Sekunden lang hilflos zuschauen, während der blaue Ford und der Lincoln im Fluss verschwanden.

»Jesus! Was ist passiert?«, fragte der junge Mann.

»Ich weiß es nicht. Ich sah nur, wie die zwei Autos über die Böschung fuhren. Was machen wir jetzt bloß, Jim?«

»So rasch wie möglich die Polizei holen!« Sie liefen zu ihrem Auto zurück.

# 3

*Donnerstag, 3. März* *20 Uhr 15*

»Hallo, Liz.«

Am anderen Ende der Leitung entstand eine sekundenlange Pause.

»Hallo, G-Man. Sind Sie nicht ein wenig früh dran?«

»Nur in meinen Wunschträumen. Hören Sie zu, Elizabeth. Ich musste ins Krankenhaus zurück, um Ihren Mr. Casefikis zu bewachen, bis die Polizei kommt. Es ist möglich, dass er in Gefahr ist, daher lassen wir ihn bewachen. Das heißt, dass ich mich verspäten werde. Macht es Ihnen viel aus, auf mich zu warten?«

»Nein, ich werde nicht verhungern. Donnerstag mittag esse ich immer mit meinem Vater, und er ist ein starker Esser. Trotzdem werde ich Appetit haben, wenn Sie aufkreuzen.«

»Fein. Man muss Sie füttern; Sie sehen aus, als wären Sie im Dunkeln schwer zu finden. Übrigens versuche ich immer noch, Grippe zu bekommen.«

Sie lachte herzlich. »Bis gleich.«

Mark legte auf, ging zum Fahrstuhl und drückte den Aufwärts-Knopf. Er hoffte nur, dass der Polizist bereits da sein würde. Mein Gott, wie lange dieser Fahrstuhl doch braucht! Bestimmt waren schon Patienten gestorben, während sie auf ihn gewartet hatten. Endlich öffneten sich die Türen, und ein stämmiger griechisch-orthodoxer Priester mit einer hohen dunklen Kappe, langem wehendem Schleier und dem orthodoxen Kreuz an einer Halskette eilte an ihm vorüber. Etwas an dem Priester kam ihm seltsam vor, aber er wusste nicht genau, was es war. Er starrte ihm einen Moment lang nachdenklich nach und betrat gerade noch rechtzeitig den Fahrstuhl, ehe sich die Türe schloss. Ungeduldig drückte er mehrmals auf den vierten Knopf. Los, los, fahr zu, du Faulpelz. Doch der Fahrstuhl hörte nicht auf Mark; er fuhr ebenso gemächlich aufwärts wie am Nachmittag. Er scherte sich nicht um seine Verabredung mit Elizabeth Dexter. Langsam öffnete sich die Türe, und Mark lief durch den Gang zu Zimmer 4308. Kein Polizist. Der Korridor war einsam und verlassen. Es sah aus, als sollte er eine ganze Weile hier festgehalten werden. Durch das kleine Fenster betrachtete er die zwei schlafenden Männer in ihren Betten; der Fernsehapparat war immer noch eingeschaltet, immer noch ohne Ton. Mark machte sich auf die Suche nach der Dienst habenden Schwester und fand sie schließlich Kaffee trinkend im Zimmer der Stationsschwester. Sie war erfreut, dass der hübschere der beiden FBI-Männer zurückgekehrt war.

»Ist jemand von der Stadtpolizei gekommen, um Zimmer 4308 zu bewachen?«

»Nein, kein Mensch war heute Abend hier. Still wie ein Grab. Erwarten Sie jemanden?«

»Ja, verdammt noch mal. Also werde ich warten müssen. Können Sie mir einen Stuhl beschaffen? Ich muss hier bleiben, bis jemand von der Stadtpolizei mich ablöst. Ich hoffe, ich störe Sie nicht.«

»Sie stören mich gar nicht. Bleiben Sie, solange Sie Lust

haben. Bestimmt kann ich einen bequemen Stuhl für Sie auftreiben.« Sie stellte die Tasse nieder. »Wollen Sie eine Tasse Kaffee?«

»Gern.« Mark sah sie etwas genauer an. Allem Anschein nach würde es ein Abend mit der Krankenschwester statt mit der Ärztin werden. Mark beschloss, zum Krankenzimmer zurückzugehen, Casefikis zu beruhigen, falls er noch wach sein sollte, und dann bei der Stadtpolizei anzufragen, wo ihr Mann geblieben war. Langsam ging er wieder zu Zimmer 4308. Jetzt gab es keinen Grund mehr zur Eile. Leise öffnete er die Tür. Abgesehen von dem Licht, das vom Fernsehschirm ausstrahlte, war es stockdunkel, und seine Augen mussten sich erst daran gewöhnen. Er blickte auf die beiden Patienten. Sie lagen sehr still. Wäre nicht das Tropfen gewesen, er hätte nicht länger hingeschaut.

Tropf, tropf, tropf.

Es klang wie ein tropfender Wasserhahn, aber Mark konnte sich nicht erinnern, dass es hier einen Wasserhahn gab.

Tropf, tropf.

Leise ging er zu Angelos Bett und schaute hinunter.

Tropf.

Frisches warmes Blut floß über das Laken, tropfte aus dem Mundwinkel des Mannes. Seine dunklen Augen quollen aus den Höhlen, die geschwollene Zunge hing aus dem Mund. Irgendjemand hatte ihm knapp unter dem Kinn den Hals von einem Ohr zum anderen aufgeschlitzt.

Das Blut bildete eine Pfütze auf dem Boden. Mark stand genau darin. Er spürte, wie seine Knie nachgaben, und es gelang ihm kaum, sich aufrecht zu halten. Er machte einen unsicheren Schritt auf den tauben Mann zu. Marks Augen hatten sich jetzt an die Dunkelheit gewöhnt. Er erbrach sich. Der Kopf des Briefträgers war nicht mehr mit dem Körper verbunden; nur seine Hautfarbe bewies, dass beide Körperteile einst zusammengehört hatten. Es gelang Mark, aus dem Zimmer und zur Telefonzelle zu wanken. In seinen Ohren pochte es, das Hemd klebte ihm am Körper, und seine Hände waren mit Blut bedeckt. Zitternd suchte er nach ein paar Vierteldollar-Stücken. Er rief das Morddezernat an und berichtete kurz, was geschehen war. Jetzt würden sie endlich jemanden herschicken! Die Schwester kam mit einer Tasse Kaffee.

»Geht es Ihnen nicht gut? Sie schauen ein wenig blass aus«, sagte sie, dann sah sie seine Hände und schrie.

»Gehen Sie unter keinen Umständen in Zimmer 4308. Lassen Sie niemanden hinein, außer ich erlaube es. Und schicken Sie sofort nach einem Arzt.«

Die Schwester drückte ihm die Tasse in die Hand, zwang ihn, einen Schluck zu trinken und lief den Gang hinunter. Mark ging ins Zimmer 4308 zurück, obwohl es keinen Sinn hatte. Er konnte nur mehr warten. Er drehte das Licht an, ging ins Badezimmer und versuchte, sich halbwegs von Blut und Erbrochenem zu reinigen. Als er die Tür hörte, stürzte er ins Zimmer zurück. Wieder eine junge Ärztin im weißen Kittel … ›Alicia Delgado, MD‹, stand auf ihrem Plastikstreifen.

»Rühren Sie nichts an!«, befahl Mark.

Dr. Delgado starrte erst ihn an, dann die Leichen. Sie stöhnte.

»Rühren Sie nichts an«, wiederholte Mark, »bevor die Mordkommission kommt. Sie wird gleich hier sein.«

»Wer sind Sie?«, fragte sie.

»Spezialagent Mark Andrews, FBI.« Automatisch holte er den Ausweis aus der Brieftasche und zeigte ihn ihr.

»Bleiben wir hier stehen und starren einander an, oder erlauben Sie mir, Ordnung zu machen?«

»Erst wenn die Mordkommission hier mit ihrer Arbeit fertig ist und grünes Licht gibt. Gehen wir hier weg.« Er zwängte sich an ihr vorbei und stieß mit der Schulter die Tür auf, ohne etwas zu berühren.

Sie standen wieder auf dem Gang. Mark ersuchte Dr. Delgado, vor der Tür zu warten und niemanden einzulassen, während er die Stadtpolizei anrief.

Sie nickte widerwillig.

Er ging in die Telefonzelle, warf zwei weitere Fünfundzwanzigcentstücke ein, rief die Stadtpolizei an und verlangte Lieutenant Blake.

»Lieutenant Blake ist vor einer Stunde nach Hause gegangen. Kann ich etwas für Sie tun?«

»Wann schicken Sie jemanden herüber, um Zimmer 4308 im Woodrow-Wilson-Hospital zu bewachen?«

»Wer spricht, bitte?«

»Andrews, FBI, Washington Field Office.« Marc wiederholte die Details des Doppelmordes.

»Unser Mann sollte jeden Moment dort sein. Er hat das Büro vor länger als einer halben Stunde verlassen. Ich werde sofort die Mordkommission benachrichtigen.«

»Das habe ich bereits getan«, erwiderte Mark brüsk. Er hängte ein und ließ sich auf den nächsten Stuhl fallen. Jetzt standen schon etliche Leute in weißen Mänteln vor Zimmer 4308. Zwei Bahren wurden bereitgestellt. Alle warteten. Was sollte er tun?

Noch zwei Vierteldollar. Er rief Nick Stames zu Hause an. Das Telefon schien eine Ewigkeit zu schellen. Warum antwortete niemand? Endlich meldete sich eine weibliche Stimme.

Ich darf mir keine Panik anmerken lassen, dachte er. »Guten Abend, Mrs. Stames. Hier Mark Andrews.« Ruhiger Ton, kein Anzeichen von Stress.

»Es tut mir Leid, Nick ist nicht zu Hause, Mark. Er fuhr vor zwei Stunden ins Büro zurück. Komisch, er sagte, dass er Sie und Barry treffen wollte.«

»Ja, wir sahen ihn, aber er fuhr vor etwa vierzig Minuten wieder nach Hause.«

»Er ist aber noch nicht da. Er hat nur den ersten Gang des Dinners gegessen und versprach, gleich zurückzukommen. Bis jetzt keine Spur von ihm. Vielleicht ist er doch im Büro geblieben. Warum versuchen Sie nicht, ihn dort zu erreichen?«

»Ja, natürlich. Tut mir Leid, Sie gestört zu haben.« Mark hängte den Hörer ein und vergewisserte sich, dass niemand Zimmer 4308 betreten hatte.

Er warf zwei weitere Fünfundzwanzigcentstücke ein und rief das Büro an. Polly hatte Dienst.

»Hier Mark Andrews. Bitte verbinden Sie mich rasch mit Mr. Stames.«

»Mr. Stames und Spezialagent Calvert sind vor etwa fünfundvierzig Minuten fort – ich glaube, nach Hause, Mr. Andrews.«

»Das ist unmöglich. Unmöglich!«

»Doch, Sir. Ich sah, wie sie weggingen.«

»Könnten Sie sich nochmals vergewissern? Bitte!«

»Wenn Sie wollen, Mr. Andrews.«

Mark wartete, so schien es ihm, eine kleine Ewigkeit. Was sollte er tun? Er war ganz allein, wo waren alle anderen? Was erwartete man von ihm? Mein Gott, nichts, was er gelernt hatte, konnte er hier gebrauchen. Das FBI kommt für gewöhnlich vierundzwanzig Stunden nach einem Verbrechen an den Tatort, nicht während des Verbrechens.

»Es antwortet niemand, Mr. Andrews.«

»Danke, Polly.«

Mark schaute verzweifelt zur Decke empor; doch auch von dort kam keine Eingebung. Man hatte ihm eingeschärft, kein Wort von den Ereignissen des Nachmittags zu erwähnen und unter allen Umständen den Mund zu halten, bis Stames mit dem Direktor gesprochen hatte. Er musste Stames finden. Er musste Calvert finden. Er musste jemanden finden, mit dem er reden konnte. Noch zwei Vierteldollar. Er versuchte, Barry Calvert zu erreichen. Das Telefon schrillte und schrillte. In der Junggesellenwohnung antwortete niemand. Wieder rief er Norma Stames an.

»Mrs. Stames, hier Mark Andrews. Tut mir Leid, Sie nochmals zu stören. Würden Sie Ihrem Mann sagen, dass er mich sofort im Woodrow-Wilson-Hospital anrufen soll, sobald er kommt?«

»Natürlich sage ich es Nick, sobald er da ist. Vermutlich haben die beiden irgendwo auf dem Weg Halt gemacht.«

»Ja, natürlich, daran hatte ich nicht gedacht. Vielleicht ist es das Beste, wenn ich in die Stadt zurückfahre, sobald ich abgelöst werde. Dann kann man mich dort erreichen. Danke, Mrs. Stames.« Er legte den Hörer auf.

Im selben Augenblick erschien der Stadtpolizist und marschierte munter durch den bevölkerten Gang, einen Roman von Ed McBain unter dem Arm. Einen Moment lang dachte Mark daran, ihn wegen seiner späten Ankunft zur Rechenschaft zu ziehen, aber es hatte ja keinen Sinn mehr. Das Blut war schon geflossen, dachte er, und wieder wurde ihm übel. Er nahm den jungen Beamten zur Seite und informierte ihn über die beiden Morde, ohne ihm zu sagen, warum die beiden Männer wichtig gewesen waren. Er bat ihn, seine Vorgesetzten zu informieren, und fügte hinzu, dass die Mordkommission bereits auf dem Weg sei, ohne nähere Details anzugeben. Der Polizist rief seinen Dienst habenden Vorgesetzten an und berichtete ihm sachlich, was er erfahren hatte. Die Stadtpolizei von Washington hat jährlich mit über sechshundert Morden zu tun.

Ärzte und Schwestern standen herum und warteten ungeduldig; sie würden noch lange warten müssen. Professionelle Geschäftigkeit schien die Panik abgelöst zu haben. Mark wusste immer noch nicht, was er tun und an wen er sich wenden sollte. Wo war Calvert? Wo zum Teufel waren alle?

Wieder ging er zu dem Polizeibeamten, der den Umstehenden erklärte, warum niemand das Zimmer betreten durfte. Sie waren nicht überzeugt, aber sie warteten. Mark sagte ihm, dass er im Field Office zu finden sein würde. Er deutete immer noch nicht an, warum Casefikis so wichtig gewesen war. Der Polizist hatte das Gefühl, Herr der Lage zu sein. Die Mordkommission musste jeden Augenblick eintreffen. Er sagte Mark, dass man sich im Laufe der Nacht mit ihm in Verbindung setzen würde. Mark nickte und ging. Er holte das rote Polizeilicht aus seinem Wagen und befestigte es auf dem Dach. Er wollte mit Höchstgeschwindigkeit zum Büro zurückfahren, zu Menschen, die er kannte, zur Realität, zu Leuten, die diesen Albtraum durchschauen würden.

Mark schaltete das Funkgerät ein. »WFO 180 spricht. Bitte versuchen Sie, Mr. Stames und Mr. Calvert zu finden. Dringend. Ich bin auf der Fahrt zum Field Office.«

»Ja, Mr. Andrews.«

»WFO 180 Ende.«

Zwölf Minuten später kam er beim Washington Field Office an.

Er parkte das Auto und lief zum Fahrstuhl. Ein Beamter brachte ihn hinauf. Er stürzte hinaus.

»Aspirin, Aspirin! Wer zum Teufel hat heute Nacht Dienst?«

»Nur ich. Ich bin allein«, antwortete Aspirin und schaute ihn leicht gelangweilt über den Rand seiner Brille an. »Was ist los?«

»Wo ist Stames? Wo ist Calvert?«, fragte Mark.

»Sie sind vor mehr als einer Stunde nach Hause gegangen.«

Du lieber Himmel, was sollte er jetzt tun? Aspirin war keiner, dem man sich gern anvertraute, aber er war der Einzige, bei dem Mark sich Rat holen konnte. Stames hatte ihn zwar ausdrücklich angewiesen, niemandem gegenüber ein Wort verlauten zu lassen, ehe sie mit dem Direktor gesprochen hatten, aber das hier war ein Notfall. Ohne irgendwelche Details zu verraten, wollte er nur herausfinden, was ein Hoover-Mann in einer solchen Situation getan hätte.

»Ich muss Stames und Calvert finden, wo immer sie sind. Irgendwelche Vorschläge?«

»Nun, zuallererst: Haben Sie es über alle Autofunkgeräte versucht?«, fragte Aspirin.

»Ich habe Polly darum gebeten. Werde es wieder versuchen.«

Mark rief sie rasch an. »Polly, konnten Sie Mr. Stames oder Mr. Calvert in ihren Autos erreichen?«

»Ich versuche es immer noch, Sir.«

Er wartete endlos. Endlos. Und nichts geschah. »Was ist los, Polly? Was ist los?«

»Ich tue mein Möglichstes, Sir. Ich bekomme nur einen Summton.«

»Versuchen Sie eins, zwei, drei und vier. Versuchen Sie alle Kanäle!«

»Ja, Sir. Ich kann immer nur einen versuchen. Wir haben vier Kanäle, und ich kann immer nur einen zur gleichen Zeit versuchen.«

Mark spürte, dass er in Panik geriet. Es war Zeit, sich niederzusetzen und ruhig nachzudenken. Das war nicht das Ende der Welt – oder doch?

»Sie melden sich weder auf eins noch auf zwei. Warum sollten sie mitten in der Nacht auf drei oder vier sein? Sie fahren doch nur nach Hause.«

»Mir ist egal, wo sie hinfahren. Ich will sie finden. Versuchen Sie es nochmals!«

»Okay, okay.« Sie versuchte Kanal drei. Sie versuchte vier. Um die verschlüsselten Kanäle fünf und sechs zu benutzen, brauchte sie eine Genehmigung. Mark blickte Aspirin an. Der Dienst habende Beamte durfte die Genehmigung erteilen.

»Das ist ein Notfall – ich schwöre Ihnen, das ist ein Notfall!«

Aspirin gab Polly Anweisung, fünf und sechs zu versuchen. Fünf und sechs sind Kanäle der Fernmeldezentrale des Bundes zum FBI. Sie laufen unter der Abkürzung KGB; es erheiterte stets die FBI-Beamten, KGB als Rufcode ihres Netzes zu haben. Im Augenblick schien es Mark nicht besonders komisch. Keine Antwort auf KGB fünf. Keine Antwort auf KGB sechs. Und jetzt, was, lieber Gott? Was? Wohin sollte er sich jetzt wenden? Aspirin schaute ihn fragend an; offensichtlich war er nicht darauf erpicht, da hineinverwickelt zu werden.

»Ihre Gleichgültigkeit wird mir nicht helfen, Mr. Stames zu finden«, sagte Mark, der um seine Fassung kämpfte. »Aber es macht nichts, lösen Sie ruhig Ihr Kreuzworträtsel weiter!«

Mark ließ ihn sitzen und ging in den Waschraum. Er hielt die hohle Hand unter den Wasserhahn und spülte sich den Mund aus. Er roch immer noch nach Blut und Erbrochenem. Dann kehrte er ins Zimmer zurück und zählte langsam bis zehn. Er musste sich entschließen, irgendetwas zu unternehmen, und es dann tun, komme, was da wolle. Er spürte, dass Stames und Calvert etwas zugestoßen war, und er wusste, dass dem Griechen und dem schwarzen Briefträger etwas zugestoßen war. Vielleicht sollte er versuchen, den Direktor zu erreichen – obwohl das der allerletzte Ausweg war. Ein Beamter seines Ranges, erst zwei Jahre nach der Ausbildung, rief nicht einfach den Direktor an. Jedenfalls könnte er am nächsten Morgen um halb elf zu Stames' Verabredung mit dem Direktor gehen. Morgen um halb elf. Bis dahin war es noch ein halber Tag! Mehr als zwölf Stunden ohne Anweisungen! Mit einem Geheimnis belastet, das er mit niemandem teilen durfte. Im Besitz von Informationen, die er nicht weitergeben konnte.

Das Telefon schrillte, er hörte Pollys Stimme. Er betete, es möge Stames sein, aber sein Gebet wurde nicht erhört.

»He, Mr. Andrews, sind Sie noch da? Captain Hogan von der Mordkommission möchte Sie sprechen.«

»Andrews?«

»Ja, Captain.«

»Was können Sie mir berichten?«

Mark berichtete wahrheitsgetreu, dass Casefikis ein illegaler Einwanderer war, der verspätet zur Behandlung einer

Wunde ins Krankenhaus gekommen war, und weniger wahrheitsgetreu, dass man annahm, er sei von einem Gauner angeschossen worden, der ihn mit der Androhung einer Anzeige wegen illegaler Einreise in die USA erpressen wollte. Ein vollständiger Bericht würde der Mordkommission morgen früh zugehen.

Der Detektiv war misstrauisch.

»Verbergen Sie etwas, mein Junge? Was hatte das FBI dort überhaupt zu suchen? Wenn ich erfahre, dass Sie Informationen zurückhalten, gibt es einen Riesenkrach. Ich würde nicht zögern, Ihren Arsch über den heißesten Kohlen von ganz Washington zu rösten.«

Mark dachte an Stames' strikte Weisung, absolutes Schweigen zu bewahren.

»Nein, das ist alles«, sagte er laut; er wusste, dass er zitterte und dass seine Stimme wenig überzeugend klang. Der Detektiv der Mordkommission brummte etwas vor sich hin, stellte noch ein paar Fragen und legte auf. Mark legte ebenfalls auf. Der Hörer war schweißnass. Die Kleider klebten ihm immer noch am Körper. Noch einmal rief er Norma Stames an, doch der Boss war nicht gekommen.

Er bat Polly, die Kanäle noch einmal durchzuprobieren. Doch außer einem Summton auf Kanal eins rührte sich nichts. Mark gab es auf herumzutelefonieren und meldete sich bei Aspirin ab. Es schien Aspirin nicht zu interessieren.

Mark fuhr mit dem Lift hinunter zum Parkplatz. Er musste nach Hause, den Direktor anrufen. Wieder brauste er mit Höchstgeschwindigkeit durch die Stadt. Der südwestliche Teil von Washington gehörte nicht zu den luxuriösesten Vierteln der Stadt, doch wohnten dort viele allein stehende, berufstätige junge Leute. Das Viertel lag am Fluss, eine U-Bahn-Station befand sich in bequemer Nähe.

Mark stürzte in sein Apartment und griff zum Telefon. Nach einer Weile meldete sich die Zentrale. »Hier spricht das Büro des Direktors, der Dienst habende Beamte.«

Mark holte tief Atem.

»Ich bin Spezialagent Andrews, vom Washington Field Office«, begann er langsam. »Ich muss sofort mit dem Direktor sprechen. Es ist dringend.«

Der Direktor war im Haus der Justizministerin zum Dinner eingeladen. Mark fragte nach der Telefonnummer. Ob er denn eine spezielle Bewilligung hätte, den Direktor um diese Zeit anzurufen? Ja, er hatte eine spezielle Bewilligung, er hatte morgen um halb elf mit ihm eine Verabredung – ja, um Himmels willen, er hatte die Erlaubnis.

Der Mann musste Marks Verzweiflung gefühlt haben.

»Geben Sie mir Ihre Nummer, ich rufe Sie gleich zurück.«

Mark wusste, dass er überprüfen wollte, ob er ein FBI-Agent und morgen tatsächlich beim Direktor angemeldet war. Nach einer Minute schrillte das Telefon. Es war der Diensthabende.

»Der Direktor ist noch bei der Justizministerin. Ihre Privatnummer ist 761-4386.«

Mark wählte die Nummer.

»Bei Mrs. Edelmann«, meldete sich eine ehrfürchtige Stimme.

»Ich bin Spezialagent Mark Andrews«, begann Mark. »Ich muss den Direktor des FBI sprechen.«

Er sagte es langsam und deutlich, obwohl er immer noch zitterte.

Die Antwort kam von einem Mann, der heute Abend nur

eine große Sorge gehabt hatte, ob nämlich die Kartoffeln rechtzeitig weich werden würden.

»Bleiben Sie bitte am Apparat, Sir.«

Er wartete, wartete, wartete.

Eine andere Stimme sagte: »Hier Tyson.«

Mark holte tief Atem und begann. »Mein Name ist Mark Andrews, Spezialagent. Ich bin morgen um halb elf mit Nick Stames und Spezialagent Calvert bei Ihnen angemeldet. Diese Vereinbarung wurde mit Mrs. McGregor vereinbart, nachdem Sie das Büro verlassen hatten. Ich muss Sie sofort sprechen, Sir. Vermutlich wollen Sie mich zurückrufen, ich bin in meiner Wohnung.«

»Ja, Andrews«, sagte Tyson. »Ich werde Sie zurückrufen. Geben Sie mir Ihre Nummer.«

Mark gab sie ihm.

»Junger Mann, es wird gut sein, wenn es sich wirklich um etwas Wichtiges handelt.«

»Ja, Sir, es ist wichtig.«

Wieder wartete Mark. Eine Minute verstrich und die nächste. Hatte Tyson ihn als verrückt abgeschrieben? Was war los? Drei Minuten waren vergangen. Vier Minuten; offenbar prüfte Tyson wesentlich sorgfältiger als sein Dienst habender Beamter.

Das Telefon klingelte. Mark sprang auf.

»Hallo Mark, hier Roger. Kommst du mit auf ein Bier?«

»Jetzt nicht, Roger, jetzt nicht.« Er schmiss den Hörer hin.

Sofort schrillte es nochmals.

»Gut, Andrews, was wollen Sie mir berichten? Fassen Sie sich kurz und sachlich.«

»Ich muss Sie persönlich sprechen, Sir. Ich brauche fünfzehn Minuten Ihrer Zeit, und Sie müssen mir sagen, was, zum Teufel, ich tun soll.«

Er bereute das »zum Teufel« im selben Augenblick, in dem er es gesagt hatte.

»Wenn es so wichtig ist, gut. Wissen Sie, wo die Frau Justizminister wohnt?«

»Nein, Sir.«

»Notieren Sie: 2942 Edgewood Street, Arlington.«

Mark legte auf, schrieb die Adresse sorgfältig in Blockbuchstaben auf die Innenseite einer Reklamestreichholzschachtel einer Lebensversicherung und rief Aspirin an, der eben über 7 waagrecht nachgrübelte.

»Wenn etwas los ist, können Sie mich über Autofunk erreichen. Ich werde die ganze Zeit Kanal zwei offenhalten. Mit Kanal eins stimmt etwas nicht.«

Aspirin rümpfte die Nase, diese jungen Leute nahmen sich heutzutage viel zu wichtig. Unter J. Edgar Hoover wäre das nicht möglich gewesen, und es sollte auch heute nicht erlaubt sein. Aber er hatte nur mehr ein Jahr vor sich und dann den Ruhestand. Er wandte sich wieder dem Kreuzworträtsel zu: 7 waagrecht, zehn Buchstaben: Versammlung von Freibeutern. Aspirin dachte angestrengt nach.

Auch Mark Andrews dachte nach, während er hinuntereilte, in seinen Wagen sprang und Richtung Arlington fuhr. Er raste den East Basin Drive zur Independence Avenue entlang, fuhr am Lincoln Memorial vorbei Richtung Memorial Bridge. So rasch wie möglich fuhr er durch die Dämmerung und verfluchte die Menschen, die an diesem schönen, milden Abend gemütlich durch die Straßen schlenderten, ohne bestimmtes Ziel spazieren gingen und dem roten Blinklicht auf seinem Autodach keine besondere Beachtung schenkten. Er fluchte die ganze Zeit. Wo war Stames? Wo war Barry? Was, zum Teufel, wurde eigentlich gespielt? Würde der Direktor ihn für verrückt halten?

Er fuhr über die Memorial Bridge und bog zum George Washington Parkway aus. Ein Verkehrsstau. Er konnte nicht weiter. Wahrscheinlich ein Verkehrsunfall. Ausgerechnet jetzt ein verdammter Unfall. Das hatte ihm gerade noch gefehlt. Er fuhr auf den Mittelstreifen und hupte wie ein Verrückter. Die meisten hielten ihn für einen vom Bergungsteam der Polizei und ließen ihn durch. Endlich kam er zu einer kleinen Gruppe Polizeiwagen und Rettungsfahrzeuge. Ein junger Polizist trat auf ihn zu.

»Haben Sie etwas damit zu tun?«

»Nein, FBI, Ich muss nach Arlington. Dringend.«

Er zeigte seinen Ausweis. Der Polizist bahnte ihm einen Weg. Er raste weiter. Verdammter Unfall. Jetzt wurde der Verkehr endlich schwächer. Fünfzehn Minuten später kam er vor dem Haus in der Edgewood Street in Arlington an. Eine letzte Rückfrage bei Polly über das Autotelefon. Nein, weder Stames noch Calvert hatten sich gemeldet. Mark sprang aus dem Wagen. Bevor er noch einen Schritt gemacht hatte, wurde er von einem Secret-Service-Mann aufgehalten. Mark zeigte seinen Ausweis und erklärte, eine Verabredung mit dem Direktor zu haben. Der Mann bat ihn höflich, bei seinem Auto zu warten. Nach einer kurzen Beratung an der Tür wurde Mark in ein kleines Zimmer rechts von der Halle geführt; offensichtlich ein Arbeitszimmer. Der Direktor trat ein. Mark stand auf.

»Guten Abend, Sir.«

»Guten Abend, Andrews. Sie haben ein wichtiges Dinner unterbrochen. Ich hoffe, Sie wissen, was Sie tun.«

Der Direktor war kühl und kurz angebunden. Er war offensichtlich nicht erfreut, von einem unbekannten jungen

Agenten zu einer Besprechung zitiert zu werden. Mark berichtete die ganze Geschichte von seiner ersten Unterredung bei Stames bis zu seinem Entschluss, sich über alles hinwegzusetzen und sich an den Direktor zu wenden. Während der ganzen langen Erzählung blieb das Gesicht des Direktors undurchdringlich. Als Mark geendet hatte, war es noch immer undurchdringlich. Mark hatte bloß einen einzigen Gedanken: Ich habe das Falsche getan. Ich hätte weiter versuchen sollen, Stames oder Calvert zu erreichen. Vermutlich waren sie jetzt beide zu Hause. Er wartete, und auf seine Stirn traten kleine Schweißperlen. Vielleicht war das sein letzter Tag im FBI. Die ersten Worte des Direktors überraschten ihn.

»Sie haben genau das Richtige getan, Andrews. An Ihrer Stelle hätte ich ebenso gehandelt. Es muss Courage erfordert haben, sich direkt an mich zu wenden.« Er sah Mark scharf an. »Sind Sie ganz sicher, dass nur Stames, Calvert, Sie und ich über alle Details der heutigen Ereignisse Bescheid wissen? Niemand vom Secret Service und niemand von der Stadtpolizei?«

»Ja, Sir, ganz sicher. Nur wir vier.«

»Und ihr drei hattet morgen um zehn Uhr dreißig eine Verabredung mit mir?«

»Ja, Sir.«

»Gut, notieren Sie.«

Mark zog ein Notizbuch aus seiner inneren Rocktasche.

»Haben Sie die Nummer des Hauses hier?«

»Ja, Sir.«

»Meine direkte Geheimnummer ist 721-4069. Lernen Sie die Nummer auswendig, und zerreißen Sie dann die Notiz. Und jetzt will ich Ihnen genau sagen, was Sie zu tun haben. Gehen Sie zurück ins Field Office. Suchen Sie nochmals nach Stames und Calvert. Rufen Sie die Leichenhalle an, rufen Sie in allen Hospitälern und bei der Verkehrspolizei an. Wenn die beiden sich nicht finden lassen, dann erscheinen Sie morgen nicht um zehn Uhr dreißig, sondern um acht Uhr dreißig in meinem Büro. Das ist Ihre erste Aufgabe. Zweitens: Beschaffen Sie mir die Namen der Leute von der Mordkommission, die diesen Fall mit der Stadtpolizei bearbeiten. Habe ich richtig verstanden, dass Sie ihnen nicht mitgeteilt haben, warum Sie zu Casefikis wollten?«

»Kein Wort, Sir.«

»Gut.«

Die Justizministerin steckte den Kopf zur Tür herein. »Ist alles in Ordnung, Halt?«

»Ja, danke, Marian. Darf ich Ihnen Spezialagent Andrews vom Washington Field Office vorstellen?«

»Freut mich, Sie kennen zu lernen, Mr. Andrews.«

»Guten Abend, Madam.«

»Brauchen Sie noch lange, Halt?«

»Nein, sobald ich Andrews alle Instruktionen gegeben habe, komme ich zurück.«

»Etwas Besonderes?«

»Nein, kein Anlass zur Sorge.«

Der Direktor hatte offenbar beschlossen, kein Wort verlauten zu lassen, bevor er der Sache auf den Grund gekommen war.

»Wo war ich stehen geblieben?«

»Sie sagten mir, ich solle ins Büro zurückgehen und Stames und Calvert suchen.«

»Ja.«

»Die Leichenhalle, die Hospitäler und die Verkehrspolizei anrufen.«

»Richtig.«

»Und außerdem soll ich die Namen der Beamten von der Mordkommission eruieren.«

»Richtig. Weiter stellen Sie die Namen aller Krankenhausangestellten und aller Besucher fest sowie die Namen sämtlicher Personen, die sich zwischen dem Zeitpunkt, zu dem die zwei Patienten noch am Leben waren, und dem Augenblick, in dem Sie sie tot aufgefunden haben, in der Nähe von Zimmer 4308 aufgehalten haben. Lassen Sie den Computer befragen und in den FBI-Akten suchen, ob wir irgendeine Hintergrundinformation über die beiden Toten besitzen. Besorgen Sie vom Dienst habenden Personal, von allen Besuchern und jedem, der in der Nähe von Zimmer 4308 gewesen sein kann, Fingerabdrücke. Auch von den beiden Toten. Wir brauchen die Abdrücke, damit wir ein paar der Leute gleich eliminieren und Verdächtige identifizieren können. Wie gesagt, wenn Sie Stames und Calvert nicht finden, sind Sie morgen um acht Uhr dreißig in meinem Büro. Wenn sich heute Nacht irgendetwas ereignet, rufen Sie mich hier oder zu Hause an. Zögern Sie nicht! Nach dreiundzwanzig Uhr dreißig bin ich zu Hause. Benützen Sie einen Code-Namen, wenn Sie telefonieren – lassen Sie mich nachdenken. Julius – hoffentlich ist das nicht prophetisch – und geben Sie mir Ihre Nummer. Benutzen Sie auf jeden Fall eine öffentliche Telefonzelle, und ich rufe Sie dann sofort zurück. Stören Sie mich nicht vor sieben Uhr fünfzehn, außer es ist wirklich wichtig. Alles verstanden?«

»Ja, Sir.«

»Gut, dann werde ich zu den Gästen zurückgehen.«

Mark stand auf, bereit, sich zu verabschieden. Der Direktor legte ihm die Hand auf die Schulter.

»Seien Sie unbesorgt, junger Mann. Solche Dinge geschehen von Zeit zu Zeit, und Sie haben die richtige Entscheidung getroffen. In einer schwierigen Situation haben Sie eine Menge Selbstbeherrschung bewiesen. Und jetzt machen Sie sich an die Arbeit.«

»Ja, Sir.«

Mark war erleichtert, dass noch jemand wusste, was er durchmachte; jemand mit einem viel breiteren Rücken teilte seine Sorgen.

Auf der Fahrt ins Büro griff er zum Mikrofon. »WFO 180 spricht. Hat Stames sich gemeldet?«

»Noch nicht, WFO 180, aber ich versuche es weiter.«

Als er ankam, war Aspirin noch da. Er ahnte nicht, dass Mark soeben vom Direktor kam. Aspirin hatte alle fünf Direktoren auf Cocktailparties getroffen, aber keiner von ihnen hatte sich seinen Namen gemerkt.

»Ist der Notstand vorüber, Kleiner?«

»Ja«, log Mark. »Haben wir Nachricht von Stames oder Calvert?« Er versuchte die Angst in seiner Stimme zu verbergen.

»Nein, müssen sich irgendwo versoffen haben. Nur keine Angst. Die kleinen Schafe finden ihren Weg nach Hause, ohne dass Sie den Hütehund zu spielen brauchen.«

Mark machte sich Sorgen. Er ging in sein Büro und rief Polly an. Sie wusste noch immer nichts. Da war nur der Summton auf Kanal eins. Er rief Norma Stames an, keine Neuigkeiten. Mrs. Stames fragte, ob irgendein Anlass zur Besorgnis bestünde.

»Nein, nein, keineswegs.« Wieder eine Lüge. Wirkte er zu gleichgültig? »Wir finden bloß nicht die Bar, in der sie sitzen.«

Sie lachte, aber sie wusste, dass Nick keine Bars besuchte.

Mark rief Calvert an. Es rührte sich niemand. Er spürte, dass etwas nicht in Ordnung war, er wusste nur nicht was. Wenigstens gab es den Direktor, und der Direktor wusste jetzt alles.

Er schaute auf die Uhr. Dreiundzwanzig Uhr fünfzehn. Wo war der Abend hin? Und wohin ging er? Dreiundzwanzig Uhr fünfzehn. Was hätte er heute Abend tun sollen? Zum Teufel. Er hatte ein schönes Mädchen eingeladen, mit ihm essen zu gehen. Wieder nahm er den Hörer auf. Wenigstens war sie zu Hause, wo sie hingehörte, und in Sicherheit.

»Hallo.«

»Hallo, Elizabeth, hier Mark Andrews. Es tut mir schrecklich Leid, dass ich nicht kommen konnte. Es ist etwas geschehen, was völlig außerhalb meines Einflussbereichs liegt.«

Seiner Stimme war die Erregung deutlich anzumerken.

»Macht nichts«, sagte sie leichthin. »Sie warnten mich, dass Sie unverlässlich seien.«

»Ich hoffe, Sie geben mir eine zweite Chance. Vielleicht haben sich die Dinge bis morgen geklärt. Dann kann ich Sie wahrscheinlich treffen.«

»Am Morgen?«, fragte sie. »Falls Sie ans Hospital denken, ich habe morgen dienstfrei.«

Mark zögerte und überlegte rasch, wie viel er ihr sagen durfte. »Nun, vielleicht ist es so am besten. Ich habe leider schlechte Neuigkeiten. Casefikis und der andere Mann in seinem Zimmer wurden heute Abend brutal ermordet. Die Stadtpolizei hat den Fall übernommen, aber es gibt keinerlei Hinweise.«

»Ermordet? Beide? Warum, wer? Casefikis wurde nicht grundlos ermordet, nicht wahr?« Ihre Worte überstürzten sich. »Was um Himmels willen geht da vor? Nein, antworten Sie lieber nicht. Sie würden ja doch nicht die Wahrheit sagen.«

»Ich würde bestimmt nicht meine Zeit damit vergeuden, Sie zu belügen, Elizabeth. Ich hab genug für heute. Und ich schulde Ihnen ein großes Steak, weil ich Ihnen einen Abend verdorben habe. Darf ich Sie bald wieder anrufen?«

»Gern. Ein Mord ist allerdings nicht gerade appetitfördernd. Ich hoffe, Sie erwischen den Schuldigen. Im Woodrow-Wilson-Hospital sehen wir viele Opfer von Gewalt, aber für gewöhnlich bricht sie nicht innerhalb unserer Mauern aus.«

»Ich weiß. Es tut mir Leid, dass es Sie belastet. Gute Nacht, Elizabeth. Schlafen Sie gut.«

»Sie auch, Mark. Wenn Sie können.«

Mark legte den Hörer auf, und sofort kehrte die Last der Ereignisse wieder. Was nun? Vor acht Uhr dreißig konnte er nichts tun, außer das Funkgerät auf Empfang zu schalten, bis er zu Hause war. Es war sinnlos, hier herumzusitzen, aus dem Fenster zu schauen und sich hilflos, krank und einsam zu fühlen. Er ging zu Aspirin und teilte ihm mit, dass er nach Hause fahren und alle fünfzehn Minuten anrufen würde, weil er immer noch dringend mit Stames und Calvert sprechen wollte. Aspirin blickte nicht einmal auf.

»Gut«, sagte er, voll und ganz auf sein Kreuzworträtsel konzentriert.

Er hatte elf ganze Wörter eingetragen, so was war nur an einem ruhigen Abend wie heute möglich.

Mark fuhr langsam die Pennsylvania Avenue hinunter zu seiner Wohnung. Beim ersten Kreisverkehr hielt ein Tourist, der nichts von seinem Vorrang wusste, den Verkehr auf. Verdammt, dachte Mark. Neuankömmlinge in Washington, die die Kunst, im richtigen Augenblick nach rechts auszuscheren, noch nicht meisterten, drehten meistens mehr Runden, als sie vorgehabt hatten. Endlich kam Mark aus dem Kreis auf die Pennsylvania Avenue zurück. Zutiefst besorgt und gedankenverloren fuhr er langsam zu seiner Wohnung in den Tiber Island Apartments. Um sich abzulenken, schaltete er das Radio ein und hörte die Mitternachtsnachrichten. Es gab nur wenige Neuigkeiten, und die Stimme des Kommentators klang gelangweilt; die Präsidentin hatte eine Pressekonferenz über die Gesetzesvorlage zur Waffenkontrolle abgehalten, und die Situation in Südafrika schien sich zu verschlechtern. Dann folgten die Lokalnachrichten; ein Verkehrsunfall auf dem George Washington Parkway, an dem zwei Autos beteiligt gewesen waren. Sie wurden eben bei Scheinwerferlicht mit Kränen aus dem Fluss geborgen. Nach Angaben von Augenzeugen, einem Ehepaar aus Jacksonville, das in Washington Ferien machte, handelte es sich um einen schwarzen Lincoln und einen blauen Ford Sedan. Bisher keine weiteren Einzelheiten.

Ein blauer Ford Sedan. Obwohl Mark kaum hingehört hatte, drang diese Meldung in sein Bewusstsein – ein blauer Ford Sedan? O nein, lieber Gott, bitte nicht. Er riss das Lenkrad herum, fuhr auf die Main Avenue, streifte beinahe einen Hydranten und raste auf die Memorial Bridge zu, über die er erst vor zwei Stunden gefahren war. Auf dem Schauplatz des Unglücks standen noch immer viele Polizisten, und eine Fahrspur des Parkways war gesperrt. Mark parkte den Wagen auf dem Grasstreifen und lief auf die Barriere zu. Er wies sich aus, fand den verantwortlichen Polizeibeamten und teilte ihm seine Befürchtung mit, dass einer der Wagen von einem FBI-Beamten gelenkt worden sei. Ob es schon nähere Einzelheiten gäbe?

»Wir haben sie noch nicht herausgefischt«, antwortete der Inspektor. »Es gibt zwei Zeugen des Unfalls – wenn es ein Unfall war. Offenbar war da irgendetwas nicht in Ordnung mit den Fahrern. Wir werden die Wagen in etwa einer halben Stunde aus dem Fluss geborgen haben.«

Mark ging an den Straßenrand und schaute den großen Kränen und den Tauchern zu, die im Scheinwerferlicht arbeiteten. Es dauerte länger als eine halbe Stunde, und ihn fröstelte, während er wartete und schaute. Vierzig Minuten, fünfzig Minuten. Nach sechzig Minuten tauchte der schwarze Lincoln auf. Im Auto befand sich eine Leiche, ein vorsichtiger Fahrer, der den Gurt angeschnallt hatte. Sofort umringte die Polizei das Auto. Mark ging zu den Dienst habenden Beamten und erkundigte sich, wann der zweite Wagen gehoben sein würde.

»Bald. Der Lincoln war also nicht Ihr Wagen?«

»Nein«, sagte Mark.

Zehn Minuten, zwanzig Minuten. Er sah das Dach des zweiten Autos – es war dunkelblau. Er sah die Seite des Wagens; eines der Fenster war ein wenig geöffnet. Er sah den ganzen Wagen. Im Auto saßen zwei Männer. Dann sah er die Kennzeichentafel. Zum zweiten Mal an diesem Abend wurde Mark übel. Beinahe weinend lief er zu dem Polizeioffizier zurück und nannte ihm die Namen der beiden Männer im Auto. Dann rannte er zur nächsten Telefonzelle. Es war ein weiter Weg. Er wählte die Nummer, während er auf die Uhr schaute; es war beinahe ein Uhr. Es klingelte einmal, dann meldete sich eine schläfrige Stimme.

»Ja?«

»Hier Julius«, sagte Mark.

»Wie ist Ihre Nummer?«, fragte die Stimme.

Er nannte sie. Zehn Sekunden später schellte das Telefon.

»Nun, Andrews. Es ist ein Uhr morgens.«

»Ich weiß, Sir. Stames und Calvert – sie sind tot.«

Ein Augenblick des Zögerns.

»Sind Sie ganz sicher?« Jetzt war die Stimme hellwach.

»Ja, Sir.«

Mark berichtete alle Einzelheiten des Zusammenstoßes, soweit er sie kannte, und versuchte, seine Aufregung und Erschöpfung nicht durchklingen zu lassen.

»Rufen Sie sofort Ihr Büro an, Andrews«, sagte Tyson, »ohne die Einzelheiten zu erwähnen, die Sie mir heute Abend berichtet haben. Informieren Sie das Field Office über den Verkehrsunfall – sonst nichts. Versuchen Sie am Morgen von der Polizei weitere Einzelheiten zu erfahren. Kommen Sie nicht um acht Uhr dreißig, sondern um sieben Uhr dreißig in mein Büro; benutzen Sie den Eingang an der hinteren Gebäudeseite. Dort wird ein Mann auf Sie warten. Verspäten Sie sich nicht, er wird nach Ihnen Ausschau halten. Und jetzt gehen Sie nach Hause und legen Sie sich schlafen; lassen Sie sich vor morgen früh nicht blicken. Machen Sie sich keine Sorgen, Andrews. Wir beide sind informiert, und ein paar Agenten werden die Routinearbeit erledigen, die ich ihnen am Abend aufgetragen habe.«

Das Telefon schnappte ab. Mark rief Aspirin an – dass ausgerechnet der heute Abend Dienst haben musste! –, informierte ihn über Stames und Calvert und legte auf, bevor Aspirin irgendwelche Fragen stellen konnte. Er ging zu seinem Auto zurück und fuhr langsam durch die nächtlichen Straßen nach Hause. Kaum jemand war auf der Straße, der Frühnebel ließ alles unwirklich erscheinen.

Bei der Einfahrt zu seiner Hausgarage traf er Simon, den jungen schwarzen Garagenaufseher, der Mark und noch mehr dessen Mercedes schätzte. Mark hatte kurz nach seinem College-Abschluss das kleine Vermögen, das ihm seine Tante vererbt hatte, für dieses Auto ausgegeben und diese Verschwendung nie bereut. Simon wusste, dass Mark keinen reservierten Platz in der Garage hatte und machte sich erbötig, den Wagen für ihn zu parken – er tat alles, um den herrlichen silbernen Mercedes fahren zu dürfen! Für gewöhnlich wechselte Mark mit Simon ein paar freundliche Worte; jetzt übergab er ihm die Schlüssel, ohne ihn auch nur anzuschauen.

»Ich brauche den Wagen um sieben Uhr früh«, murmelte er.

»Okay, Freund«, war die Antwort.

Mark hörte, wie Simon den Wagen mit einem weichen Brummen startete, bevor sich die Fahrstuhltüren hinter ihm schlossen. Er betrat seine Wohnung. In den drei Zimmern war niemand. Er schloss die Tür ab, und dann verriegelte er sie, was er noch nie zuvor getan hatte. Langsam ging er im Zimmer umher, zog sich aus und warf das säuerlich riechende Hemd in den Wäschekorb. Er wusch sich zum dritten Mal in dieser Nacht, legte sich ins Bett und starrte zur Decke. Er versuchte, sich über die Ereignisse der Nacht klar zu werden; er versuchte, zu schlafen. Sechs Stunden verstrichen, und wenn er ab und zu einschlief, so höchstens für ein paar Minuten.

# 4

*Freitag, 4. März* *6 Uhr 27*

Schließlich hielt Mark es nicht mehr länger aus. Um sechs Uhr dreißig stand er auf, duschte, zog ein frisches Hemd und einen anderen Anzug an.

Er trat ans Fenster; jenseits des Washington Channels konnte er den East Potomac Park sehen. Er rekapitulierte, was gestern alles geschehen war. In wenigen Wochen würden die Kirschbäume blühen. In wenigen Wochen …

Er schloss die Wohnungstür hinter sich und war froh, nicht mehr untätig zu Hause sitzen zu müssen. Simon reichte ihm die Autoschlüssel; er hatte den Mercedes auf einem der Privatparkplätze abgestellt.

Mark fuhr langsam die Sechste Straße hinauf und bog nach links ab und auf der Siebenten nach rechts. Um diese Zeit waren nur Lastwagen auf der Straße. Mark fuhr am Hirshhorn Museum vorüber und erreichte die Independence Avenue. Bei der Kreuzung der Siebenten mit der Pennsylvania Avenue, nahe beim Nationalarchiv, stoppte ihn eine rote Verkehrsampel. Er hatte das unheimliche Gefühl, dass alles so war wie immer, dass der vergangene Tag nur ein böser Traum gewesen sei. Er würde ins Büro kommen, und Nick Stames und Barry Calvert würden wie gewöhnlich dort sein. Die Vision löste sich auf, als er nach links blickte. An einem Ende der menschenleeren Avenue sah er den Park des Weißen Hauses, und zwischen den Bäumen leuchtete das Gebäude hervor. Rechts, am anderen Ende der Avenue, schimmerte das Kapitol in den ersten Sonnenstrahlen. Und zwischen den beiden Gebäuden – zwischen Cäsar und Cassius, dachte Mark – stand das FBI-Gebäude. Allein in der Mitte, überlegte er, standen auch er und der Direktor, und sie spielten mit dem Schicksal.

Mark lenkte den Wagen die Rampe hinter dem FBI-Hauptquartier hinunter und parkte ihn. Ein junger Mann in dunkelblauem Blazer, grauer Flanellhose, schwarzen Schuhen und mit einer blauen Krawatte – die Dienstuniform der Bundespolizei – erwartete ihn. Ein anonymer Mann, dachte Mark, der viel zu ordentlich aussah, um eben aufgestanden zu sein. Mark Andrews zeigte ihm seinen Ausweis. Der junge Beamte führte ihn wortlos zum Fahrstuhl und brachte ihn in den siebenten Stock, wo Mark in ein kleines Zimmer geführt und gebeten wurde zu warten.

Mit den unvermeidlichen alten Nummern von *Times* und *Newsweek* wurde Mark im Empfangszimmer vor dem Büro des Direktors allein gelassen. Er hätte ebenso gut beim Zahnarzt sein können, und es war das erste Mal, dass er lieber bei seinem Zahnarzt gewesen wäre. Nochmals ging er die Ereignisse der letzten vierzehn Stunden durch. Aus dem jungen Menschen ohne größere Verantwortlichkeit, der auch noch im zweiten seiner fünf Dienstjahre Freude an seiner Arbeit beim FBI hatte, war nun ein Mann geworden, der in den Rachen der Hölle starrte. Bisher war er erst einmal, anlässlich seiner Aufnahme, im FBI-Hauptquartier gewesen; damals hatte man ihm nicht gesagt, dass so etwas geschehen konnte. Man hatte über Gehälter, Zulagen,

Urlaub, einen lohnenden, befriedigenden Job und vom Dienst an der Nation gesprochen. Griechische Einwanderer und schwarze Briefträger mit durchschnittenem Hals und Freunde, die im Potomac ertranken, waren nicht erwähnt worden. Er ging auf und ab und versuchte, seine Gedanken zu ordnen. Gestern hätte er eigentlich dienstfrei gehabt, wollte aber ein paar Überstunden machen, da er das Geld sehr gut brauchen konnte. Vielleicht wäre ein anderer Agent rascher ins Krankenhaus zurückgefahren und hätte den Doppelmord verhindert. Hätte er den blauen Ford genommen, so läge er vielleicht im Potomac, und Stames und Calvert wären nicht ertrunken. Vielleicht ... Mark schloss die Augen, und er fühlte unwillkürlich einen kalten Schauder im Rücken. Er versuchte, die panische Angst zu unterdrücken, die ihn die ganze Nacht wach gehalten hatte, dass jetzt er an der Reihe sein könnte.

Sein Blick fiel auf eine Tafel an der Wand, auf der zu lesen war, dass in der beinahe sechzigjährigen Geschichte des FBI nur vierunddreißig Leute im Dienst getötet worden waren; nur ein einziges Mal waren zwei Beamte am selben Tag umgekommen. Das ist seit gestern überholt, dachte Mark grimmig. Sein Blick wanderte die Wand entlang zu einem großen Bild des Kapitols. Daneben hing ein ebenso großes Bild des Obersten Gerichtshofes; Regierung und Gesetz, Hand in Hand. Links waren die Porträts der fünf Direktoren: Hoover, Gray, Rukkelshaus, Kelley, und jetzt der gefürchtete H. A. L. Tyson, im Bureau unter der Bezeichnung Halt bekannt. Offenbar kannte niemand außer seiner Sekretärin seinen Vornamen. Es war ein alter Scherz im FBI: Wer neu eintrat, zahlte einen Dollar, ging zu Mrs. McGregor, seit siebenundzwanzig Jahren die Sekretärin des Direktors, und nannte ihr den Vornamen, den er für den des Direktors hielt. Wer ihn erriet, sollte den gesamten Einsatz bekommen. Im Augenblick betrug er 3.516 Dollar. Mark hatte auf Hector getippt. Mrs. McGregor hatte gelacht, und der Topf war um einen Dollar reicher. Wollte man nochmals raten, kostete das einen weiteren Dollar, irrte man sich aber auch diesmal, musste man zehn Dollar Strafe zahlen. Eine ganze Reihe von Leuten versuchte ihr Glück ein zweites Mal, und mit jedem neuen Opfer wurde der Topf voller.

Mark hatte die, wie er glaubtc, großartige Idee gehabt, die Fingerabdrücke der Verbrecherkartei durchzusehen. Die FBI-Fingerabdruckkartei ist in drei Kategorien eingeteilt – Militär, Zivilisten und Verbrecher. Die Fingerabdrücke der FBI-Agenten findet man in der Kategorie Verbrecher. So lässt sich jeder Agent, der zur anderen Seite überwechselt, aufspüren, vor allem aber können die Fingerabdrücke der Agenten auf dem Schauplatz eines Verbrechens eliminiert werden. Das kommt aber nur selten vor. Mark hatte sich für sehr gescheit gehalten, als er Tysons Karte zu sehen verlangte. Ein Beamter übergab ihm die gewünschte Karte, sie lautete: Größe 1 Meter 74, Gewicht 88 Kilogramm, Haar: braun, Beruf: Direktor des FBI, Name: Tyson H. A. L. Kein Vorname. Der Beamte, ein anonymer Mann im blauen Anzug, lächelte säuerlich; und während er die Karte zurücksteckte, murmelte er so laut, dass Mark es hören konnte: »Noch ein Esel, der glaubt, auf die Schnelle dreitausend Dollar zu kriegen.«

Da das Bureau in den letzten zehn Jahren politischer geworden war, konnte der Kongress der Ernennung eines Beamten der Exekutive, wie Halt einer war, sehr leicht zustimmen. Dem Gesetz zu dienen lag Tyson im Blut. Sein Großvater war Bürgermeister und Polizeichef von Boston gewesen – eine seltene Kombination. Sein Vater war, bevor er in den Ruhestand trat, ein bekannter Staatsanwalt in Massachusetts gewesen. Dass der Enkel der Familientradition gefolgt war und schließlich Direktor des FBI wurde, erstaunte niemanden. Es kursierten unzählige Anekdoten über ihn, und Mark fragte sich manchmal, wie viele davon erfunden waren.

Es bestand kein Zweifel, dass Tyson bei seinem letzten Spiel für Harvard das entscheidende Tor gegen Yale geschossen hatte. Das war ebenso nachzulesen, wie die Tatsache, dass er 1956 in Melbourne der einzige Weiße in der amerikanischen Olympia-Boxstaffel gewesen war. Ob er tatsächlich zu Präsident Nixon gesagt hatte, lieber dem Teufel dienen zu wollen, als unter ihm das FBI zu leiten, konnte niemand mit Sicherheit wissen, aber es war eine Geschichte, die den Kane-Anhängern gefiel.

Tysons Frau war vor fünf Jahren an multipler Sklerose gestorben. Er hatte sie zwanzig Jahre lang mit Hingabe gepflegt.

Der Direktor fürchtete niemanden, und sein Ruf als absolut ehrlicher und integrer Mann erhob ihn in den Augen der Nation weit über die meisten anderen Staatsbeamten. Nach E. Hoovers Tod war eine Periode des Unbehagens gefolgt, doch dann verschafften Kelley und Halt Tyson dem FBI wieder jenes Prestige, dessen es sich in den dreißiger und vierziger Jahren erfreut hatte. Tyson war einer der Gründe, warum Mark gern fünf Jahre seines Lebens dem FBI widmete.

Mark spielte mit dem mittleren Rockknopf, eine Gewohnheit aller Agenten. Während des fünfzehnwöchigen Kursus in Quantico hatte man ihnen eingebleut, die Rockknöpfe immer offen zu lassen, um rasch zur Pistole an der

Hüfte greifen zu können. Kein Agent trug sie in einem Schulterhalfter, und es ärgerte Mark, dass das in Fernsehfilmen über das FBI immer falsch gezeigt wurde. Wann immer ein FBI-Mann Gefahr witterte, spielte er mit dem mittleren Knopf, um sich zu vergewissern, dass die Jacke offen stand. Mark verspürte Angst, Angst vor dem Unbekannten. Angst vor H. A. L. Tyson, Angst, die eine leicht zu ziehende Smith & Wesson nicht beschwichtigen konnte.

Der anonyme junge Mann mit dem wachsamen Blick und dem blauen Blazer kam zurück.

»Der Direktor wird Sie jetzt empfangen.«

Mark stand unsicher auf, straffte sich, rieb die feuchten Handflächen an der Hose ab und folgte dem namenlosen Beamten durch das Vorzimmer in das Allerheiligste. Der Direktor blickte auf, deutete ihm, sich zu setzen, und wartete, bis der Beamte das Zimmer verlassen und die Tür geschlossen hatte. Auch im Sitzen wirkte der Direktor bullig mit dem großen Kopf, der auf massiven Schultern saß. Die buschigen Augenbrauen passten zu dem drahtigen braunen Haar; es war sehr stark gelockt, und bei einem anderen als Tyson hätte man an eine Perücke gedacht. Seine großen Hände lagen auf dem Queen-Anne-Schreibtisch, als versuchte das zierliche Möbelstück zu entkommen. Die Wangen des Direktors waren gerötet, doch nicht vom Alkohol, sondern von Sonne und Wind. Dicht hinter Mark saß ein anderer Mann, durchtrainiert, glatt rasiert und schweigend; der Inbegriff eines Polizisten.

Der Direktor sagte: »Andrews, das ist stellvertretender Direktor Matthew Rogers. Ich habe ihn über die Ereignisse nach Casefikis Tod informiert, wir werden Ihnen ein paar Leute für die Untersuchung zur Verfügung stellen.« Die grauen Augen des Direktors durchdrangen Mark. »Gestern verlor ich zwei meiner besten Männer, Andrews, und nichts, ich wiederhole, nichts wird mich davon abhalten, herauszufinden, wer dafür verantwortlich ist, sogar wenn es die Präsidentin selber ist. Verstehen Sie mich?«

»Ja, Sir«, sagte Mark ruhig.

»Sie werden aus unseren Pressemitteilungen ersehen haben, dass die Öffentlichkeit den gestrigen Vorfall für einen gewöhnlichen Verkehrsunfall hält. Kein Journalist hat die zwei Morde im Woodrow-Wilson-Hospital mit dem Tod meiner Agenten in Verbindung gebracht. Warum sollten sie auch, wenn in den USA alle sechsundzwanzig Minuten ein Mord geschieht?«

Ein Stadtpolizei-Dossier mit der Aufschrift »Leiter der Stadtpolizei« lag vor Tyson. Auch diese Leute wurden also überwacht.

»Wir, Mr. Andrews ...«

Die Worte gaben Mark ein vages Hochgefühl.

»... wir werden sie in dem Glauben lassen. Ich habe mir das, was Sie mir gestern erzählten, sorgfältig überlegt. Lassen Sie mich die Situation zusammenfassen, wie ich sie sehe, und unterbrechen Sie mich, wann immer Sie wollen.«

Unter normalen Umständen hätte Mark gelacht.

Der Direktor blickte in seine Unterlagen.

»Der Grieche wollte also den Leiter des FBI sprechen«, fuhr er fort. »Vielleicht hätte ich seine Bitte erfüllt, hätte ich davon gewusst.« Er blickte auf. »Die Tatsachen: Casefikis gab Ihnen im Hospital einen mündlichen Bericht; der Kern der Aussage war, dass Casefikis dachte, es gäbe ein Komplott, die Präsidentin der Vereinigten Staaten am 10. März zu ermorden. Er erhielt diese Information, während er bei einem privaten Lunch in Georgetown servierte. Bei diesem

Mittagessen war seiner Meinung nach ein Senator anwesend. Ist das soweit richtig, Andrews?«

»Ja, Sir.«

Wieder schaute der Direktor in seine Unterlagen.

»Die Polizei sicherte die Fingerabdrücke des Toten; sie finden sich weder in der FBI-Kartei noch in den Unterlagen der Stadtpolizei. Daher müssen wir nach den vier Morden von gestern Nacht vorläufig von der Voraussetzung ausgehen, dass der griechische Einwanderer uns die Wahrheit erzählt hat. Vielleicht hat er die Dinge nicht ganz korrekt gehört, aber jedenfalls bekam er von einer Sache Wind, die groß genug ist, in einer Nacht vier Morde auszulösen. Wir dürfen auch annehmen, dass die Leute, die hinter diesen teuflischen Vorgängen stecken, wer immer sie sein mögen, sich jetzt in Sicherheit wiegen und glauben, jeden getötet zu haben, der vielleicht von ihren Plänen wusste. Sie können von Glück reden, junger Mann.«

»Ja, Sir.«

»Vermutlich – Sie werden wohl auch daran gedacht haben – nahmen die Leute an, dass Sie sich in dem blauen Ford befanden, nicht wahr?«

Mark nickte. Während der letzten zehn Stunden hatte er kaum an etwas anderes gedacht. Er hoffte nur, dass Norma Stames nicht auf den Gedanken kam.

»Ich möchte, dass diese Verschwörer sich jetzt sicher fühlen, und deshalb werde ich das Programm der Präsidentin für den 10. März nicht ändern, wenigstens nicht im Augenblick.«

Mark wagte einen Einwand. »Begibt sich die Präsidentin damit nicht in große Gefahr, Sir?«

»Andrews, irgendjemand, und es kann ein amerikanischer Senator sein, plant irgendwo, die Präsidentin zu ermorden, bisher hat er immerhin zwei meiner besten Agenten, einen Griechen, der ihn hätte wiedererkennen können, und einen tauben Briefträger umgebracht, dessen einzige Verbindung mit der Sache darin bestand, dass er vielleicht Casefikis' Mörder identifiziert hätte. Wenn wir jetzt mit schweren Geschützen auffahren, schrecken wir die Leute ab. Wir haben kaum Hinweise, wir würden kaum ihre Identität erfahren. Und selbst wenn wir sie entdeckten, könnten wir sie nicht festnageln. Unsere einzige Hoffnung, sie zu erwischen, ist, dass sie sich in Sicherheit wiegen – bis zum allerletzten Moment. Es ist möglich, dass sie bereits jetzt Angst haben, aber ich glaube es nicht. Sie haben so viel Gewalt angewandt, um ihre Absichten geheim zu halten, dass sie einen sehr triftigen Grund haben müssen, die Präsidentin innerhalb von 7 Tagen zu beseitigen. Diesen Grund müssen wir herausfinden.«

»Sollen wir die Präsidentin informieren?«

»Nein, nein, noch nicht. In den letzten Jahren hat sie mit der Waffengesetz-Geschichte schon genug Scherereien gehabt, ohne über die Schulter schauen zu müssen, welcher der Senatoren Mark Anton und welcher Brutus ist.«

»Was unternehmen wir also in den nächsten sechs Tagen?«

»Es ist Ihre und meine Aufgabe, Cassius zu finden. Und vielleicht ist es nicht der mit dem hohlen Blick.«

»Und wenn wir ihn nicht finden?«

»Gott helfe Amerika.«

»Und wenn wir ihn finden?«

»Dann werden Sie ihn vielleicht töten müssen.«

Mark dachte einen Augenblick nach. Er hatte noch nie im Leben jemanden getötet; wenn er es recht überlegte, hatte er noch nie bewusst ein Lebewesen getötet. Er hasste es, Insekten zu zertreten. Der Gedanke, dass der erste Mensch, den er vielleicht töten musste, ein Senator der Vereinigten Staaten sein könnte, schien ihm, gelinde gesagt, beunruhigend.

»Schauen Sie nicht so unglücklich drein, Andrews. Vermutlich wird es nicht dazu kommen. Ich will Ihnen jetzt genau sagen, was ich zu tun beabsichtige. Ich werde H. Stuart Knight, den Leiter des Secret Service, informieren, dass zwei meiner Beamten einen Mann verhört haben, der behauptete, die Präsidentin der Vereinigten Staaten solle irgendwann im Laufe des nächsten Monats ermordet werden. Ich beabsichtige nicht, ihm zu sagen, dass möglicherweise ein Senator mit im Spiel ist. Ich werde ihm auch nicht mitteilen, dass bereits zwei Agenten bei dem Fall ums Leben gekommen sind. Das geht ihn nichts an. Vielleicht hat gar kein Senator etwas damit zu tun, und ich wünsche nicht, dass eine Menge Leute ihre gewählten Vertreter anstarren und sich fragen, welcher von ihnen ein Verbrecher ist.«

Der stellvertretende Direktor räusperte sich und sprach zum ersten Mal. »Obwohl man's von manchen sowieso glaubt.«

Der Direktor fuhr unbeirrt fort: »Andrews, Sie werden heute Morgen einen Bericht über Casefikis' Informationen und die Umstände seiner Ermordung verfassen und Grant Nanna übergeben. Erwähnen Sie die Ermordung von Stames und Calvert nicht; niemand darf die zwei Ereignisse miteinander in Verbindung bringen. Berichten Sie von der Bedrohung der Präsidentin, aber nicht von der Möglichkeit, dass ein Senator beteiligt ist. Halten Sie das für richtig, Matt?«

»Ja«, sagte Rogers. »Wenn wir Leuten, die es nicht wissen

müssen, unseren Verdacht mitteilen, lösen wir vielleicht Sicherheitsmaßnahmen aus, die die Mörder vertreiben. In dem Fall müssten wir wieder ganz von vorne anfangen – wenn wir überhaupt eine zweite Chance bekommen.«

»Richtig«, pflichtete der Direktor bei. »Und wir werden so vorgehen: Es gibt hundert Senatoren, Andrews, und einer von ihnen ist unsere einzige Verbindung zu den Verschwörern. Es wird Ihre Aufgabe sein, diesen Mann zu finden. Der stellvertretende Direktor wird einige seiner Leute auf die wenigen anderen Spuren ansetzen. Die Details brauchen die Männer nicht zu wissen. Matt, beginnen Sie Ihre Nachforschungen im *Golden Duck*.«

»Dann müssen wir feststellen, welches Hotel in Georgetown am 24. Februar ein privates Mittagessen arrangiert hat«, sagte Rogers. »Dann nehmen wir uns das Krankenhaus vor. Vielleicht hat jemand verdächtige Typen auf dem Parkplatz oder in den Korridoren beobachtet. Die Mörder müssen unseren Ford gesehen haben, während Calvert und Sie, Andrews, Casefikis verhört haben. Ich glaube, das ist alles, was wir im Augenblick tun können.«

»Ich bin Ihrer Meinung«, sagte der Direktor. »Okay, danke, Matt, ich möchte Ihre Zeit nicht länger beanspruchen. Bitte benachrichtigen Sie mich umgehend, wenn Sie etwas Neues erfahren.

»Natürlich«, sagte der stellvertretende Direktor. Er stand auf und ging. Mark war still dabeigesessen, beeindruckt von der Präzision, mit der der Direktor alle Einzelheiten des Falles erfasst hatte; sein Gehirn funktionierte offenbar wie ein Karteikasten.

Der Direktor drückte einen Knopf der Sprechanlage.

»Bitte zwei Tassen Kaffee, Mrs. McGregor.«

»Gern, Sir.«

»Sie, Andrews, kommen täglich um sieben Uhr morgens zur Berichterstattung in mein Büro. Sollte sich etwas Außerordentliches ereignen, rufen Sie mich an und verwenden den Code-Namen Julius. Ich werde denselben Code benutzen, wenn ich Sie anrufe. Was immer Sie gerade tun, sobald Sie das Wort Julius hören, lassen Sie alles liegen und stehen, haben Sie verstanden?«

»Ja, Sir.«

»Und jetzt komme ich zu einem wesentlichen Punkt. Wenn ich sterben oder verschwinden sollte, müssen Sie die Justizministerin informieren; um alles andere wird sich Rogers kümmern. Sollten Sie umkommen, junger Mann, können Sie alles Weitere mir überlassen.« Zum ersten Mal lächelte Tyson – Mark fand es weniger komisch. »Ich ersehe aus meinen Unterlagen, dass Sie Anspruch auf zwei Wochen Urlaub haben. Sie werden Ihren Urlaub heute Mittag antreten. Ich möchte, dass Sie mindestens eine Woche lang offiziell nicht existieren. Grant Nanna ist bereits informiert, dass Sie zu mir abkommandiert sind«, fuhr der Direktor fort. »Sie werden mich sechs Tage lang Tag und Nacht aushalten müssen, junger Mann, und das ist etwas, das außer meiner verstorbenen Frau niemandem je zugemutet wurde.«

»Und Sie werden mich aushalten müssen«, war Marks rasche unbedachte Antwort.

Er wartete auf einen Rüffel, doch statt dessen lächelte der Direktor wieder.

Mrs. McGregor kam mit dem Kaffee, goss die Tassen voll und verschwand. Der Direktor leerte seine Tasse in einem Zug und ging im Zimmer auf und ab, wie in einem Käfig. Mark saß ganz still, aber seine Augen hingen an Tyson. Der schwere Körper mit den breiten Schultern schwankte vor und zurück, der große Kopf mit dem buschigen Haar pendelte von einer Seite zur anderen. Er vollzog das Ritual, das die Agenten den »Denkprozess« nannten.

»Als Erstes müssen Sie feststellen, welche Senatoren am 24. Februar in Washington waren, Andrews. Das war ein Donnerstag, und wegen des bevorstehenden Wochenendes waren die meisten dieser Schießbudenfiguren wahrscheinlich über das ganze Land verstreut; entweder haben sie Reden gehalten, oder sie haben mit ihren verwöhnten Kindern Ferien gemacht.«

Der Direktor war deshalb allgemein beliebt, weil er den Leuten Grobheiten auch direkt ins Gesicht sagte. Mark lächelte und entspannte sich.

»Wenn wir die Liste haben, werden wir versuchen, Gemeinsamkeiten unter den Senatoren herauszufinden. Trennen Sie die Republikaner von den Demokraten, und teilen Sie die Leute nach ihren öffentlichen und privaten Interessen in Gruppen ein. Dann müssen wir herausfinden, wer von ihnen mit Präsidentin Kane zu tun hat oder gehabt hat, im Guten wie im Bösen. Ihr Bericht wird alle diese Einzelheiten enthalten und bis zu unserer Besprechung morgen früh fertig sein. Verstanden?«

»Ja, Sir.«

»Noch etwas anderes müssen Sie verstehen, Andrews. Sie wissen bestimmt, dass sich das FBI während der letzten zehn Jahre in einer sehr heiklen politischen Situation befunden hat. Die Wachhunde im Kongress warten nur darauf, dass wir unsere Befugnisse überschreiten. Wenn wir ohne unwiderlegbare Schuldbeweise einen Senator irgendwie verdächtigen, werden sie das Bureau rädern und vierteilen. Und meiner Ansicht nach zu Recht. In einer Demokratie muss man bei allen Behörden sicher sein, dass sie sich niemals in das politische Geschehen einmischen. Wir müssen auf unsere weiße Weste achten, noch mehr als Cäsars Frau. Verstanden?«

»Ja, Sir.«

»Heute haben wir noch sechs Tage vor uns, morgen nur mehr fünf, und ich will diesen Mann und seine Freunde auf frischer Tat ertappen. Daher werden wir uns nicht um die Beschränkung der Überstunden kümmern können.«

»Nein, Sir.«

Der Direktor kehrte zu seinem Schreibtisch zurück und rief Mrs. McGregor zu sich.

»Mrs. McGregor, das ist Spezialagent Andrews, der während der nächsten sechs Tage bei einer überaus heiklen Untersuchung eng mit mir zusammenarbeiten wird. Lassen Sie ihn sofort zu mir, wann immer er mich sprechen möchte. Wenn irgendjemand außer Rogers bei mir ist, benachrichtigen Sie mich bitte sofort. Kein Warten, keine Formalitäten.«

»Ja, Sir.«

»Und ich wäre Ihnen dankbar, wenn Sie mit niemandem darüber sprächen.«

»Natürlich nicht, Mr. Tyson.«

Der Direktor wandte sich an Mark. »Gehen Sie in Ihr Büro zurück, und machen Sie sich an die Arbeit. Ich sehe Sie morgen um sieben Uhr früh.«

Mark stand auf. Er hatte den Kaffee noch nicht ausgetrunken. Vielleicht würde er nach sechs Tagen den Mut haben, darauf hinzuweisen. Er schüttelte dem Direktor die Hand und ging zur Tür. Als er sie öffnete, fügte der Direktor hinzu: »Ich hoffe, Sie werden sehr vorsichtig sein, Andrews. Schauen Sie über beide Schultern gleichzeitig.«

Mark schauderte ein wenig. Er verließ rasch das Zimmer

und lief durch den Korridor; im Fahrstuhl stand er mit dem Rücken zur Wand, und während er im Erdgeschoss zum Ausgang ging, drückte er sich gegen die Wand, als er mit einer Touristengruppe zusammenstieß, die die Bilder der zehn meistgesuchten Verbrecher Amerikas studierte. Würde eines davon nächste Woche einen Senator zeigen?

Er lief über die Fahrbahn, wich den Autos aus und erreichte auf der anderen Seite der Pennsylvania Avenue das Washington Field Office. Heute würde es ihm nicht wie sein Zuhause erscheinen. Zwei Männer fehlten, und sie würden nicht leicht zu ersetzen sein. Die Fahnen auf dem FBI-Gebäude und auf dem alten Postgebäude wehten auf halbmast.

Mark ging direkt in Grant Nannas Büro. Grant war über Nacht um zehn Jahre gealtert. Für ihn waren zwei Freunde gestorben, einer hatte unter ihm und einer über ihm gearbeitet.

»Setzen Sie sich, Mark.«

»Danke, Sir.«

»Der Direktor hat bereits mit mir gesprochen. Ich habe keine Fragen gestellt. Wie ich höre, treten Sie heute Mittag einen zweiwöchigen Urlaub an und schreiben mir ein Memorandum über die Vorgänge im Hospital. Ich werde es an höhere Stellen weiterleiten, und damit ist die Angelegenheit, so weit sie das Field Office betrifft, zu Ende, weil die Mordkommission übernimmt. Man versucht mir auch einzureden, dass Nick und Barry bei einem Autounglück ums Leben gekommen sind.«

»Ja, Sir.«

»Ich glaube kein verdammtes Wort davon«, sagte Nanna. »Sie stecken jetzt irgendwie mitten drin. Vielleicht können Sie die Hunde, die es getan haben, erwischen. Zerquetschen sie ihnen die Eier, wenn Sie sie finden, und rufen Sie mich, damit ich Ihnen dabei helfen kann, denn wenn ich diese Schweine in die Hände bekomme ...«

Mark schaute Grant Nanna an und blickte taktvoll weg, bis sein Vorgesetzter Gesichtsausdruck und Stimme wieder in der Gewalt hatte.

»Sobald ich dieses Büro verlassen habe, haben Sie keine Erlaubnis, mich zu kontaktieren, aber wenn ich Ihnen irgendwann helfen kann, rufen Sie mich trotzdem an. Sagen Sie dem Direktor nichts davon. Er würde uns beide umbringen, wenn er es herausfände. Los, Mark, an die Arbeit.«

Mark ging rasch in sein eigenes Büro. Er setzte sich hin und schrieb seinen Bericht, kurz und bündig, genau wie der Direktor es angeordnet hatte. Er brachte ihn zu Nanna, der ihn überflog und zur ausgehenden Post warf.

»Saubere, nichts sagende Sache, Mark.«

Mark erwiderte nichts. Er meldete sich ab und verließ das Field Office, den einzigen Ort, an dem er sich sicher fühlte. Jetzt würde er sechs Tage lang allein auf sich angewiesen sein. Ehrgeizige Männer wollen oft ein paar Jahre in die Zukunft blicken, um zu wissen, wie sich ihre Karriere gestalten wird. Mark wäre mit einer Woche zufrieden gewesen.

Der Direktor drückte auf einen Knopf. Der namenlose Mann im dunkelblauen Blazer betrat das Zimmer.

»Sir.«

»Ich möchte, dass Andrews Tag und Nacht überwacht wird; sechs Männer in drei Schichten, die mir jeden Morgen berichten. Ich will alle Einzelheiten über ihn wissen; seine Herkunft, Erziehung, Freundinnen, Freunde, Gewohnheiten, Hobbys, religiöse Bindungen, ob er Organisationen oder Vereinen angehört, alles, und zwar morgens um sechs Uhr fünfundvierzig. Verstanden?«

»Ja, Sir.«

Da die Beamten im Senat vermutlich misstrauisch geworden wären, wenn ein FBI-Agent Auskünfte über ihre Arbeitgeber verlangt hätte, begann Mark seine Nachforschungen in der Kongressbibliothek. Als er die vielen Treppen hinaufging, erinnerte er sich an eine Szene in dem Watergate-Film »Die Unbestechlichen«, in der die beiden Journalisten Woodward und Bernstein zahllose unergiebige Stunden damit verbracht hatten, in den Kellern des Gebäudes nach ein paar Papierfetzen zu suchen; nach einem Beweis, dass E. Howard Hunt Material über Edward M. Kennedy an sich genommen hatte. Und so wie den Reportern würde es auch ihm, dem FBI-Mann auf der Spur eines Mörders, gehen. Den Unterschied zwischen Erfolg und Versagen machten langwierige Nachforschungen, nicht Heldentaten.

Mark öffnete die Tür zum Lesesaal und ging in den Hauptraum hinein, einen riesigen, runden, von einer Kuppel gekrönten Saal, der in gedämpftem Gold, Beige und Bronze gehalten war. Im Erdgeschoss standen Reihen von dunklen Holztischen in konzentrischen Kreisen um die Katalogschränke in der Mitte. In der zweiten Etage befanden sich Tausende Bücher, die durch anmutige Mauerbögen hindurch zu sehen waren. Mark trat an den Informationstisch und fragte mit leiser Stimme, wie in Bibliotheken üblich, wo er die neuesten Nummern des *Congressional Record* finden könne, der über alles Aufschluss gibt, was man über Senatoren und Kongressmitglieder wissen möchte.

»Zimmer 244. Im Lesezimmer der Juristischen Bibliothek.«

»Wie komme ich dorthin?«

»Gehen Sie am Landkartenkatalog vorbei zur anderen Gebäudeseite, und fahren Sie mit dem Fahrstuhl in den zweiten Stock.«

Es gelang Mark, die Juristische Bibliothek zu finden, einen weißen, rechteckigen Raum auf der linken Seite des Gebäudes. Drei Wände waren mit Büchern bedeckt. Mit Hilfe eines weiteren Bibliotheksangestellten fand er rechts auf einem der dunkelbraunen Regale den *Congressional Record.* Er legte den lose gehefteten Band mit der Aufschrift »24. Februar 1983« auf einen leeren Tisch und machte sich an die mühsame Suche.

Nachdem er eine halbe Stunde lang in der Übersicht über die Senatsaktivitäten geblättert hatte, stellte er fest, dass er Glück hatte. Offenbar hatten an diesem Wochenende viele Senatoren Washington verlassen gehabt, denn die Abstimmungsprotokolle vom 24. Februar ergaben, dass niemals mehr als sechzig Senatoren im Saal anwesend gewesen waren. Die Vorlagen, über die abgestimmt worden waren, schienen wichtig genug, um die Anwesenheit aller jener Senatoren zu garantieren, die sich in den Nischen und Winkeln des Senats oder in der Stadt aufgehalten hatten. Nachdem Mark jene Senatoren ausgeschieden hatte, die von den Sprechern der beiden Parteien wegen Krankheit oder anderer Gründe entschuldigt worden waren, und jene hinzugefügt hatte, die durch offizielle Geschäfte verhindert gewesen waren, blieben zweiundsechzig Senatoren, die sich mit Bestimmtheit am 24. Februar in Washington aufgehalten hatten. Hierauf überprüfte Mark als Gegenprobe die anderen achtunddreißig Senatoren, einen nach dem anderen – eine langweilige Arbeit. Aus irgendeinem Grund waren sie alle an diesem Tag nicht in der Stadt gewesen. Er schaute auf die Uhr, es war zwölf Uhr fünfzehn. Doch er hatte keine Zeit für einen Imbiss.

# 5

*Freitag, 4. März* *12 Uhr 30*

Drei Männer waren eingetroffen. Keiner mochte den anderen. Nur das gemeinsame Band einer hohen Belohnung hatte sie zusammengeführt. Der erste wurde Tony genannt, doch er hatte so viele Namen, dass niemand den richtigen kannte, höchstens seine Mutter. Und seine Mutter hatte ihn in den letzten zwanzig Jahren, seit er Sizilien verlassen hatte, um seinem Vater in die Vereinigten Staaten zu folgen, nicht mehr gesehen. Der Vater hatte Italien wiederum zwanzig Jahre vor ihm verlassen, anscheinend eine Familientradition.

Das FBI-Dossier beschrieb Tony als einen Meter siebzig groß, Gewicht siebzig Kilo, mittlere Statur, schwarzes Haar, gerade Nase, braune Augen, keine besonderen Kennzeichen, einmal verhaftet und in Verbindung mit einem Bankraub angeklagt; zu zwei Jahren Gefängnis verurteilt. In dem Dossier stand nicht, dass Tony ein brillanter Autofahrer war. Das hatte er gestern bewiesen, und wenn der Deutsche nicht den Kopf verloren hätte, wären hier jetzt vier Männer anwesend, nicht drei. Er hatte den Boss gewarnt. »Wenn Sie einen Deutschen engagieren wollen, dann lassen Sie ihn das Auto bauen, aber nicht lenken.« Der Boss hatte nicht auf ihn gehört, und nun hatte man den

Deutschen aus dem Potomac gezogen. Das nächste Mal würden sie Tonys Vetter Mario einsetzen. Dann würde zumindest noch ein menschliches Wesen in ihrem Team sein; denn der ehemalige Polizist und der kleine Japaner, der nie den Mund aufmachte, zählten nicht.

Tony warf einen Blick auf Xan Tho Huc, der nie sprach, wenn man ihn nicht direkt fragte. Eigentlich war er Vietnamese, aber er war 1979 nach Japan geflüchtet. Hätte er an den Olympischen Spielen in Los Angeles teilgenommen, wäre sein Name weltbekannt geworden, denn er hätte mit Sicherheit die eine oder andere Goldmedaille in den Schießwettbewerben gewonnen. Aber für die Karriere, die Xan im Sinn hatte, war es besser, unbekannt zu bleiben, und so zog er sich aus dem japanischen Olympiateam zurück. Sein Trainer versuchte vergeblich, ihn umzustimmen. Für Tony blieb Xan ein verdammter Japs, obwohl er widerwillig zugeben musste, dass er niemanden kannte, der auf eine Entfernung von achthundert Metern zehn Schüsse in ein Quadrat von sieben Zentimetern Seitenlänge abgeben konnte. Genau die Größe von Florentyna Kanes Stirn.

Der Japaner saß unbeweglich da und starrte ihn an. Sein Aussehen half ihm bei der Arbeit. Niemand vermutete in dem kleinen schmächtigen Mann einen Schützen von Weltklasse. Die meisten Leute glauben immer noch, dass gute Schützen klobige Cowboys und stiernackige Weiße sein müssten. Hätte man jemandem gesagt, dass Xan ein unbarmherziger Mörder war, so hätte er eher angenommen, dass Xan mit seinen Händen, mit spanischen oder japanischen Würgeisen oder gar mit Gift arbeitete. Von den dreien war Xan der Einzige, der eine persönliche Rechnung zu begleichen hatte. Als Kind in Vietnam hatte er mit ansehen müssen, wie seine Eltern von den Amerikanern abgeschlachtet wurden – sie, die immer so freundlich von den Yankees gesprochen und sie unterstützt hatten, bis sie von ihren Kugeln durchsiebt wurden. Xan hatten die Soldaten liegen lassen, sie hielten ihn für tot; ein zu unbedeutendes Ziel für ihre Gewehre. Von diesem Moment an hatte Xan sich in stummer Verzweiflung geschworen, seinen Verlust zu rächen. Er war nach Japan geflohen und hatte sich nach dem Fall von Saigon zwei Jahre lang im Untergrund gehalten, dann in einem chinesischen Restaurant gearbeitet und die Unterstützung des amerikanischen Hilfsprogramms für vietnamesische Flüchtlinge kassiert. Hierauf hatte er seinen alten Freunden vom vietnamesischen Geheimdienst seine Dienste angeboten. Doch die Amerikaner hatten sich aus Asien fast gänzlich zurückgezogen, und da die Kommunisten nun weniger Killer brauchten, dafür mehr Anwälte, hatte man bedauert, keine Arbeit für ihn zu haben. Also hatte Xan sich in Japan auf eigene Füße gestellt. 1974 erhielt er die japanische Staatsbürgerschaft und einen Pass und begann seine neue Laufbahn.

Anders als Tony, hatte Xan gegen seine Mitarbeiter nichts einzuwenden. Er dachte gar nicht über sie nach. Man hatte ihn angeworben, um eine große Aufgabe zu erfüllen, eine Aufgabe, für die er sehr gut bezahlt werden würde und durch die er die Ermordung seiner Eltern zumindest teilweise rächen konnte. Die anderen spielten untergeordnete Rollen bei der Unterstützung seiner Operation. Vorausgesetzt, sie begingen keine allzu großen Fehler, würde er seinen Teil einwandfrei ausführen und ein paar Tage später wieder im Fernen Osten sein. Bangkok oder Manila, oder vielleicht Singapur. Das hatte Xan noch nicht entschieden. Sobald das alles vorüber war, würde er eine lange Ruhepause brauchen und sie sich auch leisten können.

Der dritte Mann im Zimmer, Ralph Matson, war vielleicht der gefährlichste der drei. Einen Meter achtundachtzig groß, breitschultrig, mit einer großen Nase und einem kräftigen Kinn, hochintelligent. Nach fünf Jahren als Spezialagent des FBI hatte er nach Hoovers Tod den Dienst ohne Aufsehen quittiert; Loyalität dem Chef gegenüber und all der Unsinn! Damals hatte er bereits genug gewusst, um alles, was ihn das Bureau über Kriminologie gelehrt hatte, verwerten zu können. Er hatte mit kleinen Erpressungen angefangen – Leute, die nicht wollten, dass ihre FBI-Dossiers an die Öffentlichkeit gelangten. Aber jetzt war er auf größere Fische aus. Er vertraute niemandem, auch das hatte ihm das Bureau beigebracht, und ganz bestimmt nicht dem dummen Italiener, der in einer brenzligen Situation wahrscheinlich rückwärts statt vorwärts fuhr, oder dem schweigenden schlitzäugigen Killer.

Niemand sprach. Die Tür öffnete sich. Drei Köpfe wandten sich um, drei Köpfe, die an Gefahr gewöhnt waren und keinen Wert auf Überraschungen legten. Als sie die beiden Männer eintreten sahen, entspannten sie sich sofort wieder.

Der jüngere der beiden rauchte. Er setzte sich an das oberste Ende des Tisches, auf den Platz des Vorsitzenden; der zweite Mann nahm neben Matson Platz, rechts vom Vorsitzenden. Sie nickten. Mehr nicht. Der jüngere Mann – auf seiner Wahlkarte stand Peter Nicholson, auf seiner Geburtsurkunde Pjotr Nikolaiwitsch – sah aus wie der Leiter einer erfolgreichen Kosmetikfirma. Sein Anzug verriet, dass er bei Chester Barrie einkaufte, seine Schuhe waren von Loeb, die Krawatte von Ted Lapidus. Sein Dossier beim FBI verriet gar nichts. Deshalb saß er am Kopfende des Tisches. Er sah sich nicht als Verbrecher; er wollte nichts anderes, als den Status quo aufrechterhalten.

Er war einer jener Millionäre aus den Südstaaten, die ihr Vermögen im Handel mit Handfeuerwaffen gemacht hatten. Das war ein gigantisches Geschäft. Es war ein verfassungsmäßiges Recht jedes amerikanischen Bürgers, eine Waffe zu tragen, und jeder vierte Amerikaner machte von diesem Recht auch Gebrauch. Eine gewöhnliche Pistole oder ein Revolver waren schon für hundert Dollar zu haben, aber die Spezialgewehre und Flinten, für viele Amerikaner ein Statussymbol, kosteten bis zu zehntausend Dollar. Der Vorsitzende und seine Freunde verkauften Millionen von Pistolen und Zehntausende Gewehre. Es war nicht schwer gewesen, Ronald Reagan zu überreden, das Handfeuerwaffengeschäft nicht anzutasten, aber sie wussten, dass sie bei Florentyna Kane kein Glück haben würden. Die Gesetzesvorlage zur Kontrolle des Waffenhandels war bereits mit knapper Mehrheit im Repräsentantenhaus angenommen worden, und im Senat würde es nicht anders sein, falls man keine drastischen Maßnahmen ergriff. Der Vorsitzende war also anwesend, um den Status quo zu wahren.

Er eröffnete, wie jeder Vorsitzende, formell die Sitzung und verlangte von seinen Leuten einen Bericht. Zuerst Matson.

Die große Nase bewegte sich ruckweise auf und ab, die kantigen Kiefern malmten.

»Ich habe auf dem FBI-Kanal eins mitgehört.« Als er sich beim FBI auf seine Verbrecherkarriere vorbereitete, hatte er ein tragbares Walkie-Talkie gestohlen. Er hatte es unter irgendeinem Vorwand mitgenommen und dann als verloren gemeldet. Er erhielt einen Verweis und musste dem Bureau das Gerät ersetzen – ein kleiner Preis für das Privileg, FBI-Gespräche abzuhören. »Ich wusste, dass sich der griechische Kellner irgendwo in Washington versteckte, und nahm an, dass er früher oder später wegen seiner Schusswunde in einem der fünf Krankenhäuser auftauchen würde. Zu einem Privatarzt zu gehen, konnte er sich nicht leisten. Dann hörte ich das Arschloch Stames auf Kanal eins.«

»Keine Kraftworte, bitte«, unterbrach der Vorsitzende.

Stames hatte Matson während seiner Dienstzeit dreimal einen Verweis erteilt. Matson trauerte ihm nicht nach. Er fuhr fort.

»Ich hörte Stames auf dem Weg ins Krankenhaus auf Kanal eins. Er bat einen Pater Gregory, den Griechen zu besuchen. Es war nur ein Versuch, aber ich erinnerte mich, dass Stames selbst Grieche war, und so war es nicht schwer, Pater Gregory zu finden. Ich kam zu ihm, als er eben weggehen wollte, und teilte ihm mit, dass der Grieche aus dem Krankenhaus entlassen worden sei und seine Dienste nicht mehr brauchte. Und dankte ihm. Da Stames tot ist, wird niemand diese Spur verfolgen, und wenn es jemand tut, wird er auch nicht viel erfahren. Ich ging zur nächsten griechisch-orthodoxen Kirche, stahl ein Meßgewand, einen Hut und ein Kreuz und fuhr zum Woodrow-Wilson-Hospital. Als ich ankam, waren Stames und Calvert schon wieder fort. Von dem Mädchen am Eingang erfuhr ich, dass zwei Männer vom FBI da gewesen und wieder ins Field Office zurückgekehrt seien. Ich stellte fest, in welchem Zimmer Casefikis lag; es war ganz einfach, unbemerkt hineinzugehen. Er schlief. Ich schnitt ihm die Kehle durch.«

Der Senator zuckte zusammen.

»Im nächsten Bett lag ein Nigger, das durften wir nicht riskieren. Vielleicht hatte er alles gehört und konnte eine Beschreibung von mir geben. Ich schnitt ihm auch den Hals durch.«

Dem Senator wurde übel. Den Tod dieser Männer hatte er nicht gewollt. Der Vorsitzende zeigte keine Gefühlsregung, das war der Unterschied zwischen Profis und Amateuren.

»Dann rief ich Tony in seinem Wagen an. Er fuhr zum Washington Field Office und sah Stames und Calvert gemeinsam aus dem Gebäude kommen. Dann setzte ich mich mit Ihnen in Verbindung, Boss, und Tony führte Ihre Befehle aus.«

Der Vorsitzende übergab ihm ein Paket mit hundert Hundertdollarnoten. Alle amerikanischen Angestellten werden nach ihrer Altersstufe und ihrer Leistung bezahlt. Hier war es nicht anders.

»Tony.«

»Als die zwei Männer das alte Postgebäude verließen, folgten wir ihnen wie befohlen. Sie fuhren über die Memorial Bridge. Der Deutsche überholte sie und kam ihnen ein gutes Stück vor. Sobald ich sah, dass sie, wie vermutet, in den George Washington Parkway einbogen, benachrichtigte ich Gerbach per Funk. Er wartete ungefähr eineinhalb Kilometer vor uns, ohne Licht, auf dem Mittelstreifen hinter einem Gebüsch. Dann drehte er das Licht an und kam auf der falschen Seite des Parkway den Hügel herunter. Als der FBI-Wagen die Windy Run Bridge hinter sich hatte, fuhr er direkt auf ihn zu. Ich beschleunigte und überholte auf der linken Seite. Ich traf sie seitlich mit etwa hundert Stundenkilometern, und im selben Augenblick kollidierte der verdammte Deutsche mit ihnen. Das Übrige wissen Sie, Boss. Wenn er nicht den Kopf verloren hätte«, schloss Tony verächtlich, »säße der Deutsche hier, um persönlich Bericht zu erstatten.«

»Was haben Sie mit dem Auto gemacht?«

»Ich fuhr in Marios Werkstätte, tauschte Motorblock und Kennzeichentafel aus, reparierte den Schaden an der Stoßstange, überspritzte den Wagen und ließ ihn stehen. Wenn der Besitzer ihn findet, wird er vermutlich sein eigenes Auto nicht wiedererkennen.«

»Wo haben Sie den Wagen gelassen?«

»New York. In der Bronx.«

»Gut. Dort gibt es alle vier Stunden einen Mord, also werden sie wenig Zeit haben, nach einem verschwundenen Auto zu suchen.«

Der Vorsitzende schob ein weiteres Paket über den Tisch: dreitausend Dollar in gebrauchten Fünfzigdollarscheinen. »Bleiben Sie nüchtern, Tony, wir werden Sie wieder brauchen.« Was diese nächste Aufgabe sein würde, verschwieg er. Er sagte nur: »Xan«, drückte die Zigarette aus und zündete die nächste an. Alle Blicke wandten sich dem stillen Vietnamesen zu. Sein Englisch war gut, aber er hatte einen starken Akzent. Wie viele gebildete Asiaten ließ er gern den bestimmten Artikel aus, was seiner Sprache ein seltsames Stakkato verlieh.

»Ich war den ganzen Abend mit Tony, als wir Ihren Befehl erhielten, zwei Männer in Ford Sedan zu eliminieren. Wir folgten ihnen über Brücke und Parkway, und als Deutscher vor Ford einbog, ließ ich in drei Sekunden ihre hinteren Pneus platzen, kurz bevor Tony in sie hineinfuhr. Danach hatten sie keine Möglichkeit, Wagen unter Kontrolle zu bekommen.«

»Wie können Sie so sicher sein, dass Sie nur drei Sekunden gebraucht haben?«, erkundigte sich der Vorsitzende.

»Beim heutigen Training erreichte ich im Durchschnitt 2,8.«

Schweigen. Der Vorsitzende schob wieder ein Paket über den Tisch: weitere hundert Fünfziger, zweitausendfünfhundert für jeden Schuss.

»Haben Sie irgendeine Frage, Senator?«

Der Senator schaute nicht auf, aber er schüttelte schwach den Kopf.

Der Vorsitzende fuhr fort: »Aus den Pressemeldungen und aus unseren weiteren Nachforschungen geht hervor, dass niemand die beiden Vorfälle miteinander in Verbindung brachte. Aber das FBI ist nicht dumm. Wir müssen hoffen, dass wir jeden ausgeschaltet haben, der etwas von Casefikis' Bericht wissen konnte, falls er überhaupt etwas erzählt hat. Vielleicht sind wir übervorsichtig. Sicher ist, dass wir jeden beseitigt haben, der mit diesem Krankenhaus in Verbindung stand. Aber wir wissen immer noch nicht, ob der Grieche etwas wusste, das den ganzen Aufwand wert war.«

»Darf ich etwas sagen, Boss?«

Der Vorsitzende blickte auf. Hier bat keiner um das Wort, der nicht etwas Wichtiges vorzubringen hatte – für eine amerikanische Vorstandssitzung etwas höchst Ungewöhnliches. Der Vorsitzende erteilte Matson das Wort.

»Etwas macht mir Sorgen, Boss. Warum ist Nick Stames ins Hospital gefahren?«

Alle starrten ihn an und wussten nicht recht, was er meinte.

»Wir wissen aus meinen Nachforschungen und von meinen Verbindungsleuten, dass Calvert dort war, aber wir wissen nicht mit Sicherheit, ob auch Stames dort war. Wir wissen nur, dass zwei Agenten hinfuhren und dass Stames Pater Gregory aufforderte, hinzugehen. Wir wissen, dass Stames mit Calvert nach Hause fahren wollte, aber meine Erfahrung sagt mir, dass Stames nicht persönlich ins Hospital gegangen wäre. Er hätte jemanden anderen hingeschickt.«

»Selbst wenn er es für eine wichtige Angelegenheit gehalten hat?«, unterbrach der Vorsitzende.

»Er konnte nicht wissen, ob es sich um etwas Wichtiges handelte, Boss. Das konnte er erst wissen, nachdem er den Bericht seiner Agenten in Händen hatte.«

Der Vorsitzende zuckte die Achseln. »Die Tatsachen weisen darauf hin, dass Stames mit Calvert ins Hospital ging. Er verließ das Washington Field Office mit Calvert, und sie fuhren mit demselben Wagen, der aus dem Hospital herauskam.«

»Ich weiß, Boss. Aber es gefällt mir nicht, ich weiß, dass wir alles bedacht haben, aber es ist möglich, dass drei oder mehr Männer das Field Office verließen und dass immer noch ein Kerl herumläuft, der weiß, was tatsächlich geschehen ist.«

»Das ist unwahrscheinlich«, sagte der Senator, »wie Sie meinem Bericht entnehmen werden.«

Matson presste die Lippen zusammen.

»Sie sind nicht ganz zufrieden, Matson?«

»Nein, Sir.«

»Gehen Sie der Sache nach, und melden Sie sich bei mir, wenn Sie etwas herausfinden.«

Der Vorsitzende ging niemals ein Risiko ein. Er schaute den Senator an.

Der Senator verachtete diese Männer. Sie waren kleinkariert und geldgierig. Für sie zählte nur das Geld, und das würde die Kane ihnen wegnehmen. Wie ihre Gewalttätigkeit ihn erschreckte und abstieß! Er hätte diesem Hundesohn Nicholson mit seinen glatten Reden nie erlauben dürfen, so viel Geld in seinen geheimen Wahlfonds einzuzahlen – obwohl er ohne das Geld nicht gewählt worden wäre. Es war sehr viel Geld, und sie hatten damals eine so bescheidene Gegenleistung dafür verlangt: hartnäckige Opposition gegen alle Gesetzesvorlagen zur Kontrolle des Waffenhandels. Zum Teufel, er war wirklich gegen jede Kontrolle des Waffenhandels! Aber die Präsidentin zu ermorden, um das Gesetz zu verhindern, das war heller Wahnsinn. Doch der Vorsitzende hatte ihn in seiner Gewalt. »Entweder Sie machen mit, mein Freund, oder wir packen aus«, hatte er seidenweich gesagt. Der Senator hatte ein halbes Leben dafür gearbeitet, in den Senat zu kommen, und überdies leistete er dort verdammt gute Arbeit. Wenn sie die Sache auffliegen ließen, wäre er erledigt. Ein öffentlicher Skandal. Das konnte er nicht ertragen. »Arbeiten Sie mit uns, mein Freund, zu Ihrem eigenen Besten. Wir brauchen nur ein paar Informationen und Ihre Anwesenheit im Kapitol am 10. März. Seien Sie vernünftig, mein Freund, warum wollen Sie wegen einer Polin Ihr ganzes Leben ruinieren?« Der Senator räusperte sich.

»Es ist höchst unwahrscheinlich, dass das FBI irgendetwas von unseren Plänen ahnt. Nähme das Bureau die angebliche Bedrohung ernster als die tausend Drohungen, die die Präsidentin täglich erhält, so hätte es, wie Mr. Matson weiß, sofort das Secret Service informiert. Mein Sekretär hat sich vergewissert, dass das Programm der Präsidentin für diese Woche unverändert bleibt. Sie wird alle Vereinbarungen einhalten und sich am Morgen des 10.

März ins Kapitol begeben, um vor dem Senat zu sprechen.«

»Aber, das ist es ja eben«, unterbrach Matson höhnisch. »Alle Drohungen gegen die Präsidentin, gleichgültig wie absurd und weit hergeholt sie auch sein mögen, werden routinemäßig dem Secret Service gemeldet. Wenn das FBI nichts berichtet hat, so bedeutet das …«

»Es kann bedeuten, dass sie überhaupt nichts wissen«, sagte der Vorsitzende mit Nachdruck. »Ich sagte Ihnen bereits, dass Sie der Sache nachgehen sollen. Lassen Sie jetzt den Senator eine wichtigere Frage beantworten: Würden die Leute vom FBI die Präsidentin informieren, wenn sie alle Einzelheiten wüssten?«

Der Senator zögerte. »Nein, ich glaube nicht. Oder nur, wenn sie mit absoluter Sicherheit von einer Gefahr an einem bestimmten Tag wüssten. Sonst würden sie wie geplant weitermachen. Wenn man jede Drohung oder jede Andeutung einer Drohung ernst nähme, dürfte die Präsidentin nie das Weiße Haus verlassen. Der letztjährige Bericht des Secret Service an den Kongress enthielt 1572 Morddrohungen gegen die Präsidentin, aber tatsächlich weiß man von keinem einzigen Versuch.«

Der Vorsitzende nickte. »Entweder sie wissen alles, oder sie wissen nichts.«

Matson blieb hartnäckig. »Ich bin immer noch Mitglied der Vereinigung ehemaliger Spezialagenten, und ich war gestern bei einer Zusammenkunft. Niemand wusste etwas. Irgendjemand müsste etwas erfahren haben. Später nahm ich einen Drink mit Grant Nanna, meinem alten Boss im Washington Field Office, und er schien beinahe desinteressiert, was ich seltsam fand. Ich dachte, Stames sei einer seiner Freunde gewesen; natürlich konnte ich nicht in ihn dringen, denn Stames gehörte nicht zu meinen Freunden. Ich bin immer noch beunruhigt. Es passt nicht ins Bild, dass Stames ins Krankenhaus fuhr und dass niemand im Bureau seinen Tod erwähnt.«

»Okay, okay«, sagte der Vorsitzende. »Wenn wir sie nicht am 10. März erwischen, können wir es gleich aufgeben. Wir fahren fort, als sei nichts geschehen, außer wir hören irgendwelche Gerüchte – das ist Ihre Aufgabe, Matson. Wenn Sie uns nicht daran hindern, werden wir am vereinbarten Tag dort sein. Weiter in der Tagesordnung! Zuerst werde ich über Kanes Programm für diesen Tag berichten. Kane« – außer dem Senator nannte sie keiner der Anwesenden Präsidentin – »verlässt das Weiße Haus um punkt zehn Uhr, um zehn Uhr drei fährt sie am FBI-Gebäude vorbei und ist um zehn Uhr fünf am Peace Monument an der nordwestlichen Ecke des Kapitols. Um zehn Uhr sechs steigt sie an der Ostfront des Kapitols aus dem Wagen. Für gewöhnlich benützt sie den Privateingang, aber der Senator hat uns versichert, dass sie aus diesem Besuch alles herausholen will, was nur an Pomp drin ist. Sie braucht fünfundvierzig Sekunden, um vom Auto bis zu den Stufen des Kapitols zu gehen. Wir wissen, dass Xan die Sache spielend in fünfundvierzig Sekunden erledigen kann. Ich werde an der Ecke Pennsylvania Avenue stehen, wenn die Kane am FBI-Gebäude vorbeifährt. Für alle Fälle wird Tony dort mit einem Auto warten, und der Senator wird sich auf der Treppe des Kapitols bereithalten, um sie aufzuhalten, falls wir mehr Zeit benötigen. Die wichtigste Aufgabe fällt Xan zu; wir haben sie auf den Bruchteil einer Sekunde ausgearbeitet. Hören Sie zu, und zwar sorgfältig. Ich habe Xan eine Arbeit beim Bautrupp verschafft, der an der Renovierung der Westfassade des Kapitols arbeitet. Sie können mir glauben, dass es bei dieser Gewerkschaft nicht einfach war, für einen Asiaten einen Arbeitsplatz zu bekommen. Fahren Sie fort, Xan.«

Xan schaute auf. Seit er vorhin seinen Bericht beendet hatte, hatte er kein Wort gesagt.

»Bauarbeiten an der Westseite des Kapitols sind seit beinahe sechs Monaten im Gang. Niemand interessiert sich mehr dafür als Kane. Sie will sie bei der Wiederwahl fertig haben.« Er grinste. Alle blickten den kleinen Mann an. »Ich arbeite seit mehr als vier Wochen beim Bautrupp. Ich prüfe alle Baumaterialien, die auf Baustelle kommen, das heißt, ich bin im Baubüro. Von dort aus ist es nicht schwer, die Bewegungen von allen zu sehen, die mit Bauarbeit in Verbindung sind. Die Wachen sind nicht vom FBI, nicht vom Secret Service oder CIA, sondern vom Sicherheitsdienst der Regierungsbauten. Sie sind meistens viel älter als normale Agenten, manchmal schon im Ruhestand. Im ganzen gibt es sechzehn, und sie arbeiten zu viert in vier Schichten. Ich weiß, wo sie trinken, rauchen, Karten spielen, alles; im Augenblick ist niemand sehr interessiert an Baustelle, weil sie an der abgelegensten Seite des Kapitols liegt. Ein paar kleine Diebstähle, aber sonst nichts, was die Wachen interessiert.« Alle lauschten Xan mit ungeteilter Aufmerksamkeit. »In der Mitte von Bauplatz steht größter Kran der Welt. Nummer 11310, extra konstruiert, um neue Teile des Kapitols an ihren Platz zu hieven. Voll ausgefahren, ist er hundert Meter hoch, beinahe doppelte Höhe von dem, was Vorschriften in Washington erlauben. Niemand vermutet uns auf der Westseite, und niemand glaubt, dass wir so weit sehen können. Oben auf dem Kran ist eine kleine gedeckte Plattform für Wartung der Flaschenzüge. Wird nur benützt, wenn sie herunten und parallel zum Boden ist, aber Plattform ist wie kleine Schachtel. Sie ist über einen Meter lang, sechzig Zentimeter breit und vierzig Zentimeter hoch; ich habe dort letzte drei Nächte geschlafen. Ich kann alles sehen, niemand kann mich sehen, nicht einmal Helikopter vom Weißen Haus.«

Verblüfftes Schweigen.

»Wie kommen Sie dort hinauf?«, fragte der Senator.

»Wie Katze, Senator. Ich klettere. Ein Vorteil, so klein zu sein. Ich gehe kurz nach Mitternacht hinauf und komme um fünf Uhr herunter. Ich überschaue ganz Washington, und niemand kann mich sehen.«

»Können Sie von solch einer kleinen Plattform die Treppe des Kapitols genau sehen?«, fragte der Vorsitzende.

»Vielleicht braucht es vier Sekunden«, sagte Xan. »Aussicht erlaubt mir, Weißes Haus zu sehen, wie es noch niemand gesehen hat. Letzte Woche hätte ich Kane zweimal töten können. Bei offiziellem Besuch wird es leicht sein. Ich kann sie nicht verfehlen.«

»Und wie steht es Donnerstag mit den Arbeitern? Vielleicht wollen sie den Kran benutzen«, unterbrach der Senator.

Jetzt lächelte der Vorsitzende. »Nächsten Donnerstag wird gestreikt, mein Freund. Irgendetwas wegen schlechter Überstundenbezahlung. Um der Forderung Nachdruck zu verleihen, wird nicht gearbeitet, während Kane das Kapitol besucht. Eines ist sicher: Wenn sich außer einem ältlichen Wächter niemand auf der Baustelle aufhält, wird es niemandem in den Sinn kommen, auf die Spitze des Krans und die kleine Plattform zu klettern. Vom Boden sieht es so aus, als ob sich keine Maus dort verstecken könnte. Xan fliegt morgen nach Wien und wird am nächsten Mittwoch, bei unserer letzten Zusammenkunft, über die Ereignisse seiner Reise berichten. Haben Sie übrigens Ihre Dose mit gelber Farbe aufgetrieben, Xan?«

»Ja, ich stahl eine von der Baustelle.«

Der Vorsitzende blickte die Anwesenden an – Schweigen. »Gut, wir scheinen gut vorbereitet zu sein. Danke, Xan.«

»Mir gefällt die Sache nicht«, murmelte Matson. »Etwas ist faul. Es ist alles zu einfach, zu glatt.«

»Das FBI hat Sie gelehrt, übervorsichtig zu sein, Matson. Sie werden sehen, dass wir besser vorbereitet sind als die anderen, weil wir wissen, was wir tun wollen, und sie nicht. Keine Angst, Sie werden Gelegenheit haben, Kanes Begräbnis beizuwohnen.«

Matson bewegte das große Kinn auf und nieder. »Sie sind derjenige, der sie tot sehen will«, sagte er missmutig.

»Und Sie werden dafür bezahlt«, erwiderte der Vorsitzende. »Gut, in fünf Tagen treffen wir uns wieder, um die letzten Einzelheiten zu besprechen. Sie werden erfahren, wo Sie Mittwoch morgen hinkommen sollen«, fuhr er fort. »Xan wird dann längst aus Österreich zurück sein.«

Der Vorsitzende lächelte und zündete sich eine neue Zigarette an. Der Senator ging. Fünf Minuten später verließ Matson den Raum. Nach weiteren fünf Minuten ging auch Xan. Abermals fünf Minuten später bestellte der Vorsitzende den Lunch.

# 6

*Freitag, 4. März* *16 Uhr*

Mark war zu hungrig, als dass er noch etwas Ordentliches hätte leisten können, und verließ die Bibliothek auf der Suche nach etwas Eßbarem. Als der Fahrstuhl stehen blieb, gaben die sich öffnenden Türen den Blick auf den Schlagwortkatalog frei; ›Garrison bis Gesundheit‹ las Mark. Eine Assoziationskette löste in seinem Gedächtnis die angenehme Vision des schönen klugen Mädchens aus, das er tags zuvor kennen gelernt hatte. Sie ging in ihrem schwarzen Rock und der roten Bluse den Korridor entlang, und ihre Absätze klapperten auf den Fliesen. Auf Marks Gesicht breitete sich ein warmes Lächeln aus. Erstaunlich, wie viel Freude ihm allein das Wissen bereitete, dass er sie anrufen und wieder sehen konnte; erschreckend, festzustellen, wie sehr er sich danach sehnte.

Er fand das Buffet, schlang einen Hamburger hinunter und rief sich ins Gedächtnis zurück, was sie gesagt und wie sie dabei ausgesehen hatte. Dann rief er im Woodrow-Wilson-Hospital an.

»Es tut mir leid, Dr. Dexter hat heute keinen Dienst«, sagte die Schwester. »Soll ich Dr. Delgado holen?«

»Nein«, erwiderte Mark, »vielen Dank.« Er zog sein Notizbuch heraus und wählte Elizabeth Dexters Privatnummer. Zu seiner großen Freude war sie zu Hause.

»Hallo, Elizabeth, hier spricht Mark Andrews. Besteht irgendeine Hoffnung, dass ich Sie heute Abend zum Dinner ausführen kann?«

»Versprechen, nichts als leere Versprechen. Ich lebe immer noch in der Hoffnung auf ein großes Steak.« Sie lachte.

»Da gibt es gar nichts zu lachen«, sagte Mark mehr zu sich selbst.

»Sie klingen ein wenig bedrückt, Mark. Vielleicht haben Sie tatsächlich eine leichte Grippe.«

»Nein, ich glaube, es ist nicht die Grippe, aber wenn ich an Sie denke, verschlägt es mir den Atem. Ich werde lieber auflegen, bevor ich blau anlaufe.«

Es war gut, ihr Lachen zu hören.

»Warum holen Sie mich nicht gegen acht Uhr ab?«

»Fein. Auf bald, Elizabeth.«

»Seien Sie vorsichtig, Mark.«

Er legte den Hörer auf und merkte plötzlich, dass er wieder von einem Ohr zum anderen grinste. Er blickte auf die Uhr; sechzehn Uhr dreißig. Gut. Noch drei Stunden in der Bibliothek, dann konnte er zu ihr fahren. Er kehrte zu seinen Nachschlagewerken zurück und fuhr fort, biographische Notizen über zweiundsechzig Senatoren zu machen.

Einen Moment lang schweiften seine Gedanken zu der Präsidentin. Es handelte sich nicht um irgendeinen Präsidenten, sondern um den ersten weiblichen Präsidenten. Welche Lehren aber konnte er aus dem letzten Mord an einem Präsidenten, aus der Ermordung John F. Kennedys ziehen? Gab es Senatoren, die mit diesen Verbrechen etwas zu tun hatten? Oder war es wieder einmal ein Wahnsinniger, der auf eigene Faust handelte? Bisher wies alles auf eine Teamarbeit hin. Lee Harvey Oswald war schon lange tot, und es gab noch immer keine überzeugende Erklärung für seine Ermordung, ebenso wenig wie für den Mord an Robert Kennedy.

Manche Leute behaupteten, dass der CIA etwas mit John F. Kennedys Tod zu tun gehabt hatte, weil Kennedy 1961, nach dem Schweinebucht-Fiasko, gedroht hatte, den CIA kaltzustellen. Andere meinten, Castro hätte den Mord als Vergeltungsakt arrangiert; es war bekannt, dass Oswald zwei Wochen vor dem Mord mit dem kubanischen Botschafter in Mexiko eine Besprechung gehabt hatte, über die der CIA informiert gewesen war. Dreißig Jahre waren seither vergangen, und noch immer wusste niemand etwas Sicheres.

Ein intelligenter Knabe aus Los Angeles, Jay Sandberg, mit dem Mark in Yale ein Zimmer geteilt hatte, hatte behauptet, dass die Verschwörung bis an die Spitze reiche, sogar bis an die Spitze des FBI. Man wusste dort die Wahrheit, aber verrate nichts.

Vielleicht gehörten Tyson und Rogers dazu. Sie hatten ihm einen sinnlosen Auftrag erteilt, um ihn zu beschäftigen, und sie hatten ihm verboten, mit irgendjemand über die Einzelheiten der gestrigen Ereignisse zu sprechen, nicht einmal mit Grant Nanna.

An wen konnte er sich wenden, wenn es tatsächlich eine Verschwörung war? Nur eine Person würde vielleicht zuhören, und das war die Präsidentin. An sie konnte er aber nicht herankommen. Er würde Jay Sandberg anrufen, der die Kennedy-Morde studiert hatte. Wenn irgendjemand eine Theorie hatte, dann war es Sandberg. Mark ging zur

Telefonzelle zurück, suchte Sandbergs Privatnummer in New York heraus und wählte die zehnstellige Nummer. Eine weibliche Stimme meldete sich.

»Hallo«, sagte sie kühl. Mark konnte sich das Wölkchen von Kokainrauch vorstellen, das zu dieser Stimme gehörte.

»Hallo, ich möchte mit Jay Sandberg sprechen.«

»Oh.« Mehr Kokainrauch. »Er arbeitet noch.«

»Können Sie mir seine Nummer geben?«, fragte Mark.

Nach weiteren Rauchwolken gab das Mädchen ihm die Nummer und hängte ein.

»Brrr«, sagte Mark, »eine Frau von der Upper East Side.«

Eine völlig andere Stimme, warm, mit irisch-amerikanischem Akzent, beantwortete seinen nächsten Anruf.

»Hier Sullivan and Cromwell.«

Mark kannte das angesehene New Yorker Anwaltsbüro. Andere Leute machten eben Karriere.

»Kann ich Jay Sandberg sprechen, bitte?«

»Ich verbinde Sie, Sir.«

»Hier Sandberg.«

»Hallo, Jay, hier Mark Andrews. Bin froh, dass ich dich erwischt habe. Ich spreche aus Washington.«

»Hallo, Mark, nett von dir zu hören. Wie ist das Leben eines Detektivs? Voller Geheimnisse und so weiter?«

»Manchmal«, erwiderte Mark. »Jay, wo kann ich alle Fakten über politisch motivierte Mordversuche finden, insbesondere über den von 1979 in Massachusetts. Erinnerst du dich?«

»Natürlich. Drei Leute wurden verhaftet. Lass mich nachdenken.« Sandberg machte eine Pause. »Sie wurden alle als unverdächtig entlassen. Einer kam 1980 bei einem Autounfall um, ein anderer wurde bei einer Rauferei in San Francisco schwer verletzt und starb 1981, der dritte verschwand voriges Jahr unter rätselhaften Umständen. Ich bin sicher, es war wieder eine Verschwörung.«

»Wer war es diesmal?«

»Die Mafia wollte Ted Kennedy 1976 aus dem Weg schaffen, um eine Untersuchung des Todes der beiden Gangster Sam Giancana und John Roselli zu verhindern, und jetzt hegt man dort keine besondere Vorliebe für Präsidentin Kane und die Art, wie sie das Waffenkontrollgesetz anpackt.«

»Mafia? Waffenkontrolle? Wo finde ich alle Fakten?«, fragte Mark.

»Ich kann dir nur sagen, weder im *Warren-Report* noch in einer späteren Untersuchung. Das Beste ist, du kaufst dir das Buch *Yankee and Cowboy* von Carl Oglesby, da steht alles drin.«

Mark notierte den Titel.

»Danke für deine Hilfe, Jay. Wenn ich nicht alles finde, werde ich mich wieder an dich wenden. Wie geht's in New York?«

»Ach, ausgezeichnet. Ich bin einer von etwa einer Million Anwälten, die für ein enormes Honorar die Verfassung interpretieren. Wir sollten uns wieder einmal sehen, Mark.«

»Klar, sobald ich wieder nach New York komme.«

Nachdenklich kehrte Mark in die Bibliothek zurück. Es konnte der CIA sein, es konnte die Mafia sein, es konnte ein Narr sein – es konnte jeder sein. Er verlangte das Buch von Carl Oglesby und erhielt einen zerlesenen Band, der auseinander zu fallen drohte. Es würde eine interessante Lektüre werden, aber jetzt musste er sich wieder seiner dringendsten Aufgabe zuwenden, den Lebensläufen der Senatoren. Er verbrachte zwei weitere Stunden damit, Senatoren von der Verdächtigtenliste zu streichen oder ein

Motiv zu finden, warum einer von ihnen Präsidentin Kane beseitigen wollte; die Suche erwies sich als unergiebig.

»Sie müssen jetzt gehen, Sir«, sagte eine junge Bibliothekarin, die einen Stoß Bücher auf den Armen trug. Sie wollte sichtlich nach Hause. »Wir schließen leider um sieben Uhr dreißig.«

»Gönnen Sie mir noch zwei Minuten? Ich bin beinahe fertig.«

»Gern«, erwiderte sie und stolperte unter der Last der Senatsberichte 1971–1973 davon, die kaum jemand außer ihr selbst je in die Hand nehmen würde.

Mark überflog seine Notizen. Unter den zweiundsechzig »Verdächtigen« fanden sich ein paar bekannte Namen; Männer wie Granston aus Kalifornien, der oft als Fraktionsführer der liberalen Senatoren bezeichnet wurde; Ralph Brooks aus Massachusetts, den Florentyna Kane auf dem Parteikonvent der Demokraten besiegt hatte; der Sprecher der Mehrheit, Robert C. Byrd aus West Virginia; Henry Dexter aus Connecticut, Elizabeths Vater – Mark schauderte bei dem Gedanken. Sam Nunn, der geachtete Senator von Georgia; Robert Harrison aus South Carolina, ein weltgewandter, gebildeter Mann, der den Ruf eines geschickten Parlamentariers genoss; Marvin Thornton, der 1980 Edward Kennedys Sitz übernommen hatte; Mark O. Hatfield, der liberale, fromme Republikaner aus Oregon; Hayden Woodson aus Arkansas, einer aus der neuen republikanischen Clique des Südens, William Cain aus Nebraska, überzeugter Konservativer, der sich 1980 als Unabhängiger um die Präsidentschaft beworben hatte; und Birch Bayh aus Indiana, der Mann, der Ted Kennedy 1967 aus einem Flugzeugwrack gezerrt und ihm wahrscheinlich das Leben gerettet hatte. Zweiundsechzig verdächtige Männer, überlegte Mark, und noch sechs Tage Zeit. Und die Beweise mussten unumstößlich sein. Heute konnte er kaum mehr etwas tun.

Alle Regierungsgebäude schlossen ihre Pforten. Er hoffte nur, dass der Direktor ebenso viel erledigt hatte und die zweiundsechzig Namen rasch auf eine vernünftige Zahl reduzieren würde. Zweiundsechzig Namen – sechs Tage.

Er ging zu seinem Auto auf dem öffentlichen Parkplatz. Sechs Dollar am Tag für das Vergnügen, im Urlaub zu sein. Er bezahlte den Aufseher und fuhr in die Pennsylvania Avenue. Über die Neunte Straße kam er zu seinem Apartment in der N-Street im Südwesten der Stadt. Der dichte Verkehr der Stoßzeit war bereits vorüber. Simon empfing ihn, und Mark warf ihm die Schlüssel zu. »Sobald ich mich umgezogen habe, gehe ich wieder fort«, rief ihm Mark über die Schulter zu, während er zu seiner Wohnung im achten Stock hinauffuhr.

Er duschte rasch, rasierte sich und zog einen sportlicheren Anzug an als jenen, den er bei der Unterredung mit dem Direktor angehabt hatte. Auf zu den angenehmen Seiten des Lebens!

Als er unten ankam, war der Wagen bereits startbereit, so dass Mark, wie Simon es ausdrückte, sich rasch aus dem Staub machen konnte. Er fuhr nach Georgetown, bog an der Dreißigsten Straße rechts ab und parkte vor Elizabeth Dexters Haus. Es war ein kleines, elegantes Stadthaus aus Backstein. Entweder verdiente sie gut, oder ihr Vater hatte es ihr gekauft. Ihr Vater; er musste immer wieder daran denken.

Sie stand auf der Schwelle und war schöner noch als in seinen Tagträumen. Ihr Anblick tat ihm wohl. Sie trug ein langes rotes Kleid mit einem Stehkragen, das ihr dunkles Haar und ihre Augen gut zur Geltung brachte.

»Kommen Sie herein, oder wollen Sie hier stehen bleiben wie ein Botenjunge?«

»Ich werde hier stehen bleiben und Sie bewundern«, sagte er. »Wissen Sie, Elizabeth, schöne kluge Frauen haben mich immer magisch angezogen. Können Sie daraus Rückschlüsse auf mich ziehen?«

Sie lachte und führte ihn in das hübsche Haus.

»Setzen Sie sich. Sie sehen aus, als könnten Sie einen Drink vertragen.« Er bat um ein Glas Bier. Als sie sich zu ihm setzte, waren ihre Augen ernst.

»Ich nehme an, dass Sie nicht über die schreckliche Sache reden wollen, die meinem Briefträger zugestoßen ist.«

»Nein«, sagte Mark. »Aus verschiedenen Gründen lieber nicht.«

Ihre Miene drückte Verständnis aus.

»Ich hoffe, Sie finden den Verbrecher, der ihn ermordet hat.« Ihre dunklen Augen blitzten ihn an. Dann stand sie auf, ging zur Stereoanlage und drehte die Schallplatte um. »Wie gefällt Ihnen diese Art von Musik?«, fragte sie leichthin.

»Haydn muss ich nicht haben«, antwortete er. »Ich bin ein Fan von Mahler. Von Beethoven, Aznavour und Ihnen.«

Sie wurde ein wenig rot.

»Als Sie gestern Abend nicht kamen, rief ich in Ihrem Büro an, um Sie zu erreichen.«

Mark war freudig überrascht.

»Ich wurde mit einem Mädchen aus Ihrer Abteilung verbunden. Sie seien nicht da und außerdem seien Sie sehr beschäftigt, teilte sie mir mit. Daher habe ich keine Nachricht hinterlassen.«

»Das war Polly«, sagte Mark. »Sie ist sehr fürsorglich.«

»Und hübsch?« Elizabeth lächelte mit der Sicherheit einer Frau, die weiß, dass sie schön ist.

»Schön von weitem, aber bei weitem nicht schön«, sagte Mark. »Genug von Polly. Gehen wir, Sie sind doch sicher schon hungrig. Ich habe bei Tio Pepe einen Tisch reservieren lassen.«

»Fein«, sagte sie. »Da es Ihnen gelungen ist, einen Parkplatz zu finden – warum gehen wir nicht zu Fuß hin?«

»Einverstanden.«

Es war ein klarer, kühler Abend. Mark brauchte frische Luft. Was er weniger brauchte, war das dauernde Verlangen, über die Schulter zurückzuschauen.

»Suchen Sie jetzt schon eine andere Frau?«, fragte sie spöttisch.

»Nein«, erwiderte Mark. »Warum sollte ich noch länger suchen?« Er sprach leichthin, aber er wusste, dass er ihr nichts vormachen konnte. Abrupt wechselte er das Thema. »Wie gefällt Ihnen Ihre Arbeit?«

»Meine Arbeit?« Elizabeth schien überrascht, als hätte sie ihre Tätigkeit noch nie als Arbeit betrachtet. »Sie meinen, mein Leben? Meine Arbeit ist mein ganzes Leben, zumindest war sie das bisher.«

Mit ernstem Gesichtsausdruck blickte sie zu Mark auf. »Ich hasse das Krankenhaus. Es besteht aus einem Haufen Bürokraten, es ist alt und schmutzig, und eine Menge Leute dort sind nicht wirklich interessiert, den Kranken zu helfen. Für sie ist es einfach eine Möglichkeit, ihren Lebensunterhalt zu verdienen. Erst gestern hatte ich einen Streit mit den Komiteemitgliedern, weil sie einen alten Mann, der kein Zuhause hat, nicht im Hospital behalten wollten.«

Sie gingen die Dreißigste Straße hinunter, und Elizabeth

erzählte weiter von ihrer Arbeit. Sie sprach angeregt, und Mark hörte ihr mit Vergnügen zu. Sie war auf eine angenehme Art selbstsicher, während sie von einem seelenvollen Jugoslawen erzählte, der unverständliche Lieder von Liebe und Sehnsucht zu singen pflegte, während sie das Geschwür in seiner Achselhöhle untersuchte. Einmal hatte er – in einem unpassenden Anfall von Leidenschaft ihr linkes Ohr gepackt und geleckt.

Mark lachte und nahm, als er sie ins Restaurant führte, ihren Arm. »Sie sollten eine Kampfzulage verlangen«, sagte er.

»Ach, ich hätte mich nicht beklagt, aber er sang immer so falsch.«

Die Empfangsdame führte sie zu einem Tisch in der Mitte des Lokals nahe dem Parkett, auf dem die Show stattfinden würde, doch Mark zog einen Tisch im Hintergrund vor. Ohne Elizabeth zu fragen, wo sie sitzen wolle, setzte er sich mit dem Rücken zur Wand; er stammelte eine lahme Ausrede, dass er lieber weit weg vom Lärm säße, um sich mit ihr unterhalten zu können. Mark war überzeugt, dass dieses Mädchen nicht auf sein Gerede hereinfiel; sie wusste, dass etwas nicht in Ordnung war, und spürte seine Nervosität, aber sie drang nicht weiter in ihn.

Ein junger Kellner fragte, ob sie einen Cocktail wollten. Elizabeth bestellte einen Margarita, Mark einen Spritzer.

»Was ist ein Spritzer?«, erkundigte sich Elizabeth.

»Nicht sehr spanisch: halb Weißwein, halb Soda und viel Eis. Eine Art James Bond des kleinen Mannes.«

Sie lachte.

Die angenehme Atmosphäre des Restaurants milderte Marks Nervosität; zum ersten Mal innerhalb der letzten vierundzwanzig Stunden entspannte er sich. Sie unterhielten sich über Filme, Musik, über Bücher und über Yale. Ihr

Gesicht, manchmal lebhaft, manchmal ruhig, sah im Kerzenlicht bezaubernd aus. Mark war hingerissen. Trotz ihrer Intelligenz und Selbstsicherheit wirkte sie zart und rührend.

Mark erkundigte sich, warum ihr Vater Senator geworden sei, fragte nach dessen Karriere und ihrer Kindheit in Connecticut. Das Thema schien ihr zu missfallen. Mark konnte nicht vergessen, dass ihr Vater noch auf der Liste der Verdächtigen stand. Elizabeth vermied es, ihm in die Augen zu schauen, und wurde sogar ein wenig blass, wie ihm schien. Zum ersten Mal fiel ein Schatten von Misstrauen auf seine wunderbare Vision des Mädchens und bedrückte ihn einen Moment. Sie kennen zu lernen war das Beste, das ihm seit einer ganzen Weile widerfahren war, und er wollte ihr nicht misstrauen. War es denkbar? Konnte sie etwas damit zu tun haben? Nein, natürlich nicht. Er versuchte den Gedanken zu verdrängen.

Die spanischen Künstler traten auf und tanzten mit Hingabe. Mark und Elizabeth hörten und schauten zu, der Lärm machte jede Unterhaltung unmöglich. Mark war zufrieden, einfach mit ihr zusammen zu sein; ihr Gesicht war abgewandt, während sie den Tänzern zuschaute. Als die Show zu Ende war, hatten sie auch ihre Paella verspeist. Sie bestellten Dessert und Kaffee.

»Möchten Sie eine Zigarre?«

Elizabeth lächelte. »Nein, danke. Wir brauchen nicht auch eure schlechten Eigenschaften nachzuäffen, wie eure guten.«

»Sie werden also der erste weibliche Generalarzt werden, nehme ich an?«, sagte Mark.

»Nein«, erwiderte sie bescheiden, »ich werde vermutlich der zweite oder dritte sein.«

Mark lachte. »Ich sollte wohl besser ins Büro zurückgehen und eine Heldentat vollbringen. Nur um mit Ihnen Schritt zu halten.«

»Es kann auch eine Frau sein, die Sie davon abhält, Direktor des FBI zu werden«, fügte Elizabeth hinzu.

»Nein, es wird keine Frau sein, die mich davon abhält, Direktor des FBI zu werden«, antwortete Mark, erklärte seine Bemerkung aber nicht näher.

»Der Kaffee, Señorita, Señor.«

Wenn Mark sich jemals gewünscht hatte, mit einer Frau gleich nach dem ersten Rendezvous ins Bett zu gehen, so war es heute. Er wusste jedoch, dass es nicht dazu kommen würde.

Er bezahlte, gab dem Kellner ein großzügiges Trinkgeld und gratulierte dem Mädchen von der Show, das in einer Ecke saß und Kaffee trank, zu seiner Darbietung.

Die Nacht war kühl. Wieder blickte Mark sich nervös um und versuchte, es vor Elizabeth zu verbergen. Als sie die Straße überquerten, nahm er ihre Hand und ließ sie auch nicht mehr los, als sie die andere Seite erreichten. Sie gingen weiter, plauderten und schwiegen und wussten beide, was los war. Er wollte sie sehr gerne in die Arme nehmen. In letzter Zeit hatte er eine Menge Frauen kennen gelernt, aber er hatte keine bei der Hand genommen – weder vorher noch nachher. Allmählich verdüsterte sich seine Stimmung wieder; vielleicht machte ihn die Angst zu sentimental.

Hinter ihnen fuhr ein Auto. Mark erstarrte. Elizabeth schien nichts zu bemerken. Das Auto wurde langsamer. Je näher es kam, desto langsamer wurde es. Es hielt neben ihnen an. Mark öffnete den mittleren Jackenknopf. Er hatte mehr Angst um Elizabeth als um sich selbst. Plötzlich öffneten sich die Wagentüren, und vier Teenager sprangen heraus, zwei Mädchen und zwei Jungen; sie gingen in ein Hamburger-Restaurant. Schweißperlen traten auf Marks Stirn. Er ließ Elizabeths Hand los. Sie starrte ihn an. »Irgendetwas ist ganz und gar nicht in Ordnung, nicht wahr?«

»Ja«, sagte er, »aber fragen Sie mich jetzt nicht danach.«

Jetzt nahm sie seine Hand, hielt sie fest, und sie gingen weiter. Die furchtbaren Ereignisse des Vortages lasteten schwer auf Mark, und er schwieg. Als sie an ihre Haustür kamen, war er wieder in jener Welt, die er nur mit der schattenhaften Gestalt von Halt Tyson teilte.

»Sie waren sehr charmant heute Abend – solange Sie tatsächlich anwesend waren«, sagte sie lächelnd.

Mark gab sich einen Ruck. »Es tut mir wirklich Leid.«

»Wollen Sie noch einen Kaffee bei mir trinken?«

»Ja und nein. Darf ich ein andermal darauf zurückkommen? Ich fürchte, im Augenblick bin ich kein guter Gesellschafter.«

Er musste noch einige Dinge erledigen, bevor er morgen um sieben Uhr den Direktor aufsuchte, und es war bereits Mitternacht. Außerdem hatte er eineinhalb Tage nicht geschlafen.

»Darf ich Sie morgen anrufen?«

»Gern«, erwiderte sie. »Bleiben wir auf jeden Fall in Verbindung, was immer auch geschieht.« Mark sollte diese wenigen Worte wie einen Talisman mit sich herumtragen. Er konnte sich an jedes ihrer Worte und jede ihrer Gesten erinnern. Hatte sie es scherzhaft gemeint oder ernst oder spöttisch? In letzter Zeit war es nicht modern, sich zu verlieben; nur wenige Leute schienen zu heiraten, und viele von denen, die verheiratet waren, ließen sich scheiden. Würde er sich wirklich in diesem Albtraum sinnlos verlieben?

Er küsste sie auf die Wange und wandte sich zum Gehen. Sein Blick suchte die Straße ab. Sie rief ihm nach.

»Ich hoffe, Sie finden den Mann, der meinen Briefträger und Ihren Griechen ermordet hat.«

Ihren Griechen, Ihren Griechen, ein griechisch-orthodoxer Priester. Pater Gregory. Mein Gott, warum hatte er nicht früher daran gedacht? Während er zu seinem Auto lief, hatte er Elizabeth einen Moment lang vergessen. Als er sich rasch umdrehte und ihr zuwinkte, starrte sie ihn erstaunt an und fragte sich, was sie gesagt hatte. Mark sprang ins Auto und fuhr rasch zu seiner Wohnung. Er musste Pater Gregorys Nummer finden. Ein griechisch-orthodoxer Priester; wie sah er aus, jener Priester, der aus dem Fahrstuhl gekommen war, wie sah er aus? Seine Erinnerung kehrte zurück; etwas war nicht in Ordnung gewesen an dem Priester, was zum Teufel war es? Das Gewand? Nein, es war tadellos, oder war es das Gesicht? Sein Gesicht war irgendwie falsch. Natürlich. Natürlich. Wie hatte er nur so dumm sein können! Zu Hause rief er sofort im Washington Field Office an. Polly, die an der Vermittlung saß, war erstaunt, ihn zu hören.

»Haben Sie nicht Urlaub?«

»Ja, sozusagen. Haben Sie Pater Gregorys Nummer?«

»Wer ist Pater Gregory?«

»Ein griechisch-orthodoxer Priester, den Mr. Stames ganz gut kannte. Ich glaube, er war der Priester seiner Gemeinde.«

»Ja, Sie haben Recht. Jetzt erinnere ich mich.«

Mark wartete. Sie suchte in Stames' privatem Telefonbuch und gab ihm die Nummer. Mark notierte sie und legte auf. Natürlich, natürlich, natürlich. Wie dumm von ihm. Es war so klar. Mitternacht war vorüber, aber er musste anrufen ... Er wählte die Nummer. Das Telefon schrillte mehrmals, bevor abgehoben wurde.

»Pater Gregory?«

»Ja.«

»Tragen alle griechisch-orthodoxen Priester Bärte?«

»In der Regel ja. Und wer stellt mitten in der Nacht eine so verdammt dumme Frage?«

Mark entschuldigte sich. »Ich bin Spezialagent Andrews vom FBI, ich habe unter Nick Stames gearbeitet.«

Der Mann am anderen Ende, dessen Stimme schläfrig geklungen hatte, wurde sofort hellwach. »Jetzt verstehe ich, junger Mann. Was kann ich für Sie tun?«

»Pater Gregory, gestern Abend rief Mr. Stames' Sekretärin an und bat Sie, ins Woodrow-Wilson-Hospital zu fahren und einen Griechen mit einer Schusswunde am Bein zu besuchen.«

»Richtig – ich erinnere mich, Mr. Andrews. Aber etwa eine halbe Stunde später kam jemand – ich wollte eben fortgehen – und sagte mir, ich solle mich nicht hinbemühen, denn Mr. Casefikis sei bereits aus dem Hospital entlassen.«

»Er sei was?« Marks Stimme wurde mit jedem Wort höher.

»Aus dem Hospital entlassen.«

»Sagte der Besucher, wer er war?«

»Nein, der Mann sagte sonst nichts. Ich nahm an, dass er aus Ihrem Büro kam.«

»Pater Gregory, kann ich Sie morgen um acht Uhr sprechen?«

»Natürlich, mein Sohn.«

»Und würden Sie bitte mit keinem Menschen, wer immer es auch sein mag, über dieses Telefongespräch reden?«

»Wenn Sie es so wünschen, mein Sohn.«

»Danke, Pater.«

Mark ließ den Hörer fallen und versuchte sich zu konzentrieren. Er war größer als ich, also war er größer als einen Meter achtzig. Er war dunkel, oder war das nur das Priestergewand? Nein, er hatte dunkles Haar, er hatte eine große Nase, Augen, nein, an die Augen erinnere ich mich nicht, er hatte eine große Nase, ein breites Kinn, ein breites Kinn. Mark schrieb alles, was ihm einfiel, nieder. Ein großer, schwerer Mann, größer als ich, große Nase, breites Kinn, große Nase, breites ... Er sackte zusammen. Sein Kopf fiel auf den Schreibtisch, und er schlief.

# 7

*Samstag, 5. März* *6 Uhr 32*

Mark war aufgewacht, aber er war nicht munter. Unzusammenhängende Gedanken schossen ihm durch den Kopf. Das Erste, was ihm in den Sinn kam, war Elizabeth; er lächelte. Der zweite Gedanke galt Nick Stames; er runzelte die Stirn. Sein dritter Gedanke war der Direktor. Mark erwachte endgültig, setzte sich auf und versuchte festzustellen, wie spät es war. Er konnte nur den Sekundenzeiger sehen. Sechs Uhr fünfunddreißig. Du lieber Gott. Er fuhr vom Stuhl auf, sein Hals war steif, und der Rücken schmerzte. Er war immer noch angezogen. Blitzschnell zog er sich aus, lief ins Badezimmer und unter die Dusche, ohne sich die Zeit zu nehmen, die Temperatur zu regulieren. Verdammt kalt. Wenigstens weckte die Kälte ihn auf und ließ ihn Elizabeth vergessen! Er sprang aus der Duschkabine und griff nach einem Handtuch. Sechs Uhr vierzig. Er schmierte sich den Rasierschaum ins Gesicht, rasierte sich und schnitt sich dreimal. Das Rasierwasser brannte scheußlich. Er zog sich an: sauberes Hemd, dieselben Manschettenknöpfe wie gestern, saubere Socken, dieselben Schuhe, sauberer Anzug, dieselbe Krawatte. Ein rascher Blick in den Spiegel. Zwei Schnitte bluteten noch. Verdammt. Er stopfte die Papiere, die auf seinem Schreibtisch lagen, in die Aktenmappe und lief zum Fahrstuhl. Zum ersten Mal Glück: Er musste nicht warten – hinunter. Sechs Uhr sechsundvierzig.

»Hallo, Simon.«

Der junge Schwarze bewegte sich nicht. Er döste in dem kleinen Zimmer neben dem Garageneingang.

»Morgen, Mark. Jesus, Maria, ist es schon acht Uhr?«

»Nein, dreizehn Minuten vor sieben.«

»Was treiben Sie um diese Zeit? Schwarzarbeit?«, fragte Simon, rieb sich die Augen und übergab ihm die Schlüssel. Mark lächelte, hatte jedoch keine Zeit zu antworten. Simon döste weiter.

Das Auto sprang sofort an. Verlässlich, dieser Mercedes. Fahre auf die Straße. Sechs Uhr achtundvierzig. Muß die Geschwindigkeitsbegrenzung einhalten. Niemals das Bureau in Verlegenheit bringen. Auf der Sechsten Straße von einer Ampel aufgehalten; sechs Uhr fünfzig. Kreuze G-Street, die Siebente hinauf, wieder Ampeln. Überquere Independence Avenue; sechs Uhr dreiundfünfzig. Ecke Siebente – Pennsylvania. Kann das FBI-Gebäude sehen; sechs Uhr fünfundfünfzig. Rampe hinunter, parken, dem Garagenwächter den Ausweis zeigen, zum Fahrstuhl laufen; sechs Uhr siebenundfünfzig. Hinauf zur siebenten Etage; sechs Uhr achtundfünfzig. Den Korridor entlang, nach rechts, Zimmer 7074. Direkt hinein, an Mrs. McGregor vorbei, wie befohlen. Sie blickt kaum auf. An die Tür des Direktors klopfen; keine Antwort; hineingehen, wie befohlen. Kein Direktor; sechs Uhr neunundfünfzig. In einen Schaukelstuhl fallen. Direktor wird sich verspäten; befriedigtes Lächeln. Dreißig Sekunden vor sieben; gleichgültig im Zimmer umherblicken, als warte man seit Stunden. Blick auf die alte Standuhr. Schlägt einmal, zweimal, dreimal – siebenmal.

Die Tür öffnete sich, und der Direktor trat ein. »Guten Morgen, Andrews.« Er sah nicht Mark, sondern die Standuhr an. »Sie geht immer ein wenig vor.« Stille. Die Turmuhr des alten Postgebäudes schlug sieben.

Der Direktor setzte sich in seinen Sessel; wieder packten die großen Hände den kleinen Schreibtisch.

»Wir wollen mit meinen Neuigkeiten anfangen, Andrews. Wir haben eben etwas über den Lenker des Lincoln erfahren, der zugleich mit Stames und Calvert in den Potomac stürzte.«

Der Direktor öffnete eine neue Mappe mit der Aufschrift »Geheim« und begutachtete den Inhalt. Was war in der Mappe, das Mark nicht wusste und erfahren sollte?

»Nichts wirklich Aufschlussreiches. Hans-Dieter Gerbach, Deutscher. Bonn hat uns benachrichtigt, dass er bis vor fünf Jahren ein kleiner Fisch in der Münchner Unterwelt war. Dann verloren sie seine Spur. Es gibt Hinweise, dass er sich in Rhodesien aufhielt und eine Weile mit dem CIA zusammenarbeitete. Der CIA hilft uns nicht; vor Donnerstag werden wir von ihm kaum eine ordentliche Auskunft bekommen. Manchmal frage ich mich, auf welcher Seite der CIA eigentlich steht. 1980 tauchte Gerbach in New York auf, aber darüber gibt es nur Gerüchte, nichts Definitives. Es würde uns helfen, wenn er noch am Leben wäre.«

Mark dachte an die durchschnittenen Kehlen im Woodrow-Wilson-Hospital.

»Wir haben noch eine andere interessante Tatsache über den Zusammenstoß herausgefunden: In beiden Hinterreifen von Stames und Calverts Auto sind kleine Löcher. Sie könnten von dem Sturz über die Böschung stammen, aber unsere Leute im Labor halten es für Einschüsse. Wenn dem so ist, dann ist Wyatt Earp ein Waisenknabe dagegen.«

Der Direktor betätigte die Sprechanlage. »Lassen Sie bitte stellvertretenden Direktor Rogers kommen, Mrs. McGregor.«

»Ja, Sir.«

»Seine Leute haben den Party-Service gefunden, für den Casefikis gearbeitet hat. Vielleicht hilft es uns in irgendeiner Weise weiter.«

Der stellvertretende Direktor klopfte und trat ein. Tyson wies auf einen leeren Stuhl. Rogers lächelte Mark zu und setzte sich.

»Los, Matt.«

»Nun, Sir, der Besitzer des *Golden Duck* war nicht eben kooperativ. Dachte offenbar, wir wollten ihn wegen Umgehung der Arbeitserlaubnis anzeigen. Ich drohte, sein Lokal zu schließen, wenn er nicht redet. Schließlich gab er zu, einen Mann angestellt zu haben, auf den Casefikis' Beschreibung zutrifft. Am 24. Februar schickte er Casefikis als Kellner zu einem kleinen Lunch in einem der Extrazimmer des *Georgetown Inn* in der Wisconsin Avenue. Der Mann, der die Sache abwickelte, hieß Lorenzo Rossi. Er wollte unbedingt einen Kellner, der kein Englisch spricht. Zahlte bar. Wir haben Rossi durch alle Computer laufen lassen – nichts. Offenbar ein falscher Name. Gleiche Geschichte im *Georgetown Inn*. Der Besitzer gab an, dass der Raum von einem Mr. Rossi für den 24. Februar gemietet worden sei; Essen sollte bereitgestellt werden, aber keine Bedienung. Vorauszahlung in bar. Rossi war etwa einen Meter siebzig groß, hatte dunkle Haut, keine besonderen Merkmale, dunkles Haar und eine Sonnenbrille. Der Besitzer hielt ihn für einen Italiener. Niemand in dem Hotel hatte eine Ahnung oder scherte sich darum, wer an diesem Tag in diesem Zimmer zum Lunch kam. Alles in allem bringt uns das kaum weiter.«

»Nein, wenn wir fünf Jahre Zeit hätten«, sagte der Direktor, »und nicht fünf Tage, könnten wir jeden Italiener, auf den die Beschreibung passt, verhören. Haben Sie im Krankenhaus etwas Neues erfahren, Matt?«

»Dort ist ein teuflisches Durcheinander, Sir. Die Leute kommen und gehen den ganzen Tag und die halbe Nacht. Das Personal arbeitet im Turnus; die Leute kennen nicht einmal ihre eigenen Kollegen. Man könnte dort ruhig den ganzen Tag mit einer Fackel in der Hand herumwandern, und niemand würde einen fragen, was man zu tun beabsichtigt.«

»So habe ich es mir vorgestellt«, sagte Tyson. »Und Sie, Andrews, was haben Sie in den letzten vierundzwanzig Stunden gemacht?«

Mark öffnete seine blaue Plastikmappe. Er berichtete, dass zweiundsechzig Senatoren auf der Verdächtigtenliste übrig geblieben waren, während die restlichen achtunddreißig die Stadt am 24. Februar mit ziemlicher Sicherheit verlassen hatten. Er reichte die Liste dem Direktor, der einen Blick darauf warf.

»Immer noch ziemlich viele große Fische in dem trüben Teich, Andrews. Weiter.«

Mark schilderte seine Begegnung mit dem griechisch-orthodoxen Priester im Hospital. Er erwartete eine scharfe Rüge, weil er sich nicht sofort an die Sache mit dem Bart erinnert hatte, und er wurde nicht enttäuscht. Nachdem er seinen Rüffel eingesteckt hatte, fuhr er fort: »Ich treffe Pater Gregory heute um acht Uhr und wollte nachher Casefikis' Witwe besuchen. Ich nehme an, dass keiner von beiden uns sehr weiterhelfen wird, dachte aber, dass Sie diese Spur weiter verfolgt sehen möchten, Sir. Danach hatte ich die Absicht, in die Kongressbibliothek zurückzugehen und festzustellen, warum einer dieser zweiundsechzig Senatoren Präsidentin Kane tot sehen möchte.«

»Teilen Sie die Senatoren zunächst in Kategorien ein«, sagte der Direktor. »Zuerst nach ihrer Parteizugehörigkeit, dann nach Komitees, dann nach außerberuflichen Interessen und schließlich nach persönlicher Bekanntschaft mit der Präsidentin. Vergessen Sie nicht, Andrews, wir wissen, dass unser Mann am 24. Februar zum Lunch in Georgetown war, und das sollte die Zahl einschränken.«

»Aber vermutlich waren alle am 24. Februar irgendwo zum Lunch, Sir?«

»Schon, Andrews, aber nicht privat. Viele von ihnen wurden vermutlich in einem Lokal gesehen oder hatten ein offizielles Essen mit Wählern oder Staatsbeamten oder Lobbyisten. Sie müssen herausfinden, wer was machte, ohne dass unser Senator Verdacht schöpft.«

»Und wie, Sir, soll ich Ihrer Meinung nach vorgehen?«

»Ganz einfach«, erwiderte der Direktor. »Sie rufen die Sekretärinnen der Senatoren an und fragen, ob ihr Senator Zeit habe, an einem Arbeitsessen mit dem Thema ›Probleme der städtischen Umwelt‹ teilzunehmen. Ja, das gefällt mir. Geben Sie ein Datum an, sagen wir den 5. Mai, und erkundigen Sie sich, ob die Senatoren an dem Mittagessen am« – der Direktor schaute auf einen Kalender – »17. Januar oder 24. Februar teilgenommen haben, da einige Senatoren, die zugesagt hatten, nicht kamen, dieser und jener aber ohne Einladung erschien. Sagen Sie, dass eine schriftliche Einladung folgt. Wenn die Sekretärinnen nichts Schriftliches bekommen, werden sie es alle sofort vergessen. Und wenn eine von ihnen sich doch an den 5. Mai erinnert, dann wird uns das zu diesem Zeitpunkt egal sein. Eins ist sicher: Kein Senator wird seiner Sekretärin mitteilen, dass er beabsichtigt, die Präsidentin zu töten.«

Der stellvertretende Direktor verzog das Gesicht. »Wenn wir den Senator erwischen, Sir, wird der Teufel los sein. Man wird uns wieder schmutzige Tricks unterstellen.«

»Nein, Matt, wenn ich der Präsidentin sage, dass einer ihrer verehrten Brüder im Herrn ihr ein Messer in den Rücken jagen will, wird sie an diesem Trick nichts besonders Schmutziges finden.«

»Wir haben nicht genug Beweise, Sir«, sagte Mark.

»Die werden Sie wohl finden müssen, Andrews. Sonst können wir uns alle nach einem neuen Job umsehen, vertrauen Sie meinem Urteil.«

Vertrauen Sie meinem Urteil, dachte Mark.

»Alles, was wir in unserem Fall haben, ist eine gute Fährte«, fuhr der Direktor fort, »nämlich, dass vermutlich ein Senator beteiligt ist, aber wir haben nur fünf Tage Zeit. Versagen wir nächsten Donnerstag, so haben wir während der kommenden zwanzig Jahre genügend Zeit, die Untersuchungsberichte zu studieren, und Sie können ein Buch darüber schreiben und ein Vermögen machen.«

Mark sah bekümmert drein.

»Andrews, seien Sie nicht zu besorgt. Ich habe den Leiter des Secret Service unterrichtet. Ich sagte ihm nicht weniger und nicht mehr als das, was in Ihrem Bericht steht, wie gestern besprochen. Damit haben wir bis zum 10. März Ruhe. Ich arbeite einen Alternativplan aus, falls wir bis dahin nicht wissen, wer Cassius ist, aber damit werde ich Sie jetzt nicht langweilen. Ich hab auch mit den Jungs von der Mordkommission gesprochen; sie haben kaum etwas gefunden, das uns helfen könnte. Es wird Sie vielleicht interessieren, dass sie bereits Casefikis' Frau besucht haben. Die scheinen schneller zu schalten als Sie, Andrews.«

»Vielleicht haben sie weniger große Sorgen als wir«, warf der stellvertretende Direktor ein.

»Vielleicht. Okay, besuchen Sie Mrs. Casefikis, wenn Sie wollen. Vielleicht fällt Ihnen etwas auf, das die anderen übersehen haben. Und hören Sie auf, Trübsal zu blasen. Sie haben schon eine Menge erledigt. Vielleicht bringen uns die heutigen Erhebungen neue Hinweise. Ich glaube, wir haben alles besprochen. Gut, Andrews, ich will nicht länger Ihre Zeit in Anspruch nehmen.«

»Danke, Sir.«

Mark stand auf.

»Es tut mir Leid, ich vergaß, Ihnen Kaffee anzubieten, Andrews.« Das letzte Mal konnte ich ihn auch nicht trinken, hätte Mark gern erwidert. Er ging weg, als der Direktor für sich und Matt Kaffee bestellte. Auch er hatte ein Frühstück nötig und etwas Zeit, um seine Gedanken zu sammeln. Er machte sich auf die Suche nach der Cafeteria des FBI-Hauptquartiers.

Der Direktor trank den Kaffee und bat Mrs. McGregor, ihm seinen persönlichen Assistenten zu schicken. Der namenlose Mann erschien beinahe augenblicklich mit einer grauen Mappe unter dem Arm. Er brauchte den Direktor nicht zu fragen, was er wollte; er legte die Mappe vor ihm auf den Tisch und verließ das Zimmer, ohne ein Wort zu sagen.

»Danke«, sagte der Direktor zu der sich schließenden Tür.

Er wandte sich der grauen Mappe zu und studierte zwanzig Minuten lang den Inhalt; ein Lächeln, ein Brummen, eine kleine Bemerkung zu Matthew Rogers. Die Mappe enthielt Informationen über Mark Andrews. Der Direktor leerte seine zweite Tasse Kaffee, klappte die Mappe zu und schloss sie im Geheimfach des Queen-Anne-Schreibtisches ein. Queen Anne hatte nie so viele Geheimnisse gehabt wie dieser Schreibtisch.

Das Frühstück, das Mark eben beendete, war wesentlich besser als das im Washington Field Office. Das Buffet dort war so abscheulich, dass er lieber in ein Lokal auf der anderen Straßenseite ging.

Nicht, dass Mark jetzt nicht gern dorthin zurückgekehrt wäre, anstatt sein Auto aus der Tiefgarage zu holen. Er bemerkte den Mann auf der anderen Straßenseite, der ihn beobachtete, nicht, aber er fragte sich, ob der blaue Ford Sedan, den er die ganze Zeit im Rückspiegel sah, nur zufällig hinter ihm herfuhr. Wenn es kein Zufall war – wer beobachtete wen, und wer versuchte, ihn zu beschützen?

Kurz vor acht kam er bei Pater Gregorys Kirche an, und er ging mit dem Priester in dessen Haus. Auf der kurzen Nase des Geistlichen balancierte eine kleine randlose Brille. Seine dicken roten Backen und der noch dickere Kugelbauch hätten böse Zungen vielleicht zu dem Schluss veranlassen können, dass Pater Gregory so manchen Trost auf Erden gefunden hatte, während er auf das Himmlische Reich wartete. Mark sagte, dass er bereits gefrühstückt hatte, was Pater Gregory nicht daran hinderte, zwei Eier mit Speck zu braten und Toast, Marmelade und eine Tasse Kaffee auf den Tisch zu stellen. Er konnte dem, was er Mark in der vergangenen Nacht am Telefon gesagt hatte, wenig hinzufügen, und er seufzte tief, als Mark die beiden Toten im Woodrow-Wilson-Hospital erwähnte.

»Ja, ich las alle Einzelheiten in der *Post.*«

Als sie über Nick Stames sprachen, leuchteten seine grauen Augen auf; offensichtlich hatten der Priester und der Polizist einige Geheimnisse miteinander geteilt.

»Gibt es einen Zusammenhang zwischen Nicks Tod und den Vorfällen im Krankenhaus?«, fragte Pater Gregory plötzlich.

Die Frage kam für Mark unerwartet. Hinter dieser randlosen Brille verbarg sich ein kluger Kopf. Einen Priester zu belügen, griechisch-orthodox oder was immer, schien Mark noch schlimmer als die üblichen Lügen, die das Büro vor der Öffentlichkeit schützen sollten.

»Nein, absolut nicht«, sagte Mark. »Es war nur einer jener schrecklichen Autounfälle.«

»Nur eines jener seltsamen Zusammentreffen?«, fragte Pater Gregory und sah Mark über die Brillengläser hinweg scharf an. »Nicht wahr?« Er schien beinahe ebenso wenig überzeugt wie Grant Nanna. Pater Gregory fuhr fort. »Es gibt noch etwas, das ich erwähnen möchte. Obwohl ich mich nicht genau erinnern kann, was der Mann sagte, als er mir mitteilte, dass ich nicht ins Hospital gehen sollte, bin ich ziemlich sicher, dass er ein gebildeter Mann war. Nach der Art, wie er sich gab, bin ich überzeugt, dass er ein Fachmann war, und dabei weiß ich nicht genau, was ich damit sagen will; ich habe einfach das merkwürdige Gefühl, dass er ähnliche Aufträge schon öfter ausgeführt hat; er hatte irgendetwas Professionelles an sich.«

Pater Gregory murmelte noch einmal »Irgendetwas Professionelles an sich«, und Mark wiederholte die Worte, während er zu Mrs. Casefikis fuhr. Sie wohnte im Haus jenes Freundes, der ihren verwundeten Mann aufgenommen hatte.

Mark fuhr die Connecticut Avenue hinunter, am Washington Hilton und am Zoo vorbei hinüber nach Maryland. Längs der Straße blühten da und dort die ersten Forsythien. Die Connecticut Avenue mündet in den University Boulevard; Mark erreichte Wheaton, eine Satellitenvorstadt mit Läden, Restaurants, Tankstellen und einigen Apartmenthäusern. Während er nahe Wheaton Plaza auf grünes Licht wartete, blickte er nochmals auf seinen Notizblock. Die Adresse war 11501 Elkin Street. Er suchte die Blue Ridge Manor-Apartments. Ein phantastischer Name für ein paar lang gestreckte, dreistöckige Ziegelbauten entlang der Blue Ridge Street und der Elkin Street. In der Nähe von Nummer 11501 sah er sich nach einem Parkplatz um. Kein Glück. Er überlegte einen Moment und beschloss, vor einem Hydranten zu parken. Sorgfältig hängte er das Mikrofon des Funkgerätes über den Innenspiegel; so konnten Polizisten auf der Jagd nach Parksündern erkennen, dass es sich um ein Polizeifahrzeug handelte.

Ariana Casefikis brach schon beim Anblick von Marks Erkennungsmarke in Tränen aus. Mrs. Casefikis sah zart aus. Sie war erst neunundzwanzig Jahre alt, ihr Haar war wirr, ihre Kleider waren schlampig, und die grauen Augen standen immer noch voll Tränen. Die tiefen Linien in ihrem Gesicht zeigten, dass sie seit zwei Tagen geweint hatte. Sie und Mark waren ungefähr gleich alt. Sie hatte keine Heimat, und jetzt hatte sie auch keinen Mann mehr. Was würde mit ihr geschehen? Mark hatte sich allein gefühlt, aber bestimmt war er besser dran als diese bedauernswerte Frau. Ihr Englisch war besser als das ihres Mannes. Es seien bereits zwei Polizisten bei ihr gewesen, und sie habe ihnen gesagt, dass sie nichts wisse. Zuerst dem netten Stadtpolizisten, der ihr die Todesnachricht gebracht und so verständnisvoll gewesen war, dann dem Beamten von der Mordkommission, der ein wenig später gekommen und viel energischer gewesen war; er hatte Dinge wissen wollen, von denen sie keine Ahnung hatte. Und jetzt ein Besuch vom FBI! Ihr Mann hatte niemals Schwierigkeiten gehabt, und sie wusste nicht, wer auf ihn geschossen hatte und warum. Er war ein sanfter, harmloser Mann gewesen. Mark glaubte ihr. Er versicherte ihr auch, dass sie im Augenblick keinen Grund habe, sich Sorgen zu machen, und dass er persönlich mit der Einwanderungs- und der Fürsorgebehörde sprechen wolle, um ihr eine Unterstützung zu verschaffen. Es schien sie ein wenig aufzuheitern und etwas mitteilsamer zu machen.

»Bitte denken Sie jetzt genau nach, Mrs. Casefikis. Haben Sie eine Ahnung, wo Ihr Mann am 23. oder 24. Februar, Mittwoch oder Donnerstag letzter Woche, arbeitete? Erzählte er irgendetwas über seine Arbeit?«

Sie hatte keine Ahnung. Angelo erzählte ihr niemals, was er machte, und meistens fand er nur Gelegenheitsarbeiten, weil er als illegaler Einwanderer ohne Aufenthaltserlaubnis keine längere Anstellung riskieren konnte. Mark kam nicht weiter, aber das lag nicht an Mrs. Casefikis.

»Werde ich in Amerika bleiben dürfen?«

»Ich werde tun, was in meinen Kräften steht, um Ihnen zu helfen, das verspreche ich, Mrs. Casefikis. Ich werde mich an einen mir bekannten griechisch-orthodoxen Priester wenden, um Ihnen ein wenig Geld zu verschaffen, bis ich mit der Fürsorgebehörde gesprochen habe.«

Mark war enttäuscht, dass er weder von Pater Gregory noch von Ariana Casefikis brauchbare Informationen erhalten hatte, und wandte sich zum Gehen.

»Der Priester hat mir schon Geld gegeben.«

Mark blieb abrupt stehen, wandte sich um und sah sie an. Er versuchte, sein Interesse zu verbergen.

»Was für ein Priester war das?«, fragte er beiläufig.

»Er sagte, er will helfen. Mann, der mich gestern besuchte. Netter Mann, sehr nett, sehr freundlich. Er gibt mir fünfzig Dollar.«

Mark fröstelte. Wieder war der unsichtbare Gegner ihm zuvorgekommen. Pater Gregory hatte Recht: Der Mann hatte etwas Professionelles an sich.

»Können Sie ihn beschreiben, Mrs. Casefikis?«

»Was meinen Sie?«

»Wie sah er aus?«

»Oh, er war ein großer Mann, sehr dunkel, glaub ich.«

Mark bemühte sich, lässig zu erscheinen. Es musste der Mann sein, der an ihm vorbei aus dem Lift gestürmt war; der Mann, der Pater Gregory davon abgehalten hatte, ins Hospital zu fahren, und der, hätte Mrs. Casefikis irgendetwas über das Komplott gewusst, sie ohne Zögern ihrem Mann ins Jenseits nachgeschickt hätte.

»Hatte er einen Bart, Mrs. Casefikis?«

»Ja, natürlich. Alle haben Bart.« Sie zögerte. »Aber ich erinnere mich nicht an Bart.«

Mark bat sie, das Haus unter keinen Umständen zu verlassen. Er entschuldigte sich und erklärte, zur Einwanderungs- und Fürsorgebehörde zu gehen. Es fiel ihm bereits leicht zu lügen. Von dem glatt rasierten griechisch-orthodoxen Priester konnte er manches lernen.

Mark sprang ins Auto und fuhr ein paar hundert Meter zur nächsten Telefonzelle in der Georgia Avenue. Er wählte die Privatnummer des Direktors. Der Direktor meldete sich.

»Julius.«

»Welche Nummer haben Sie?«, fragte der Direktor.

Dreißig Sekunden später schellte das Telefon, und Mark berichtete gewissenhaft.

»Ich schicke Ihnen sofort einen Polizeizeichner. Gehen Sie zurück, Andrews, und leisten Sie Mrs. Casefikis weiter Gesellschaft. Und denken Sie nach; ich möchte diese fünfzig Dollar haben. War es eine Note oder mehrere? Vielleicht finden wir einen Fingerabdruck.« Der Direktor hängte ein. Mark runzelte die Stirn. Wenn der falsche Priester ihm nicht voraus war, dann war es der Direktor.

Mark kehrte zu Mrs. Casefikis zurück und sagte ihr, dass sich die Behörden ihres Falles annehmen würden, und zwar an höchster Stelle. Er notierte sich, dass er bei der nächsten Zusammenkunft mit dem Direktor darüber sprechen musste. In lockerem Gesprächston stellte er die nächste Frage.

»Sind Sie sicher, dass es fünfzig Dollar waren, Mrs. Casefikis?«

»Natürlich, eine Fünfzigdollarnote sehe ich nicht alle Tage. Ich war sehr dankbar.«

»Erinnern Sie sich, was Sie damit gemacht haben?«

»Ja, ich bin knapp vor Ladenschluss in den Supermarkt gegangen und hab Lebensmittel eingekauft.«

»In welchen Supermarkt, Mrs. Casefikis?«

»Wheaton, am Ende der Straße.«

»Wann war das?«

»Gestern Abend gegen sechs Uhr.«

Mark wusste, dass er keine Zeit verlieren durfte. Falls es nicht bereits zu spät war.

»Mrs. Casefikis, ein Kollege von mir, vom FBI, wird zu Ihnen kommen und Sie um eine Beschreibung des Priesters bitten, der Ihnen das Geld gab. Es würde uns sehr helfen, wenn Sie sich an alle Einzelheiten erinnern könnten. Sie brauchen sich keine Sorgen zu machen; wir tun, was wir können, um Ihnen zu helfen.«

Mark zögerte, zog die Brieftasche hervor und gab ihr fünfzig Dollar. Zum ersten Mal lächelte sie.

»Wenn Sie noch etwas für mich tun wollen, Mrs. Casefikis, dann sagen Sie dem Priester, falls er Sie nochmals besucht, kein Wort von unserem Gespräch, sondern rufen Sie diese Nummer an.«

Mark gab ihr seine Karte. Ariana Casefikis nickte, doch als Mark zum Auto ging, schaute sie ihm zweifelnd und verständnislos nach. Welchem Mann sollte sie vertrauen? Hatten nicht beide ihr fünfzig Dollar gegeben?

Mark parkte vor dem Wheaton-Supermarkt. Ein großes Plakat im Fenster verkündete, dass hier Kisten mit kaltem Bier verkauft wurden. Darüber hing eine blauweiße Abbildung des Kapitols. Fünf Tage, dachte Mark. Er trat ein. Es war kein Kettenladen, sondern ein kleines privates Geschäft. Längs der einen Wand waren Bierkästen, längs der anderen Weinflaschen gestapelt, dazwischen standen vier Regale mit Konserven und ein paar Truhen mit Tiefkühlwaren. Auf der anderen Seite des Raumes befand sich das Pult für Frischfleisch. Der Fleischer schien das Geschäft allein zu betreuen.

Mark eilte zu ihm und fragte noch im Laufen: »Könnte ich bitte den Geschäftsführer sprechen?«

Der Fleischer schaute ihn misstrauisch an. »Wozu?«

Mark zeigte ihm seinen Ausweis.

Der Fleischer zuckte die Achseln und rief über die Schulter nach hinten. »He, Flavio, einer vom FBI ist da. Will dich sehen.«

Einen Augenblick später erschien der Geschäftsführer,

ein großer, rotgesichtiger Italiener, in der Türe links vom Fleischpult.

»Okay. Was wollen Sie, Mr. Andrews? Mein Name ist Flavio Guida. Der Laden gehört mir. Ich betreibe ein ordentliches, anständiges Geschäft.«

»Natürlich, Mr. Guida. Ich hoffe, Sie können mir helfen. Es handelt sich um gestohlenes Geld, und wir haben Grund zu der Annahme, dass gestern eine gestohlene Fünfzigdollarnote in diesem Geschäft ausgegeben wurde. Gibt es eine Möglichkeit, die Note zu finden?«

»Mein Geld wird jeden Abend gezählt und in den Safe gelegt«, sagte der Inhaber. »Am Morgen kommt es sofort in die Bank. Ich bin vor etwa einer Stunde hingegangen, und ich glaube …«

»Aber heute ist Samstag«, unterbrach ihn Mark.

»Kein Problem, meine Bank hat Samstag bis Mittag geöffnet. Sie ist nur ein paar Häuser weiter.«

Mark überlegte rasch.

»Würden Sie mich bitte sofort zur Bank begleiten, Mr. Guida?«

Guida schaute auf die Uhr und dann auf Mark Andrews. »Gerne, wenn Sie eine Minute warten.«

Er rief einer für Mark unsichtbaren Frau im Hintergrund zu, die Kasse im Auge zu behalten. Gemeinsam gingen sie in die Bank. Offensichtlich fand Guida die Episode aufregend.

Mark wandte sich sofort an den Hauptkassierer. Das Geld war vor einer halben Stunde Mrs. Townsend, einer Kassenbeamtin, übergeben worden. Die Geldstöße lagen noch vor ihr, bereit, sortiert zu werden. Eben wollte sie das Geld aus dem Laden in Angriff nehmen. Sie sei noch nicht dazugekommen, entschuldigte sie sich. Kein Grund zur

Betrübnis, dachte Mark. Die Tageseinnahmen des Supermarktes beliefen sich auf über fünftausend Dollar, darunter waren achtundzwanzig Fünfzigdollarscheine. Du lieber Himmel, der Direktor würde ihn in der Luft zerreißen, oder besser gesagt, die Beamten vom Erkennungsdienst. Mark ließ sich von Mrs. Townsend Handschuhe geben, zählte die achtundzwanzig Scheine und legte sie beiseite. Er unterschrieb eine Quittung, übergab sie dem Hauptkassierer und versicherte ihm, dass die Scheine binnen kurzem retourniert werden würden. Plötzlich erschien der Filialleiter der Bank, nahm die Quittung an sich und wandte sich an Mark.

»Arbeiten FBI-Leute nicht meistens zu zweit?«

Mark wurde rot. »Ja, Sir. Aber das ist ein spezieller Auftrag.«

»Das möchte ich überprüfen«, sagte der Filialleiter. »Sie verlangen von mir, eintausendvierhundert Dollar auf ein bloßes Versprechen hin aus der Hand zu geben.«

»Natürlich, Sir, bitte überprüfen Sie die Sache.«

Mark musste rasch überlegen. Er konnte den Leiter einer kleinen Bankfiliale nicht gut mit dem Direktor des FBI verbinden. Man ließ auch keine Benzinrechnung auf das Konto Henry Fords schreiben.

»Rufen Sie doch bitte das FBI Washington Field Office an, Sir, und verlangen Sie den Leiter der Kriminalabteilung, Mr. Grant Nanna.«

»Genau das werde ich tun.«

Mark gab ihm die Nummer, aber der Filialleiter ignorierte ihn und suchte selbst im Telefonbuch. Er wurde sofort mit Grant Nanna verbunden, der zum Glück anwesend war.

»Hier ist ein junger Mann aus Ihrem Field Office. Sein

Name ist Mark Andrews. Er behauptet, autorisiert zu sein, achtundzwanzig Fünfzigdollarnoten mitzunehmen. Hat angeblich etwas mit gestohlenem Geld zu tun.«

Auch Nanna musste rasch reagieren. Beschwerden zurückweisen, den Beschwerdeführer abweisen – Nick Stames altes Motto.

Inzwischen schickte Mark ein Stoßgebet zum Himmel.

»Das ist in Ordnung, Sir«, sagte Nanna. »Ich gab ihm Anweisung, diese Scheine an sich zu nehmen. Bitte händigen Sie sie ihm aus. Natürlich werden wir sie so rasch wie möglich retournieren.«

»Danke, Mr. Nanna. Es tut mir Leid, Sie gestört zu haben. Ich wollte meiner Sache sicher sein, heutzutage kann man nie wissen.«

»Natürlich, eine vernünftige Vorsichtsmaßnahme, Sir. Wir wollten, alle Leute wären so vorsichtig.« Der erste wahre Satz, dachte Grant Nanna.

Der Filialleiter legte auf, steckte die Geldscheine in ein braunes Kuvert, nahm die Quittung und reichte Mark die Hand.

»Sie verstehen doch, dass ich mich vergewissern musste?«, entschuldigte er sich.

»Natürlich«, sagte Mark, »ich hätte das Gleiche gemacht.«

Er dankte Mr. Guida und dem Bankdirektor und bat beide, mit niemandem über die Angelegenheit zu sprechen. Sie nickten mit dem Ausdruck von Menschen, die über ihre Pflichten Bescheid wissen.

Mark kehrte sofort ins FBI-Hauptquartier zurück und suchte das Büro des Direktors auf. Mrs. McGregor nickte ihm zu. Ein kurzes Klopfen, und er trat ein.

»Tut mir Leid, Sie zu stören, Sir.«

»Keineswegs, Andrews. Setzen Sie sich. Wir sind eben fertig geworden.«

Rogers stand auf, blickte Andrews prüfend an und lächelte.

»Ich will versuchen, bis Mittag eine Antwort zu bekommen«, sagte er und ging.

»Nun, junger Mann, sitzt unser Senator in Ihrem Auto?«

»Nein, Sir, aber das hier habe ich.«

Mark öffnete das braune Kuvert und legte die achtundzwanzig Geldscheine auf den Tisch.

»Haben Sie eine Bank ausgeraubt?«

»Beinahe, Sir. Wie Sie wissen, erhielt Mrs. Casefikis eine dieser Noten von dem Mann, der sich als griechisch-orthodoxer Priester ausgab.«

»Nun, das ist eine nette Aufgabe für unsere Jungen; sechsundfünfzig Seiten mit hundert oder vielleicht tausend Fingerabdrücken darauf. Eine mühselige Arbeit, die einige Zeit dauern wird, vielleicht ist es der Mühe wert.« Er vermied es, die Noten zu berühren. »Ich werde sie sofort an Sommerton weiterleiten. Wir brauchen auch Mrs. Casefikis' Fingerabdrücke. Ich werde ihr Haus überwachen lassen, falls unser großer Mann wiederkommen sollte.« Der Direktor schrieb und redete gleichzeitig weiter. »Wie in den alten Tagen, als ich noch ein Field Office leitete. Wäre es nicht so ernst, würde es mir richtig Spaß machen.«

»Darf ich noch etwas erwähnen, Sir?«

»Ja, schießen Sie los, Andrews.« Tyson schaute nicht auf, sondern fuhr fort zu schreiben.

»Mrs. Casefikis macht sich große Sorgen um ihren Status in diesem Land. Sie hat kein Geld, keinen Job und keinen Ehemann. Vielleicht hat sie uns einen wichtigen Hinweis gegeben, und jedenfalls hat sie sich bemüht, uns zu helfen. Ich glaube, wir sollten ihr auch helfen.«

Der Direktor drückte einen Knopf. »Schicken Sie Elliot herein und bitten Sie Mr. Sommerton vom Erkennungsdienst, zu mir zu kommen.«

Also hat der anonyme Mann doch einen Namen, dachte Mark.

»Wir werden tun, was wir können. Ich sehe Sie Montag um sieben Uhr früh, Andrews. Wenn Sie mich brauchen, erreichen Sie mich am Wochenende zu Hause. Fahren Sie mit Ihrer Arbeit fort.«

»Natürlich, Sir.«

Mark ging. In einer Bank wechselte er fünfzehn Dollar in Fünfundzwanzigcentstücke.

Der Kassierer sah ihn neugierig an.

»Haben Sie einen privaten Spielautomaten?«

Mark lächelte.

Den Rest des Vormittags und den Nachmittag verbrachte er damit, sämtliche Sekretärinnen der zweiundsechzig Senatoren, die am 24. Februar in Washington gewesen waren, anzurufen. Der Haufen Vierteldollar-Stücke wurde allmählich kleiner. Alle Sekretärinnen zeigten sich erfreut, dass ihr Senator zu einer Konferenz über Umweltfragen eingeladen wurde; der Direktor wusste, was er tat. Nach dem zweiundsechzigsten Telefonat war Mark halb taub. Er betrachtete seine Aufzeichnungen: Dreißig Senatoren hatten im Büro oder mit ihren Wählern gegessen, fünfzehn hatten ihren Sekretärinnen nicht gesagt, wo sie essen würden, oder eine vage Verabredung erwähnt. Siebzehn hatten an Veranstaltungen teilgenommen, die von irgendwelchen Klubs organisiert waren. Eine Sekretärin glaubte sich sogar zu erinnern, dass ihr Chef am 24. Februar an der

Konferenz und dem Arbeitsessen über Umweltfragen teilgenommen hatte. Darauf hatte Mark wirklich keine Antwort gewusst.

Mit Hilfe des Direktors hatte er die Zahl der verdächtigen Senatoren auf fünfzehn reduziert. Er kehrte in die Kongressbibliothek zurück, in den stillen Raum mit den Nachschlagewerken. Die Bibliothekarin fand seine vielen Fragen über bestimmte Senatoren, Komitees und Senatssitzungen ganz natürlich; sie war an Studenten gewöhnt, die ebenso viele Auskünfte verlangten, in der Regel aber wesentlich weniger höflich waren. Mark ging zum Regal mit dem *Congressional Record* zurück. Die Protokolle vom 24. Februar zu finden war einfach; das vom 24. Februar war das einzige benutzte. Mark überprüfte die fünfzehn übrig gebliebenen Namen. An diesem Tag hatte der Ausschuss für die Auswärtigen Angelegenheiten getagt, drei verdächtige Senatoren waren Mitglieder dieses Ausschusses, und laut Protokoll hatten alle drei das Wort ergriffen. Im Senat selbst waren an diesem Tag zwei Fragen debattiert worden: die Bereitstellung von Mitteln des Energieministeriums für die Sonnenenergie-Forschung und das Waffengesetz. Einige der übrigen zwölf Senatoren hatten sich zu dem einen oder zu beiden Themen geäußert; verdammt, es gab keine Möglichkeit, auch nur einen einzigen zu eliminieren. Er schrieb die fünfzehn Namen auf ebenso viele Bogen Papier und ging noch einmal jeden Tag vom 24. Februar bis zum 3. März durch. Neben jedem Namen vermerkte er die Anwesenheit oder Abwesenheit des Senators im Senat. In mühevoller Kleinarbeit versuchte er mit Hilfe der Protokolle den Tagesablauf der Senatoren zu rekonstruieren – es blieben viele Lücken. Offensichtlich verbringen die Senatoren nicht allzu viel Zeit im Senat, dachte er.

Die junge Bibliothekarin stand neben ihm. Mark schaute auf die Uhr: sieben Uhr dreißig. Es war Zeit, die Senatoren zu vergessen und Elizabeth zu sehen. Er rief sie zu Hause an.

»Hallo, schöne Lady. Ich glaube, es ist wieder Essenszeit. Seit dem Frühstück habe ich nichts im Magen. Wollen Sie sich meines geschwächten Zustands erbarmen und mit mir essen gehen, Frau Doktor?«

»Ob ich *was* mit Ihnen mache, Mark? Ich habe eben mein Haar gewaschen. Ich glaube, ich habe Seife in den Ohren.«

»Mit mir essen gehen, sagte ich. Das genügt mir im Augenblick. Später fällt mir vielleicht noch mehr ein.«

»Vielleicht sage ich später nein«, antwortete sie fröhlich. »Wie steht's mit der Atmung?«

»Nicht schlecht, aber wenn ich weiter an das denke, woran ich im Augenblick denke, könnte ich Wallungen bekommen.«

»Soll ich kaltes Wasser ins Telefon schütten?«

»Nein, nur mit mir essen gehen. In einer halben Stunde hole ich Sie ab, ob Ihr Haar trocken ist oder nass.«

Sie gingen ins *Mr. Smith*, ein kleines Restaurant in Georgetown. Mark war im Sommer dort gewesen, als man im Garten sitzen konnte. Das Lokal war voll mit jungen Leuten. Es war genau der richtige Platz, um sich in Ruhe zu unterhalten.

»Mein Gott«, sagte Elizabeth, »das ist ja wie im College; ich dachte, das hätten wir hinter uns.«

Mark lächelte: »Freut mich, dass es Ihnen gefällt.«

»Man weiß genau, was einen erwartet; auf ländlich getrimmte Holzfußböden, plumpe Holztische, Topfpflanzen,

Flötensonaten von Bach. Das nächste Mal werden wir zu McDonald's gehen!«

Mark fiel keine passende Antwort ein, und er vertiefte sich in die Speisekarte.

»Können Sie sich vorstellen, dass ich vier Jahre in Yale war und immer noch nicht weiß, was Ratatouille ist?«, sagte Elizabeth.

»Ich weiß, was es ist, aber ich kann es nicht aussprechen.«

Sie bestellten beide Huhn mit gebackenen Kartoffeln und Salat.

»Schauen Sie, Mark, dort drüben sitzt dieser schreckliche Senator Thornton mit einem Mädchen, das seine Tochter sein könnte.«

»Vielleicht ist sie seine Tochter.«

»Kein kultivierter Mann würde seine Tochter hierherführen.« Sie lächelte ihn an.

»Er ist mit Ihrem Vater befreundet, nicht wahr?«

»Ja, woher wissen Sie das?«, fragte Elizabeth.

»Allgemein bekannt.« Mark bereute seine Frage.

»Nun, ich würde ihn eher als Geschäftsfreund bezeichnen. Er machte sein Vermögen mit Waffenfabriken. Kein angenehmer Zeitgenosse.«

»Aber Ihr Vater ist doch Teilhaber einer Waffenfirma.«

»Daddy? Ja, das hat mir auch sehr missfallen, aber er gab meinem Großvater die Schuld, der die Firma gegründet hat. Als ich in der Schule war, stritt ich oft mit ihm darüber. Ich forderte ihn auf, seine Anteile zu verkaufen und das Geld in etwas zu investieren, das für alle nützlich wäre.«

»Wie schmeckt's?«, erkundigte sich ein vorbeieilender Kellner.

»Ach, einfach großartig«, antwortete Elizabeth. »Wissen Sie, Mark, früher einmal nannte ich meinen Vater einen Kriegsverbrecher.«

»Ich dachte, er sei gegen den Krieg gewesen.«

»Sie scheinen eine Menge über meinen Vater zu wissen«, sagte Elizabeth und schaute ihn misstrauisch an.

Nicht genug, dachte Mark, und wie viel könntest du mir tatsächlich sagen? Falls Elizabeth seine Besorgnis fühlte, ließ sie sich nichts anmerken, sondern fuhr fort.

»Er stimmte für die MX-Raketen. Darauf habe ich einen Monat lang nicht mit ihm an einem Tisch gegessen. Nicht, dass er es auch nur bemerkt hätte, glaub ich.«

»Und wie ist Ihre Mutter?«, fragte Mark.

»Sie starb, als ich vierzehn war, vielleicht habe ich deshalb eine so enge Beziehung zu meinem Vater.« Sie blickte auf ihre Hände und wollte sichtlich das Thema wechseln. Das dunkle Haar, das über ihre Stirn fiel, schimmerte.

»Sie haben sehr schönes Haar«, sagte Mark leise, »als ich Sie zum ersten Mal sah, wollte ich es berühren. Ich möchte es immer noch.«

Sie lächelte. »Mir gefällt lockiges Haar besser.« Das Kinn in die Handfläche gestützt, schaute sie ihn spitzbübisch an. »Mit vierzig Jahren und grauen Schläfen werden Sie fabelhaft aussehen. Vorausgesetzt natürlich, dass Ihnen nicht vorher die Haare ausfallen. Wussten Sie, dass Männer, die auf dem Hinterkopf eine Glatze bekommen, sexy sind? Wer vorne kahl wird, denkt, und Männer, die überhaupt keine Haare mehr haben, denken, dass sie sexy seien.«

»Werden Sie es für einen unanständigen Antrag halten, wenn ich am Hinterkopf eine Glatze bekomme?«

»Ich will ja gerne warten, aber das kann noch lang dauern!«

Auf dem Heimweg blieb er stehen und küsste sie – zuerst zögernd und unsicher, wie sie reagieren würde.

»Ich fühle mich ein wenig schwach in den Knien, Elizabeth«, murmelte er in ihr weiches, warmes Haar. »Was wirst du mit deinem neuesten Opfer tun?«

Sie ging weiter und schwieg eine Weile.

»Ihm ein paar Knieschützer verpassen«, sagte sie.

Sie gingen Hand in Hand – langsam, schweigend, glücklich. Drei nicht sehr romantische Männer folgten ihnen.

Auf der cremefarbenen Couch in dem gemütlichen Wohnzimmer nahm er sie wieder in die Arme.

Die drei unromantischen Männer standen draußen im Schatten und warteten.

Sie saß allein im Oval Office, ging die Klauseln der Gesetzesvorlage durch, eine nach der anderen, und forschte, ob es noch irgendeine Zeile gab, die sie zu Fall bringen konnte, wenn morgen über den Entwurf abgestimmt werden würde.

Plötzlich blickte sie auf; zu ihrer Verblüffung stand ihr Mann vor ihr, eine große Tasse dampfenden Kakao in der Hand.

»Es wird deine Chancen, die da drüben –« er zeigte auf das Kapitol, »zu beeinflussen, nicht mindern, wenn du früh zu Bett gehst.«

Sie lächelte. »Edward, Lieber, wo wäre ich ohne deinen gesunden Menschenverstand?«

# 8

*Sonntag, 6. März* *9 Uhr*

Mark verbrachte den Sonntagmorgen damit, den Bericht an den Direktor zu beenden. Zuerst räumte er seinen Schreibtisch auf; er konnte nicht richtig denken, wenn nicht alles an seinem Platz lag. Er nahm seine Aufzeichnungen und ordnete sie in logischer Reihenfolge. Um zwei Uhr nachmittags war er damit fertig. Ihm fiel gar nicht auf, dass er keinen Lunch gehabt hatte. Langsam schrieb er die Namen der fünfzehn übrig gebliebenen Senatoren nieder: sechs unter der Überschrift Ausschuss für Auswärtige Angelegenheiten, neun unter Waffenkontrollgesetz – Justizausschuss. Er starrte auf die Liste und hoffte auf eine Eingebung, doch es kam keine. Einer dieser Männer war ein Killer, und es blieben nur mehr vier Tage, um den richtigen herauszufinden. Er steckte die Aufzeichnungen in eine Mappe und verschloss sie in seinem Schreibtisch.

In der Küche aß er ein Sandwich. Er sah auf die Uhr. Was konnte er mit diesem Tag noch Sinnvolles anfangen? Elizabeth hatte Dienst. Er rief sie an. Sie hatte nur einen Augenblick Zeit, um drei Uhr musste sie im Operationssaal sein.

»Gut, Frau Doktor, es wird nicht lange dauern und nicht wehtun. Ich kann dich nicht jeden Tag anrufen, um dir zu sagen, dass du bezaubernd und gescheit bist und mich verrückt machst. Also hör gut zu.«

»Ich höre, Mark.«

»Okay, du bist schön und klug, und ich bin verrückt nach dir … Was, keine Antwort?«

»Ich dachte, es würde so weitergehen. Wenn ich nicht drei Kilometer, sondern drei Zentimeter von dir entfernt bin, werde ich dir vielleicht eine Antwort geben.«

»Lass es ganz bald sein, sonst halte ich es nicht aus. Lauf und schneide jemandem das Herz aus dem Leib.«

Sie lachte. »Es ist nur ein eingewachsener Zehennagel …«

Sie beendete das Gespräch. Mark ging im Zimmer auf und ab, und seine Gedanken wanderten von den fünfzehn Senatoren zu Elizabeth und dann zu einem Senator. Ging nicht alles ein wenig zu glatt mit Elizabeth? Suchte vielleicht ein bestimmter Senator ihn und nicht umgekehrt? Er fluchte und goss sich einen Drink ein. Er dachte an Barry Calvert; Sonntagnachmittag hatten sie meistens miteinander Squash gespielt. Er dachte an Nick Stames, der, ohne es zu wissen, seinen Platz eingenommen hatte. Was würde Stames tun, wenn er noch am Leben wäre … Eine Bemerkung, die Stames bei der letzten Weihnachtsfeier im Field Office gemacht hatte, fiel ihm ein. »Wenn ich nicht erreichbar bin, dann ist George Stampouzis von der *New York Times* in diesem verdammten Land der zweitbeste Mann für Kriminalfälle! Natürlich auch ein Grieche! Er weiß mehr über die Mafia und den CIA als beinahe jeder andere, egal auf welcher Seite des Gesetzes er steht.«

Ohne genau zu wissen, was er eigentlich bezweckte, ließ sich Mark von der Telefonauskunft in New York Stampouzis' Nummer geben und wählte sie.

»Den Polizeireporter Stampouzis, bitte.«

»Stampouzis genügt«, meldete sich eine Stimme. Bei der *New York Times* hatte man keine Zeit für viele Worte.

»Guten Tag, mein Name ist Mark Andrews. Ich rufe aus Washington an. Ich war mit Nick Stames befreundet; genauer gesagt, er war mein Vorgesetzter.«

Die Stimme veränderte sich. »Ja, ich hörte von dem schrecklichen Unfall. Wenn es überhaupt ein Unfall war. Was kann ich für Sie tun?«

»Ich brauche vertrauliche Informationen. Kann ich sofort zu Ihnen nach New York kommen?«

»Betrifft es Nick?«

»Ja.«

»Natürlich. Können Sie es schaffen, um acht Uhr an der Ecke der Einundzwanzigsten Straße – Park Avenue zu sein?«

»Ich werde dort sein«, sagte Mark, nach einem Blick auf die Uhr.

»Ich erwarte Sie.«

Die Eastern-Airlines-Maschine kam kurz nach sieben Uhr an. Mark drängte sich durch die Menschenmenge, an der Gepäckausgabe vorbei zu einem Taxi. Ein New Yorker Taxichauffeur – dicker Bauch, seit zwei Tagen unrasiert, einen kalten Zigarrenstummel im Mund – fuhr ihn nach Manhattan. Er hörte nicht auf zu reden, er hielt einen Monolog, der kaum Antworten verlangte. Mark hätte lieber Ruhe gehabt, um seine Gedanken zu ordnen.

»Das ist ein Scheißland«, sagte der Fahrer und kaute an seiner Zigarre.

»Ja«, erwiderte Mark.

»Und diese Stadt ist nichts als ein Müllhaufen.«

»Ja«, sagte Mark.

»Und diese Hure Kane ist an allem schuld. Man sollte sie aufhängen.«

Mark erstarrte. Vermutlich sagte man es tausendmal am Tag. Jemand in Washington sagte es auch, und es war ihm ernst damit.

Das Taxi hielt an.

»Achtzehn Dollar geradeaus«, brummte der Fahrer.

Mark legte eine Zehndollarnote und zwei Fünfer in die kleine Plastiklade an der Schutzscheibe, die den Fond abschloss, und stieg aus. Ein behäbiger Mann in einem Tweedmantel, Mitte fünfzig, kam auf ihn zu. Mark fröstelte. Er hatte vergessen, wie kalt New York im März sein konnte.

»Mark Andrews?«

»Ja, erraten.«

»Wenn man sein ganzes Leben damit verbringt, Verbrecher zu studieren, fängt man an, wie sie zu denken.«

Er betrachtete Marks Anzug. »Heutzutage sind Detektive jedenfalls besser angezogen als zu meiner Zeit.«

Mark war verlegen. Stampouzis musste wissen, dass ein FBI-Agent doppelt so viel verdiente wie ein New Yorker Polizist.

»Mögen Sie italienische Küche?« Er wartete Marks Antwort nicht ab. »Ich führe Sie in eines von Nicks Lieblingslokalen.« Er ging sofort los, und Mark folgte ihm schweigend und etwas zaudernd, als Stampouzis an sämtlichen Restaurant-Eingängen vorbeilief. Plötzlich verschwand Stampouzis in einem Haustor. Mark trat hinter ihm in eine dreckige Bar voller Männer, die an der Theke lehnten und offenbar großen Durst hatten. Männer, auf die zu Hause keine Frau wartete, oder eine Frau, die sie, falls sie wartete, nicht sehen wollten.

Sie gingen durch die Bar durch und kamen in ein sauberes Restaurant mit rohen Ziegelwänden. Ein großer schlanker Italiener führte sie zu einem Ecktisch; offenbar war Stampouzis Stammgast. Die Speisekarte ignorierte er.

»Ich empfehle marinierte Krabben. Nachher müssen Sie selber wählen.«

Mark folgte seinem Rat und bestellte danach eine Piccata al limone und eine halbe Karaffe Chianti. Stampouzis trank Fruchtsaft. Während sie aßen, sprachen sie nur über Belangloses. Nach zwei Jahren unter Nick Stames kannte Mark die Südländer – die Freude an einer guten Mahlzeit darf nie durch Geschäftliches getrübt werden. Auch wusste er, dass Stampouzis ihn erst taxieren musste, und Mark wollte sein Vertrauen gewinnen. Nachdem Stampouzis eine riesige Portion Zabaglione vertilgt und einen doppelten Espresso mit Sambuca bestellt hatte, schaute er Mark an und wurde ernst.

»Sie haben für einen großartigen Mann gearbeitet, einen außergewöhnlichen Mann des Gesetzes. Wäre nur ein Zehntel der FBI-Beamten so pflichtbewusst und intelligent wie Nick Stames, hätten Sie es in dem Ziegelkolosseum viel besser.«

Mark blickte ihn an und setzte zum Sprechen an.

»Nein, sagen Sie nichts über Nick. Sie sind seinetwegen hier. Und verlangen Sie nicht, dass ich meine Meinung über das Bureau ändere. Ich war mehr als dreißig Jahre Polizeireporter und die einzige Veränderung, die ich beim FBI und bei der Mafia feststellen konnte, ist, dass beide größer und stärker geworden sind.« Er goss den Sambuca in den Kaffee und schlürfte genussvoll. »Also, wie kann ich Ihnen helfen?«

»Alles muss streng vertraulich bleiben«, sagte Mark.

»Einverstanden«, erwiderte Stampouzis. »Um Ihret- und um meinetwillen.«

»Ich habe zwei Fragen. Erstens, gibt es Senatoren, die Verbindungen mit dem organisierten Verbrechen haben, und zweitens, wie stellt sich die Mafia zum Waffenkontrollgesetz?«

»Mein Gott, das ist alles? Ich weiß nicht, womit ich beginnen soll. Die erste Frage ist leichter zu beantworten, denn in Wahrheit steht die Hälfte der Senatoren in loser Verbindung zum organisierten Verbrechen, das ich jetzt Mafia nennen will, wie überholt die Bezeichnung auch sein mag. Manche realisieren es gar nicht, aber wenn man die Annahme von Wahlspenden von Geschäftsleuten und großen Unternehmen, die direkt oder indirekt mit dem organisierten Verbrechen zu tun haben, kriminell nennt, dann ist letztlich jeder Präsident ein Verbrecher. Wenn die Mafia aber einen Senator braucht, dann nimmt sie durch einen Mittelsmann mit ihm Kontakt auf, und selbst das kommt selten vor.«

»Warum?«, erkundigte sich Mark.

»Die Mafia braucht Beziehungen auf der bundesstaatlichen Ebene, vor Gericht, bei Geschäftstransaktionen und so weiter. Sie ist nicht interessiert an Verträgen mit Ausländern oder an solchen, die die Zustimmung des Obersten Gerichtshofes erfordern. Allgemeiner gesagt: Es gibt Senatoren, die ihren Erfolg einer Verbindung mit der Mafia verdanken, jene, die als Richter bei Zivilgerichten oder als Abgeordnete angefangen haben und direkt von der Mafia finanziell unterstützt wurden. Es ist möglich, dass sie sich dessen nicht bewusst waren; manche Leute sind nicht besonders wählerisch, wenn sie gewählt werden wollen. Dazu kommen Fälle wie Arizona und Nevada, wo die Mafia legale Geschäfte betreibt; aber gnade Gott jedem Außenstehenden, der da mitnaschen möchte. Schließlich müssen wir bei den Demokraten die Gewerkschaften berücksichtigen, insbesondere die *Teamsters Union.* Bitte Mark, das sind dreißig Jahre Erfahrung auf zehn Minuten komprimiert.«

»Großartiger Background, aber jetzt komme ich zum speziellen Teil. Wenn ich Ihnen fünfzehn Senatoren nenne, können Sie mir dann sagen, in welche der erwähnten Kategorien sie gehören?«, fragte Mark.

»Vielleicht. Versuchen wir es. Ich erzähle Ihnen, was ich verantworten kann. Versuchen Sie nicht, mehr aus mir herauszuholen.«

»Bradley.«

»Sauber«, sagte Stampouzis.

»Thornton.«

Der Journalist blieb ungerührt.

»Bayh.«

»Nichts, wovon ich je gehört hätte.«

»Harrison.«

»Keine Ahnung; von South Carolina weiß ich wenig.«

»Nunn.«

»Sam, der Sonntagsschullehrer? Der Ehrenpfadfinder? Sie machen Witze.«

»Brooks.«

»Hasst die Präsidentin, würde aber wohl nicht so weit gehen, glaube ich.«

Mark zählte weiter auf: Stevenson, Biden, Moynihan, Woodson, Clark, Mathias. Stampouzis schüttelte schweigend den Kopf.

»Dexter.«

Er zögerte, und Mark hielt den Atem an.

»Schwierigkeiten, ja«, begann Stampouzis, »aber Mafiakontakte nein.«

Er musste Marks Seufzer gehört haben. Mark wollte sehr gern wissen, was Stampouzis unter Schwierigkeiten verstand, er wartete, aber der Grieche sprach nicht weiter.

»Byrd.«

»Nicht sein Stil.«

»Pearson.«

»Machen Sie sich nicht lächerlich.«

»Danke«, sagte Mark. Er hielt inne. »Und jetzt die Einstellung der Mafia zum Waffengesetz.«

»Im Augenblick bin ich nicht ganz sicher«, begann Stampouzis. »Die Mafia ist kein monolithischer Block mehr. Dazu ist sie zu groß geworden, und in letzter Zeit gab es interne Meinungsverschiedenheiten. Die Alten sind absolut gegen das Kontrollgesetz, weil es die legale Waffenbeschaffung erschweren würde. Noch mehr Angst haben sie vor den Begleitmaßnahmen, wie unbedingte Gefängnisstrafe für das Tragen einer nicht registrierten Waffe. Das würde der Bundespolizei natürlich ins Konzept passen; für sie wäre es der beste Trick seit der Möglichkeit, eine Gefängnisstrafe wegen Steuerhinterziehung zu verhängen. Sie können dann jeden bekannten Verbrecher anhalten, ihn durchsuchen, und wenn er eine nicht registrierte Waffe trägt, was vermutlich der Fall ist – peng, schon sitzt er auf der Anklagebank. Andererseits sind manche Junge dafür; sie halten das Gesetz für eine Art moderner Prohibition. Sie werden die nicht organisierten Gauner und alle verrückten Radikalen mit illegalen Waffen versorgen und haben damit eine neue Einnahmequelle. Auch sind sie der Meinung, dass die Polzei nicht imstande sein wird, die Einhaltung des Gesetzes durchzusetzen; die Übergangszeit würde zehn Jahre dauern. Ist Ihre Frage damit ungefähr beantwortet?«

»Ja, beinahe«, sagte Mark.

»Jetzt bin ich an der Reihe, eine Frage zu stellen, Mark.«

»Unter gleichen Bedingungen?«

»Ja, gleiche Bedingungen. Stehen diese Fragen in direktem Zusammenhang mit Nicks Tod?«

»Ja«, sagte Mark.

»Mehr will ich nicht fragen, weil ich weiß, was ich fragen müsste, und darauf müssten Sie lügen. Machen wir ein Geschäft. Werden Sie dafür sorgen, dass, wenn hier etwas Großes auffliegt, ich die Exklusivrechte bekomme und nicht die Scheißkerle von der *Post*?«

»Einverstanden«, erwiderte Mark.

Stampouzis lächelte und unterschrieb die Rechnung; mit der letzten Bemerkung war sie zu einem legitimen Steuerabsetzposten geworden.

Mark schaute auf die Uhr; mit ein wenig Glück würde er das letzte Flugzeug von La Guardia nach Washington erreichen. Stampouzis stand auf, und sie gingen zur Tür; die Bar war immer noch voll von durstigen Männern. Auf der Straße winkte Mark ein Taxi herbei. Diesmal hielt ein junger Schwarzer.

»Ich bin bereits auf halbem Weg«, sagte Stampouzis, was Mark nicht recht verstand. »Wenn ich etwas erfahre, das Ihnen weiterhelfen kann, rufe ich Sie an.«

Mark dankte ihm und stieg in sein Taxi.

»La Guardia, bitte.«

Mark kurbelte das Fenster hinunter; Stampouzis starrte ihn einen Moment lang an. »Es ist nicht Ihretwegen, es ist nur für Nick.« Er ging davon.

Die Fahrt zum Flughafen verlief in Schweigen. Als Mark

seine Wohnung betrat, versuchte er seine Informationen für das morgige Gespräch mit dem Direktor zu ordnen. Er schaute auf die Uhr. Du lieber Himmel, es war bereits morgen.

# 9

*Montag, 7. März* *7 Uhr*

Der Direktor hörte Mark schweigend und aufmerksam zu, dann hatte er eine erstaunliche Nachricht für ihn.

»Andrews, wir können von Ihrer Liste wahrscheinlich noch einige Senatoren streichen. Letzten Dienstag hörten unsere Agenten ein nicht autorisiertes Gespräch auf den verschlüsselten Kanälen ab. Entweder hat einer von uns wegen einer vorübergehenden Störung eines offenen Kanals kurzzeitig eine andere Frequenz eingestellt, oder irgendjemand besitzt einen illegalen Sender auf unserer Frequenz. Unsere Jungen hörten nur: Komm her, Tony. Ich brachte den Senator eben zu seiner Ausschusssitzung, und ich bin ... Die Stimme brach dann plötzlich ab, und wir konnten sie nicht mehr finden. Vielleicht haben die Verschwörer unsere Gespräche abgehört, und diesmal hat einer, ohne nachzudenken, auf unserer Frequenz gesendet; es ist ja ganz einfach. Die Agenten, die ihn hörten, gaben eine Meldung über die illegale Benutzung unserer Frequenz ab. Sonst nichts.«

Mark beugte sich vor.

»Ja, Andrews«, sagte der Direktor. »Ich weiß, woran Sie denken. Die Nachricht wurde um zehn Uhr dreißig gesendet.«

»Zehn Uhr dreißig am Vormittag des 3. März«, sagte Mark aufgeregt. »Lassen Sie mich nachschauen ... welche Komitees traten zusammen ...« Er öffnete seine Mappe. »Dirksen Building ... diese Zeit ... Irgendwo habe ich das, was wir brauchen, ich weiß ... drei Möglichkeiten, Sir. An diesem Morgen traten die Ausschüsse für Auswärtige Angelegenheiten und Regierungsbelange zusammen. Im Senat wurde das Waffengesetz diskutiert; das nimmt jetzt einen Großteil der Zeit der Senatoren in Anspruch.«

»Nun, vielleicht kommen wir damit weiter«, sagte der Direktor. »Können Sie aus Ihren Aufzeichnungen ersehen, wie viele Ihrer fünfzehn Männer am 3. März im Kapitol waren und was sie machten?«

Mark blätterte die fünfzehn Bogen durch und teilte sie langsam in zwei Stöße auf. »Es ist nicht ganz eindeutig, Sir, aber diese acht« – er legte die Hand auf einen Stoß – »waren am betreffenden Morgen aller Wahrscheinlichkeit nach nicht im Senat. Die übrigen sieben waren bestimmt dort. Zwei bei den Auswärtigen Angelegenheiten – Brooks und Pearson, Sir. Die anderen fünf, Byrd, Dexter, Nunn, Harrison und Thornton saßen alle im Plenum. Und sie waren auch alle im Justizausschuss für das Waffenkontrollgesetz.«

Der Direktor schnitt eine Grimasse. »Nun, wie Sie richtig sagen, Andrews, es ist nicht eindeutig. Aber es ist alles, was wir haben, also konzentrieren Sie sich auf die sieben. Mit nur mehr vier Tagen Zeit müssen wir das riskieren. Seien Sie nicht zu aufgeregt, weil wir ein wenig Glück hatten, und vergewissern Sie sich, dass die anderen acht tatsächlich nicht im Dirksen waren. Ich werde es nicht riskieren, sieben Senatoren beobachten zu lassen. Diese Leute sind dem FBI gegenüber schon misstrauisch genug. Wir müssen eine andere Taktik einschlagen. Eine offene Untersuchung können wir uns aus politischen Gründen nicht leisten. Also müssen wir unseren Mann mit den zwei Angriffspunkten finden, die wir haben; wo er am 24. Februar um die Mittagszeit war, und dann diese Justizausschusssitzung letzten Dienstag um zehn Uhr dreißig. Zerbrechen Sie sich den Kopf nicht über das Motiv – dazu haben wir keine Zeit, Andrews. Trachten Sie nur, die Liste zu verkürzen, und verbringen Sie den Rest des Tages beim Ausschuss für Auswärtige Angelegenheiten und im Senat. Unterhalten Sie sich mit den Personaldirektoren. Es gibt nichts, was sie nicht über die Senatoren wissen – offiziell wie privat.«

»Ja, Sir.«

»Noch etwas wird Sie vielleicht interessieren. Ich speise heute Abend mit der Präsidentin. Vielleicht erfahre ich etwas von ihr, das uns die Anzahl der Verdächtigten reduzieren hilft.«

»Werden Sie die Präsidentin informieren, Sir?«

»Nein, ich glaube nicht. Ich glaube immer noch, dass wir die Angelegenheit unter Kontrolle haben. Es gibt keinen Grund, sie in diesem Stadium damit zu belasten – das tun wir erst, wenn ich überzeugt bin, dass wir es nicht schaffen.«

Schließlich zeigte der Direktor Mark eine Phantomzeichnung des falschen griechischen Priesters. »Nach Mrs. Casefikis' Beschreibung angefertigt«, fügte er hinzu. »Was halten Sie davon?«

»Es ist ziemlich ähnlich«, sagte Mark. »Vielleicht ist er noch ein wenig hässlicher. Diese Zeichner verstehen sich tatsächlich auf ihre Arbeit.«

»Was mir Kopfzerbrechen macht, ist, dass ich dieses verdammte Gesicht schon gesehen habe«, sagte der Direktor.

»Mir sind schon so viele Verbrecher untergekommen, dass ich mir nicht jeden einzelnen merken kann. Vielleicht werde ich mich noch erinnern. Vielleicht.«

»Hoffentlich noch vor Donnerstag, Sir«, platzte Mark heraus.

»Das hoffe ich auch«, erwiderte Tyson grimmig.

»Und zu denken, dass ich ihn nur um vierundzwanzig Stunden verpasst habe. Das tut weh.«

»Sie können von Glück reden, junger Mann. Wären Sie früher dort gewesen, so wäre Ariana Casefikis jetzt tot, und Sie vermutlich auch. Das Haus von Mrs. Casefikis steht noch immer unter Bewachung, für den Fall, dass der Mann wiederkommt, aber er ist ein viel zu gerissener Profi, um das zu riskieren.«

Mark stimmte zu. »Ein gerissener Profi«, wiederholte er.

Das rote Licht der Sprechanlage blinkte.

»Ja, Mrs. McGregor?«

»Sie werden zu spät zu Ihrer Verabredung mit Senator Hart kommen.«

»Danke, Mrs. McGregor.« Er legte den Hörer auf. »Kommen Sie morgen um die gleiche Zeit, Mark.« Es war das erste Mal, dass er ihn Mark nannte. »Lassen Sie nichts unversucht, wir haben nur mehr vier Tage.«

Mark fuhr mit dem Aufzug hinunter und verließ das Gebäude auf seinem üblichen Weg. Dass man ihm auf der anderen Straßenseite folgte, bemerkte er nicht. Er ging ins Senatsgebäude und meldete sich bei den Personaldirektoren der beiden Ausschüsse an. Sie konnten ihn frühestens am nächsten Morgen empfangen. Mark kehrte in die Kongressbibliothek zurück, um die Lebensläufe der sieben auf der Liste verbliebenen Senatoren noch einmal gründlich zu studieren. Es waren Männer aus den verschiedensten Bundesstaaten, die nur wenig Gemeinsames hatten; einer unterschied sich in einem Punkt wesentlich von den sechs anderen, aber welcher war es? Nunn – der passte nicht. Thornton? Stampouzis mochte ihn offensichtlich nicht, aber was bewies das? – Stampouzis hatte gesagt, dass er gegen das Waffengesetz sei, aber schließlich war der halbe Senat dagegen. Dexter – welcher Art waren die Schwierigkeiten, von denen Stampouzis nicht sprechen wollte? Vielleicht konnte Elizabeth ihm am Abend etwas darüber erzählen. Ralph Brooks – ein merkwürdig getrieben wirkender, leidenschaftlicher Mann, der Kane bestimmt nicht leiden konnte. Pearson: Wenn er ein Bösewicht war, würde es niemand für möglich halten; seit dreiunddreißig Jahren Senator, im öffentlichen wie im Privatleben immer glaubwürdig und ehrlich.

Mark seufzte – es war der tiefe Seufzer eines Menschen, der am toten Punkt angelangt war. Er schaute auf die Uhr: zehn Uhr fünfundvierzig. Wenn er pünktlich sein wollte, musste er sofort gehen. Er gab der Bibliothekarin die verschiedenen Zeitschriften, Kongressprotokolle und Berichte der Konsumentenschutzorganisationen zurück und eilte über die Straße zum Parkplatz. Rasch fuhr er die Constitution Avenue hinunter und über die Memorial Bridge – wie oft war er diesen Weg in der letzten Woche gefahren? Mark schaute in den Rückspiegel und glaubte, den Wagen, der hinter ihm fuhr, zu erkennen – oder war es nur die Erinnerung an letzten Donnerstag?

Mark parkte am Straßenrand. Zwei Beamte vom Secret Service hielten ihn an. Er wies sich aus und ging langsam den schmalen Weg entlang zu den hundertfünfzig anderen Trauergästen, die um zwei offene Gräber standen – frisch ausgehoben, um zwei Männer aufzunehmen, die noch vor einer Woche lebendiger gewesen waren als die meisten der Trauernden. Der Vizepräsident und ehemalige Senator Bill Bradley vertrat die Präsidentin. Er stand neben Norma Stames, einer zarten Gestalt in Schwarz, die von ihren beiden Söhnen gestützt wurde. Hank, der ältere Sohn, stand neben einem Hünen, der wohl Barry Calverts Vater war. Neben ihm stand der Direktor, der sich umblickte, Mark sah, ihn aber nicht grüßte. Selbst an offenen Gräbern wurden die Spielregeln eingehalten.

Pater Gregorys Gewand flatterte ein wenig im kühlen Wind. Der Saum war kotbespritzt, denn es hatte die ganze Nacht geregnet. An seiner Seite stand schweigend in weißem Chorhemd und schwarzer Soutane ein junger Kaplan.

»Ich bin das Abbild deiner unaussprechlichen Herrlichkeit, obwohl ich die Wunden der Sünde trage«, stimmte Pater Gregory an.

Die weinende Witwe beugte sich vor und küsste Nick Stames' blasse Wange. Der Sarg wurde geschlossen, und während Pater Gregory betete, wurden die beiden Särge langsam hinabgelassen. Mark schaute traurig zu; der da in der Erde verschwand, hätte er sein können; hätte er sein sollen.

»Gib den Seelen deiner Diener Frieden, o Herr, dort, wo es keine Krankheit gibt, keine Schmerzen, keinen Kummer, sondern das ewige Leben.«

Der letzte Segen wurde gesprochen, die Gläubigen bekreuzigten sich, und die Trauergäste gingen auseinander.

Nach dem Gottesdienst sprach Pater Gregory mit großer Wärme von seinem Freund Nick Stames und gab der Hoffnung Ausdruck, dass er und Barry Calvert nicht umsonst gestorben seien; er schien Mark anzublicken, während er das sagte. Mark sah Nanna, Aspirin, Julie und den anonymen Mann an, aber ihm war klar, dass er nicht mit ihnen sprechen sollte. Leise machte er sich aus dem Staub. Sollten die anderen die Toten betrauern; seine Aufgabe war es, die lebenden Mörder zu fassen.

Mark fuhr zum Senat zurück; er war entschlossener denn je, herauszufinden, welcher Senator bei dem schmerzlichen Doppelbegräbnis hätte anwesend sein sollen. Wäre Mark geblieben, hätte er gesehen, wie Matson sich beiläufig mit Grant Nanna unterhielt und feststellte, was für ein guter Mann Stames gewesen sei und welchen Verlust sein Tod für das FBI bedeute.

Mark verbrachte den Nachmittag im Ausschuss für Auswärtige Angelegenheiten. Pearson und Nunn hielten Reden. Wenn einer von ihnen der Verschwörer war, dann war er kaltblütig und tat seine Arbeit ohne die geringsten Anzeichen von Unruhe. Mark wollte ihre Namen von der Liste streichen, aber er brauchte noch weiteres gesichertes Entlastungsmaterial, bevor er es tun konnte. Als Pearson sich schließlich setzte, war Mark erschöpft. Heute Abend musste er ausspannen, wenn er die nächsten drei Tage überstehen wollte. Er verließ den Sitzungssaal und rief Elizabeth an, um die Verabredung zum Abendessen zu fixieren. Dann rief er das Büro des Direktors an und gab Mrs. McGregor die Telefonnummern durch, unter denen er erreichbar sein würde; die des Restaurants, die seiner Wohnung und die von Elizabeths Wohnung. Mrs. McGregor nahm die Nummern kommentarlos entgegen.

Auf dem Rückweg folgten ihm zwei Autos, ein blauer Ford Sedan und ein schwarzer Buick. Vor seinem Haus warf er Simon die Schlüssel zu und versuchte, das bedrückende, aber bereits gewohnte Gefühl loszuwerden, beobachtet zu werden. Er dachte an erfreulichere Dinge – an den Abend mit Elizabeth.

# 10

*Montag, 7. März* *18 Uhr 30*

Mark ging die Straße hinunter und dachte an den Abend, der vor ihm lag. Mein Gott, ich bete dieses Mädchen an. Das ist das Einzige, was ich im Augenblick mit Sicherheit weiß. Wenn ich nur den quälenden Zweifel wegen ihres Vaters loswerden könnte – und sogar ihretwegen.

Er betrat einen Blumenladen und kaufte zwölf Rosen – elf rote und eine weiße. Das Mädchen gab ihm eine Karte und ein Kuvert. Rasch schrieb er Elizabeths Namen und Adresse auf das Kuvert, dann sah er nachdenklich die leere Karte an. Sprüche und Gedichtfragmente fielen ihm ein. Schließlich lächelte er. Er schrieb sorgfältig:

Doch – denk in solchem Selbstverachtungstraum
Von ungefähr ich deiner, jauchzt mein Leben
Wie Lerchen, die vom dumpfen Erdenraum
Frühjubelnd sich zum Himmelstore heben.
P.S. Moderne Version. Ist es schließlich doch Liebe?

»Bitte schicken Sie die Blumen sofort hin.«

»Ja, Sir.«

Gut. Wieder nach Hause. Was sollte er anziehen? Einen dunklen Anzug? Zu formell. Den hellblauen? In dem sehe ich aus wie ein Schwuler, hätte ihn nie kaufen sollen. Den Zweireiher – letzter Schrei. Hemd. Weiß, sportlich, keine Krawatte. Blau, formell, Krawatte. Weiß gewinnt. Zu jungfräulich? Blau gewinnt. Schuhe: Schwarze Slipper? Slipper gewinnen. Socken: einfache Entscheidung; dunkelblau. Zusammenfassung: Zweireiheranzug, blaues Hemd, dunkelblaue Krawatte, dunkelblaue Socken, schwarze Slipper. Kleider ordentlich auf das Bett legen. Unter die Dusche und Haare waschen – »mir gefällt gelocktes Haar besser«. Verdammt, Seife in den Augen. Nach Handtuch tasten, Seife wegwischen, Handtuch fallen lassen, heraus aus der Dusche, Handtuch um die Hüfte schlingen, Rasieren: heute zum zweiten Mal. Sorgfältig rasieren. Kein Blut. Aftershave-Lotion. Haar fest mit Handtuch trocknen. Alles gelockt. Ins Schlafzimmer zurück. Sorgfältig anziehen. Krawatte ordentlich binden – das ist schlecht, nochmals. Diesmal besser. Reißverschluss hinaufziehen – ich könnte ruhig ein bisschen schlanker sein. Blick in den Spiegel. Schon Schlechteres gesehen. Zum Teufel mit der Bescheidenheit, schon viel Schlechteres gesehen. Geld, Kreditkarten einstecken. Keine Waffe. Fertig. Tür versperren. Liftknopf drücken.

»Simon, kann ich meine Schlüssel haben?«

»Verdammt noch mal.« Simon riss die Augen auf. »Haben Sie einen neuen Betthasen gefunden, Mark?«

»Sie sollten lieber nicht warten, Simon, denn wenn es danebengeht, werde ich meine Wut an Ihnen auslassen.«

»Danke für die Warnung, Mark. Machen Sie's gut, Mann.«

Schöner Abend. Ins Auto steigen, Zeit kontrollieren: neunzehn Uhr vierunddreißig.

Der Direktor prüfte nochmals seinen Smoking.

Ruth geht mir ab. Die Haushälterin tut ihr Möglichstes,

aber das ist doch ganz etwas anderes. Scotch einschenken, Kleidung kontrollieren. Der frisch gebügelte Smoking ist ein bisschen altmodisch. Das Smokinghemd, eben aus der Reinigung gekommen. Schwarze Schuhe, schwarze Socken, weißes Taschentuch – alles in Ordnung. Dusche aufdrehen. Wie soll man etwas Brauchbares aus der Präsidentin herausbekommen? Wo, zum Teufel, ist die Seife? Raus aus der Duschkabine, Vorleger und Handtuch waren klitschnass. Nur ein Handtuch da. Die Seife hat einen ekelhaften Geruch. Heutzutage wird sie offenbar nur für Schwule gemacht. Kernseife wäre das Richtige. Übergewicht; ich sollte sieben Kilo abnehmen und wieder einmal in die Sonne gehen. Schnell ein Badetuch umwickeln und vergessen. Rasieren. Braves verlässliches Rasiermesser. Muß mich niemals zweimal täglich rasieren, außer vor einem Dinner mit der Präsidentin. Gut. Kein Schnitt. Hose anziehen. Verdammter Reißverschluss. Smokingschleife binden. Verdammt. Ruth konnte das perfekt. Zweiter Versuch. Endlich sitzt sie. Brieftasche einstecken. Brauche eigentlich kein Geld und keine Kreditkarten, außer die Präsidentin ist bankrott. Haushälterin sagen, dass ich um dreiundzwanzig Uhr zurück sein werde. Mantel anziehen. Spezialagent mit Auto wartet wie immer.

»Guten Abend, Sam. Schöner Abend heute.«

Der einzige Chauffeur im Dienste des FBI öffnete die hintere Tür des Ford Sedan. Einsteigen. Blick auf die Uhr: neunzehn Uhr fünfundvierzig.

Langsam fahren. Zeit im Überfluss, will nicht zu früh dort sein. Wenn man alle Zeit der Welt hat, ist die Stadt wie ausgestorben – hoffe, Rosen sind angekommen – nehme längeren Weg nach Georgetown, am Lincoln Memorial vorbei, Rock Creek hinauf und Potomac Parkway – schönere Strecke – zumindest kann man sich vormachen, dass man deshalb so fährt. Nicht bei Gelb losfahren, obwohl der Kerl hinter mir offenbar spät dran ist und mir Zeichen gibt. Gesetz einhalten – sich wieder etwas vormachen – ich würde über alle roten Kreuzungen brausen, um nicht zu spät zu ihr zu kommen. Niemals das Bureau in Verlegenheit bringen. Achtung auf die Straßenbahnschienen in Georgetown, die sind rutschig. Am Ende der Straße rechts einbiegen, Parkplatz suchen. Langsam herumfahren, den perfekten Platz finden – den gibt es nicht. In zweiter Spur parken und hoffen, dass kein Polizist in der Nähe ist. Lässig um das Haus schlendern – wette, sie sitzt noch in der Badewanne. Blick auf die Uhr: zwanzig Uhr vier. Großartig. Klingeln.

»Wir sind ein wenig verspätet, Sam.« Vielleicht unklug, das zu sagen. Er wird die Geschwindigkeitsbeschränkung nicht einhalten und das Bureau in Verlegenheit bringen. Warum ist der Verkehr immer dicht, wenn man in Eile ist? Dieser verdammte Mercedes vor uns bleibt stehen, bevor die Ampel rot wird. Wozu haben manche Leute ein Auto, das hundertachtzig Stundenkilometer macht, wenn sie nicht einmal fünfzig fahren? Gut. Der Mercedes ist in Richtung Georgetown abgebogen. Wahrscheinlich einer vom Jet-Set. Pennsylvania Avenue hinunter. Endlich das Weiße Haus in Sicht. In die West Executive Avenue einbiegen. Von der Wache am Tor weitergewinkt. Am Westportal anhalten. Von einem Secret-Service-Mann im Smoking empfangen. Seine Schleife schaut besser aus als meine. Sicher eine fertige. Nein, im Weißen Haus ist gebundene Schleife Vorschrift. Der Mann muss verheiratet sein, verdammt noch mal. Hat sie nicht selbst gebunden. Hinter ihm durchs Foyer, vorbei an der Remington-Skulptur, in den Empfangsraum des Westflügels. Ein weiterer Secret-Service-Mann. Auch im Smoking. Auch eine bessere Schleife. Ich geb's auf. Werde zum Fahrstuhl geführt. Blick auf die Uhr: zwanzig Uhr sechs. Nicht schlecht. Betrete die West Sitting Hall.

»Guten Abend, Madam President.«

»Hallo, meine schöne Lady.«

In diesem blauen Kleid sieht sie bezaubernd aus. Wie konnte ich sie jemals verdächtigen?

»Hallo, Mark.«

»Dein Kleid ist toll.«

»Danke. Willst du einen Moment hereinkommen?«

»Nein, wir sollten gehen, ich parke in zweiter Spur.«

»Gut, ich hole nur meinen Mantel.«

Wagentür für sie öffnen. Warum führe ich sie nicht einfach ins Schlafzimmer und gehe mit ihr ins Bett? Ich wäre mit einem Sandwich zufrieden gewesen. So hätten wir beide tun können, was wir beide tun wollten, und uns Zeit und Mühe erspart.

»Hattest du einen angenehmen Tag?«

»Viel zu tun, und wie war es bei dir, Mark?«

Während ich gearbeitet habe, ist es mir gelungen, ein paar Stunden nicht an dich zu denken, aber es war nicht einfach.

»Verdammt viel Arbeit. Ich war nicht einmal sicher, ob ich pünktlich bei dir sein würde.«

Auto starten. Direkt auf die M-Street, Richtung Wisconsin. Kein Parkplatz. An *Roy Rogers Family Restaurant* vorbei. Essen wir ein Huhn und fahren wir wieder nach Hause.

»Ah, ein Parkplatz.«

Zum Kuckuck, woher kam plötzlich dieser Volkswagen?

»Heute Abend hast du kein Glück, Mark. Aber du wirst einen anderen finden.«

»Ja, aber einen halben Kilometer vom Restaurant entfernt.«

»Ein Spaziergang wird uns gut tun.«

Waren die Rosen angekommen? Wenn sie die Blumen nicht geschickt hat, lasse ich die Verkäuferin morgen einsperren.

»Ach Mark, wie unhöflich von mir, mich nicht gleich zu bedanken; tausend Dank für die herrlichen Rosen. Bist du die weiße? Und die Shakespeare-Verse?«

»Hat nichts zu bedeuten, bezaubernde Dame.«

Lügnerin. Du magst also Shakespeare, aber wie lautet deine Antwort auf die letzte Zeile? Wir gehen in ein superelegantes französisches Restaurant. *Rive Gauche.* Links ist schon recht! Was tut ein schlichter FBI-Mann in so einem Lokal? Das kostet mich ein Vermögen. Lauter arrogante Kellner mit ausgestreckten Händen.

Ach, zum Teufel, was bedeutet schon Geld!

»Diesem Lokal verdankt Washington seinen Ruf als Hochburg der französischen Restaurants in Amerika, wusstest du das?«

Ein Versuch, sie mit Insider-Weisheiten zu beeindrucken.

»Nein, warum?«

»Weil der Besitzer seine Köche aus Frankreich kommen lässt. Sie verlassen ihn, einer nach dem anderen, und machen sich selbstständig.«

»Ihr Detektive wisst wirklich einen Haufen nutzloses Zeug.«

Er hielt nach dem Oberkellner Ausschau.

»Ich habe einen Tisch bestellt unter dem Namen Andrews.«

»Guten Abend, Mr. Andrews. Ich freue mich, Sie zu sehen.«

Der Kerl hat mich noch nie gesehen und wird mich voraussichtlich auch nie mehr sehen. Was für einen Tisch wird er uns geben? Nicht schlecht. Vielleicht glaubt sie sogar, dass ich schon einmal hier war. Dafür bekommt er fünf Dollar.

»Danke, Sir. Hoffentlich schmeckt Ihnen das Dinner.«

Sie ließen sich in dunkelrote Ledersessel fallen. Das Restaurant war bereits ziemlich voll.

»Guten Abend, wünschen Sie einen Aperitif, Sir?«

»Was möchtest du, Elizabeth?«

»Einen Campari-Soda, bitte.«

»Einen Campari-Soda und einen Spritzer.«

Blick auf die Speisekarte. Chefkoch Michel Laudier. Das Motto des Restaurants: *Fluctuat nec mergitur!* Doch, ich werde untergehen. Gedeck wird extra berechnet, Bedienung wird extra berechnet. Autsch! Und sie hat keine Ahnung davon. Das ist eines jener sexy Restaurants, wo nur der Herr die Speisekarte mit den Preisen bekommt.

»Ich nehme eine Vorspeise, aber nur, wenn du auch eine nimmst.«

»Natürlich nehme ich eine.«

»Gut, ich möchte eine Avocado …«

»Ohne Garnelen?«

»Mit Garnelen, und dann …«

»… Salade Caesar?«

»Das Filet Mignon Henri IV. – halb durch, bitte.«

17,50 Dollar. Zum Teufel, sie ist jeden Cent wert. Ich glaube, ich nehme das Gleiche.

»Haben Sie sich entschlossen, Sir?«

»Ja, wir nehmen beide Avocado mit Garnelen und das Filet Mignon Henri IV., halb durch.«

»Darf ich Ihnen die Weinkarte bringen?«

Nein, ich trinke lieber Bier.

»Möchtest du Wein, Elizabeth?«

»Ja, sehr gern, Mark.«

»Eine Flasche Beaune de Noir, soixante-dix-huit, bitte.«

Möchte wetten, er merkt, dass mein Schulfranzösisch nur für die Zahlen reicht.

»Sehr wohl, Sir.«

Zugleich mit dem ersten Gang kam der Sommelier mit dem Wein.

Wenn du glaubst, dass du uns zwei Flaschen verkaufen kannst, irrst du dich.

»Darf ich einschenken, Sir?«

»Noch nicht, danke. Öffnen Sie den Wein, und gießen Sie erst zur Hauptspeise ein.«

»Gewiss, Sir.«

»Ihre Avocado, Mademoiselle.« Garnelen vor dem Sündenfall.

»Guten Abend, Halt. Wie geht es im Bureau?«

»Wir überleben, Madam.«

Was für banale Bemerkungen man austauscht.

Der Direktor sah sich in dem hübschen, blau und gold gehaltenen Raum um. H. Stuart Knight, Leiter des Secret Service, stand allein im Hintergrund. Auf dem Sofa neben dem Fenster, von dem aus man den Westflügel und das Bürogebäude sieht, saß Justizminister Marian Edelmann und unterhielt sich mit Senator Birch Bayh, Ted Kennedys Nachfolger als Vorsitzender des Justizausschusses. Die

Journalistenphrase »jungenhaftes Aussehen«, die fortwährend angewandt worden war, als er 1976 bei den demokratischen Vorwahlen kandidiert hatte, traf immer noch zu. Der lange hagere Senator von Texas, Marvin Thornton, beugte sich zu seinem Kollegen und Marian Edelmann hinunter.

Mein Gott, lass wohlbeleibte Männer um mich sein …

»Sehen Sie, ich habe Thornton eingeladen.«

»Ja, Madam.«

»Wir müssen ihn von der Wichtigkeit des Waffenkontrollgesetzes überzeugen.«

Die West Sitting Hall war ein bequemes Zimmer in der Wohnetage des Weißen Hauses, neben dem Schlafzimmer des First Gentleman. Es war eine besondere Auszeichnung, im Familienspeisezimmer und nicht unten im offiziellen Esszimmer zu dinieren.

»Was möchten Sie trinken, Halt?«

»Scotch mit Eis, bitte.«

»Scotch mit Eis für den Direktor und für mich Orangensaft. Ich muss auf mein Gewicht achten.«

Weiß sie nicht, dass Orangensaft das dümmste ist, wenn sie abnehmen will?

»Wie stehen die Chancen, dass die Vorlage angenommen wird, Madam?«

»Derzeit sind achtundvierzig dafür und siebenundvierzig dagegen, aber die Vorlage muss am 10. März durchgehen, sonst müsste ich sie aufschieben. Das ist im Moment meine größte Sorge; meine Europareise steht vor der Tür, und die Vorwahl in New Hampshire findet in knapp einem Jahr statt. Ich müsste das Gesetz fallen lassen, bis ich wiedergewählt bin. Es zum Hauptthema des Wahlkampfes zu machen, kann ich mir nicht leisten. Ich möchte es aus dem

Weg haben; bis dahin sollte das Gesetz bereits Wirkung zeigen.«

»Hoffen wir es. Es würde meine Arbeit bestimmt sehr erleichtern, Madam President.«

»Und auch Marians. Noch einen Drink, Halt?«

»Nein, danke, Madam.«

»Gehen wir zu Tisch?«

Die Präsidentin führte ihre Gäste ins Speisezimmer. Die Tapeten zeigten Szenen aus der amerikanischen Revolution. Die Einrichtung war im amerikanischen Stil des frühen 19. Jahrhunderts gehalten.

Ich finde das Weiße Haus immer wieder schön, dachte der Direktor. Er betrachtete die Stuckdekoration des Kaminsimses; Robert Welford aus Philadelphia hatte sie 1815 entworfen, und sie umrahmte die berühmte Meldung von Commodore Perry nach der Schlacht auf dem Erie-See von 1812: »Wir sind auf die Feinde gestoßen und haben sie besiegt.«

»Fünftausend Menschen marschierten heute durch dieses Gebäude«, sagte H. Stuart Knight. »Niemand kann sich vorstellen, welches Kopfzerbrechen uns die Sicherheitsprobleme bereiten. Das Gebäude ist vielleicht das Heim der Präsidentin, aber es gehört dem Volk, und das macht die Sache überaus schwierig.«

Wenn er wüsste ...

Die Präsidentin saß am Kopfende des Tisches, die Justizministerin am anderen Ende, Bayh und Thornton auf der einen, der Direktor und Knight auf der anderen Seite. Der erste Gang war Avocado mit Garnelen.

Wenn ich Garnelen esse, wird mir immer übel.

»Ich sehe gern meine Gesetzeshüter vereint«, sagte die Präsidentin. »Und ich möchte die Gelegenheit ergreifen und das Waffenkontrollgesetz besprechen, das ich am 10. März durchbringen will. Ich habe Birch und Marvin heute Abend eingeladen, weil ihre Unterstützung das Schicksal der Vorlage entscheiden kann.«

Wieder der 10. März. Vielleicht muss Cassius einen Termin einhalten. Ich glaube mich zu erinnern, dass Thornton die Vorlage bekämpfte und auf Andrews Liste der sieben Senatoren auftaucht.

»Die ländlichen Bundesstaaten sind ein Problem, Madam President«, sagte Marian Edelmann. »Dic Leute dort werden kaum bereit sein, freiwillig ihre Waffen abzuliefern.«

»Eine lange Amnestieperiode von, sagen wir, sechs Monaten, könnte die Antwort sein«, schlug der Direktor vor. »Damit ruht das Gesetz für eine bestimmte Zeit. Nach einem Krieg geht man immer so vor. Und die Jungens von der Public-Relations-Abteilung können fortwährend verkünden, dass den lokalen Polizeistationen Hunderte Waffen übergeben wurden.«

»Guter Gedanke, Halt«, sagte die Präsidentin.

»Es wird eine teuflische Arbeit werden«, warf die Justizministerin ein, »wir haben in Amerika sieben Millionen Mitglieder der *National-Rifle-Association* und vermutlich fünfzig Millionen Feuerwaffen.«

Niemand widersprach.

Der zweite Gang wurde aufgetragen. Seezunge. Offenbar war es der Präsidentin ernst mit ihrer Diät.

»Kaffee oder Brandy, Sir?«

»Nein«, sagte Elizabeth und berührte Marks Hand. »Trinken wir ihn zu Hause.«

»Gute Idee.«

Er lächelte sie an und versuchte zu erraten, woran sie dachte …

»Keinen Kaffee, danke. Nur die Rechnung.«

Der Kellner eilte gehorsam davon.

Sie eilen immer gehorsam davon, wenn man die Rechnung verlangt. Sie hat meine Hand nicht losgelassen.

»Ein köstliches Essen. Vielen Dank, Mark.«

»Ja, wir müssen wieder einmal herkommen.«

Die Rechnung kam. Mark schaute sie halb betäubt, halb wehmütig an. 87,20 Dollar. Wer versteht, wie die Endsumme in Restaurants zustande kommt, sollte sich um den Posten eines Finanzministers bewerben. Die American-Express-Karte übergeben. Das kleine blaue Stück Papier kommt zurück und muss unterschrieben werden. Die Summe auf hundert Dollar aufrunden und nicht mehr daran denken, bis nächsten Monat in der Post ein Brief von American Express liegt.

»Gute Nacht, Mr. Andrews.« Viele Verbeugungen. »Ich hoffe, wir werden bald wieder das Vergnügen haben, Sie und Mademoiselle bei uns begrüßen zu dürfen.«

»Bestimmt.«

Du wirst ein gutes Gedächtnis brauchen, um mich nächstes Mal wieder zu erkennen.

Für Elizabeth die Wagentür öffnen. Werde ich das auch machen, wenn wir verheiratet sind? Mein Gott, ich denke ans Heiraten.

»Ich glaube, ich hab zu viel gegessen. Ich bin schläfrig.«

Was meint sie damit? Das lässt sich auf zwanzigerlei Arten auslegen.

»Ach, wirklich? Ich bin zu allem bereit.«

Vielleicht ein wenig zu plump. Wieder einen Parkplatz suchen. Gut. Direkt vor dem Haus ist einer, und kein Volkswagen wird mich hindern, ihn zu kriegen. Tür für Elizabeth öffnen. Sie sucht die Haustürschlüssel. In die Küche. Wasser aufsetzen.

»Eine hübsche Küche.«

Dumme Bemerkung.

»Fein, dass sie dir gefällt.«

Genauso dumm.

Ins Wohnzimmer. Dort stehen die Rosen. Gut.

»Hallo, Samantha. Komm und begrüße Mark.«

Guter Gott, sie teilt die Wohnung mit jemandem. Katastrophe!

Samantha strich um Marks Beine und schnurrte.

Erleichterung. Samantha ist Siamesin, nicht Amerikanerin.

»Wo soll ich mich hinsetzen?«

»Wohin du willst.«

Sie hilft mir überhaupt nicht.

»Schwarz oder mit Milch, Lieber?«

Lieber. Die Chancen stehen doch besser als fünfzig zu fünfzig.

»Bitte schwarz mit einem Stück Zucker.«

»Amüsier dich, bis das Wasser kocht. Es dauert nur ein paar Minuten.«

»Noch Kaffee, Halt?«

»Nein, danke, Madam, ich muss nach Hause gehen. Würden Sie mich bitte entschuldigen.«

»Ich begleite Sie zur Haustür. Es gibt ein, zwei Dinge, die ich mit Ihnen besprechen möchte.«

»Mit Vergnügen, Madam President.«

Die Marineinfanteristen am Westeingang standen stramm. Im Schatten hinter den Säulen trieb sich ein Mann im Smoking herum.

»Ich werde Ihre hundertprozentige Unterstützung für diese Vorlage brauchen, Halt. Der Ausschuss wird Sie sicherlich befragen. Und obwohl wir im Senat die Mehrheit haben, möchte ich nicht in letzter Minute Schwierigkeiten bekommen. Es bleibt mir wenig Zeit.«

»Ich stehe ganz auf Ihrer Seite, Madam. Ich will das Gesetz seit dem Tod John F. Kennedys.«

»Sehen Sie irgendwelche Hindernisse, Halt?«

»Nein, Madam. Sie erledigen die politische Seite und unterschreiben das Gesetz; ich werde es verwirklichen.«

»Vielleicht irgendein Ratschlag?«

»Nein, ich glaube nicht ...«

Hüte dich vor den Iden des März!

»... obwohl ich mich immer gefragt habe, warum Sie das Gesetz so lang hinausgeschoben haben. Wenn am 10. März etwas schief geht und Sie die nächste Wahl verlieren, wären wir alle wieder dort, wo wir angefangen haben.«

»Ich weiß, Halt, aber ich musste mich zwischen diesem und dem Medicare-Gesetz entscheiden. Meine Amtszeit mit diesem umstrittenen Wohlfahrtsgesetz zu beginnen war schon riskant genug, sodass ich nicht gleichzeitig auch noch das Waffengesetz durchdrücken wollte. Es hätten beide abgelehnt werden können. Um Ihnen die Wahrheit zu sagen, ich hatte die Absicht, die Vorlage schon vor einem Jahr vor den Ausschuss zu bringen, aber niemand konnte voraussehen, dass Nigeria ohne Warnung Südafrika angreifen würde, sodass die Vereinigten Staaten in Afrika Farbe bekennen mussten.«

»Damals haben Sie viel riskiert, Madam President, und ich gebe zu, dass ich Ihre Entscheidung für falsch hielt.«

»Ich weiß, Halt. Die Sache hat mich einige schlaflose Nächte gekostet. Aber zurück zum Waffengesetz: Vergessen Sie nicht, dass Dexter und Thornton die erfolgreichste Zweimannobstruktion in der Geschichte des Senats zustande brachten. Trotz der stillschweigenden Unterstützung durch den Führer der Mehrheit, Senator Byrd, liegt diese verdammte Vorlage jetzt seit zwei Jahren herum. Aber ich bin unbesorgt; ich glaube, am 10. März wird die Sache erledigt sein. Wissen Sie irgendetwas, das sie aufhalten könnte, Halt?«

Der Direktor zögerte. »Nein, Madam.«

Das erste Mal, dass ich einen Präsidenten belogen habe. Würde ein Untersuchungsausschuss den Beweggründen für meine Lüge Glauben schenken, wenn die Präsidentin in drei Tagen tot ist?

»Gute Nacht, Halt, und vielen Dank.«

»Gute Nacht, Madam President, und danke für das ausgezeichnete Dinner.«

Der Direktor stieg in seinen Wagen. Der Spezialagent am Lenkrad drehte sich nach ihm um.

»Es ist eine wichtige Nachricht für Sie eingetroffen, Sir. Könnten Sie sofort ins Büro kommen?«

Nicht schon wieder.

»Gut; es wäre wohl einfacher, mein Lager gleich dort aufzuschlagen. Aber bestimmt würde jemand protestieren, dass ich mir die Miete erspare oder dass ich auf Kosten der Steuerzahler lebe.«

Der Chauffeur lachte; offenbar hatte der Direktor gut gegessen, was er von sich nicht behaupten konnte.

Elizabeth brachte den Kaffee und setzte sich zu Mark. Den Arm wie zufällig heben und auf die Rückenlehne legen. Ihr Haar leicht berühren.

Elizabeth stand auf. »Ach, beinahe hab ich vergessen – möchtest du einen Brandy?«

Nein, ich will keinen Brandy. Ich will, dass du zurückkommst.

»Nein, danke.«

Wieder schmiegte sie sich an Marks Schulter.

Kann sie nicht küssen, solange sie die Kaffeetasse in der Hand hält. Endlich stellt sie die Tasse nieder. Verdammt, sie steht schon wieder auf. »Legen wir eine Platte auf?«

Du meine Güte, was kommt als Nächstes?

»Gute Idee.«

»Wie wäre es mit ›In Memory of Sinatra‹?«

»Ausgezeichnet.«

»... This time we almost made the pieces fit ... didn't we ... gal?«, sang Frankie-Boy.

Natürlich ist das ein ganz unpassendes Lied. Ach, sie kommt zurück. Noch ein Versuch, sie zu küssen. Verdammt, schon wieder die Kaffeetasse. Wird endlich niedergestellt. Sanft. Ja, gut so. Mein Gott, ist sie schön. Langer Kuss – sind ihre Augen offen? – nein, geschlossen. Sie genießt es – gut – noch länger und noch besser.

»Möchtest du noch Kaffee, Mark?«

Nein, nein, nein, nein.

»Nein, danke.« Wieder ein langer Kuss. Meine Hand streichelt ihren Rücken – so weit war ich bereits einmal mit ihr – sie kann nichts dagegen haben – Hand aufs Bein legen – warten – fabelhafte Beine, und sie hat zwei davon. Nehme Hand vom Bein und konzentriere mich auf Kuss.

»Mark, ich muss dir etwas sagen.«

O nein! Es geht heute nicht. Das fehlte gerade noch.

»Hm?«

»Ich liebe dich.«

»Ich liebe dich auch.«

Er öffnete den Reißverschluss ihres Rocks und streichelte sie zärtlich. Nun berührte auch sie seine Beine.

Entspannen. Der Himmel öffnet sich.

Kling, kling, kling.

Du lieber Gott.

»Es ist für dich, Mark.«

»Andrews?«

»Ja, Sir.«

»Julius.«

Scheiße.

»Ich komme.«

# 11

*Dienstag, 8. März* *1 Uhr morgens*

Der Mann in der Ecke des Friedhofs versuchte sich in der Kälte des frühen Morgens warm zu halten, indem er rhythmisch mit den Armen um sich schlug. Das hatte er in einem Film gesehen, und Gene Hackman hatte es geholfen. Ihm half es allerdings überhaupt nicht. Vielleicht hätte er die großen Scheinwerfer von Warner Brothers gebraucht, die Gene Hackman gehabt hatte. Er grübelte über die Frage nach und schlug weiter um sich.

Zwei Agenten überwachten Mark. Kevin O'Malley und Pierce Thompson waren von Tyson wegen ihrer Fähigkeiten und ihrer Verschwiegenheit persönlich ausgewählt worden. Keiner von ihnen hatte sich überrascht gezeigt, als der Direktor sie angewiesen hatte, einen anderen FBI-Mann zu beschatten und Elliot Bericht zu erstatten. Sie hatten lange warten müssen, bis Mark aus Elizabeths Haus gekommen war, und O'Malley konnte es ihm nicht verdenken. Pierce verließ den Friedhof und trat zu seinem Kollegen.

»He, Kevin, hast du bemerkt, dass noch jemand Andrews beschattet?«

»Ja, Matson. Warum?«

»Ich dachte, er sei im Ruhestand.«

»Stimmt. Ich nahm an, Halt wollte auf Nummer sicher gehen.«

»Wahrscheinlich hast du Recht. Ich frage mich nur, warum Tyson es uns nicht gesagt hat.«

»Nun, ja, die ganze Operation ist ziemlich ungewöhnlich. Keiner scheint irgendjemandem etwas zu sagen. Du könntest Elliot fragen.«

»Elliot fragen? Ebensogut könnte man das Lincoln Memorial fragen.«

»Du könntest auch den Direktor fragen.«

»Nein, danke.«

Ein paar Minuten verstrichen.

»Meinst du, wir sollten mit Matson sprechen?«

»Vergiss nicht den ausdrücklichen Befehl, mit niemandem Kontakt aufzunehmen. Vermutlich hat er den gleichen Befehl, und er würde uns sofort anzeigen. Er ist so ein Schweinehund, das weißt du doch.«

O'Malley sah als Erster, dass Mark das Haus verließ; er hätte schwören können, dass Mark einen Schuh in der Hand hielt, und er hatte Recht. Mark rannte, O'Malley hinterdrein. Darf mich nicht sehen lassen, dachte O'Malley. Wenn Mark ihn sähe, wüsste er, dass O'Malley vom FBI war. Mark machte vor einer Telefonzelle halt. Sein Verfolger verschwand im nächsten dunklen Winkel. Ihm war immer noch kalt, und er war dankbar für den kurzen Lauf, der ein wenig geholfen hatte.

Mark hatte nur zwei Vierteldollar. Von wo hatte der Direktor telefoniert? Konnte er im Hauptquartier sein? Das war unwahrscheinlich; was sollte er dort mitten in der Nacht? War er nicht bei der Präsidentin eingeladen? Mark schaute auf die Uhr. Verdammt, ein Uhr fünfzehn. Er muss zu Hause sein, wenn nicht – bleibt mir keine Münze mehr zum Telefonieren übrig. Mark zog den zweiten Schuh aus. Er fluchte und warf eine Münze in die Höhe; Kopf oder Schrift – ist George Washington oben, rufe ich im FBI an, bei *E. pluribus unum* zu Hause. Die Münze fiel zu Boden – George Washington.

Mark wählte die Geheimnummer des Direktors im Hauptquartier.

»Ja.«

Gott segne George Washington.

»Hier Julius.«

»Kommen Sie sofort.«

Das klang nicht besonders freundlich. Vielleicht war der Direktor eben mit einer wichtigen Information von der Präsidentin zurückgekehrt, oder irgendetwas beim Dinner hatte ihm Magenbeschwerden verursacht.

Mark ging rasch zu seinem Wagen, dabei prüfte er Hemdknöpfe und Krawatte. Ein Socken drückte, als sei eine der Fersen nicht dort, wo sie hingehörte. Er ging an dem Mann im Schatten vorbei, der beobachtete, wie Mark zu seinem Auto zurückkehrte und zögerte. Sollte er zu Elizabeth zurückgehen und ihr sagen ... Was sagen? Er schaute zu dem beleuchteten Fenster hinauf, holte tief Atem, fluchte nochmals, ließ sich in den Schalensitz des Mercedes fallen. Es blieb nicht einmal Zeit für eine kalte Dusche.

In wenigen Minuten war er beim Hauptquartier. Der Verkehr war schwach, und die computergesteuerten Ampeln schalteten nicht auf Rot.

Mark parkte sein Auto in der Tiefgarage, und sofort erschien der anonyme Mann, der ihn offenbar erwartet hatte. Ging er niemals zu Bett? Vermutlich war er ein Unglücksbote, aber Mark teilte ihm diese Beobachtung nicht mit, da der andere wie gewöhnlich nicht sprach. Vielleicht ist er ein Eunuch, überlegte Mark. Glücklicher Mensch. Gemeinsam fuhren sie ins siebente Stockwerk. Der anonyme Mann führte ihn lautlos ins Büro des Direktors. Möchte wissen, was er für ein Hobby hat, dachte Mark. Vermutlich Souffleur am Nationaltheater für Taubstumme.

»Mr. Andrews, Sir.«

Der Direktor begrüßte ihn nicht. Er trug noch immer seinen Smoking und schaute so finster drein wie eine Gewitterwolke.

»Setzen Sie sich, Andrews.«

Jetzt bin ich wieder Andrews, dachte Mark.

»Wenn ich Sie auf den Parkplatz führen, an eine Mauer stellen und erschießen könnte, würde ich es tun.«

Mark versuchte unschuldig dreinzuschauen; bei Nick Stames hatte das zumeist gewirkt. Beim Direktor schien es das Eis nicht zu brechen.

»Sie stupider, verantwortungsloser, leichtsinniger Idiot.«

Mark stellte fest, dass er mehr Angst vor dem Direktor hatte als vor jenen, die ihn vielleicht töten wollten.

»Sie haben das Bureau und die Präsidentin kompromittiert«, fuhr der Direktor fort. Mark hörte sein Herz klopfen. Hätte er die Schläge mitgezählt, er wäre auf hundertzwanzig gekommen.

Tyson war immer noch in voller Fahrt. »Wenn ich Sie suspendieren oder entlassen könnte, wenn ich nur so etwas Einfaches tun könnte. Wie viele Senatoren bleiben übrig, Andrews?«

»Sieben, Sir.«

»Nennen Sie die Namen.«

»Brooks, Harrison, Byrd, Nunn, Thornton, Dex … Dexter und …« Mark erblasste.

»Summa cum laude in Yale, aber naiv wie ein Pfadfinder. Als wir Sie zum ersten Mal mit Dr. Dexter sahen, glaubten wir in unserer Dummheit – da wir wussten, dass sie am Abend des 3. März im Woodrow-Wilson-Hospital Dienst gehabt hatte – glaubten wir in unserer Dummheit« – er wiederholte die Worte mit Nachdruck –, »dass Sie eine Fährte verfolgen. Jetzt müssen wir feststellen, dass Elizabeth Dexter nicht nur die Tochter eines jener sieben Senatoren ist, die wir verdächtigen, die Präsidentin ermorden zu wollen, sondern es zeigt sich – als ob das noch nicht genug wäre –, dass Sie mit ihr ein Verhältnis haben.«

Mark wollte protestieren, aber er konnte die Lippen nicht bewegen.

»Können Sie leugnen, mit ihr geschlafen zu haben, Andrews?«

»Ja, Sir«, sagte Mark sehr leise.

Einen Moment lang war der Direktor sprachlos. »Junger Mann, wir haben die Wohnung abgehört, wir wissen haargenau, was passiert ist.«

Mark sprang von seinem Stuhl auf; Betäubung und Angst wichen kalter Wut. »Wenn Sie mich nicht gestört hätten, hätte ich es nicht leugnen können«, schrie er. »Haben Sie vergessen, wie es ist, wenn man jemanden liebt – haben Sie es überhaupt jemals gewusst? Ich scheiß auf Ihr Bureau, und – ich gebrauche dieses Wort nicht oft – ich scheiß auf Sie. Ich habe täglich sechzehn Stunden gearbeitet und in der Nacht nicht geschlafen. Jemand versucht vielleicht, mich zu ermorden, und ich muss feststellen, dass Sie, der einzige Mann, dem ich vertraue, Ihren anonymen Zuhältern befahlen, mein Privatleben abzuhören. Ich hoffe, Sie werden in der Hölle braten. Lieber würde ich der Mafia beitreten, denn die geben ihren Leuten sicherlich von Zeit zu Zeit frei.«

Mark war wütender als jemals zuvor im Leben. Er ließ sich auf den Stuhl zurückfallen und wartete auf die Folgen. Sein einziger Trumpf war, dass sie ihn nicht mehr interessierten. Auch der Direktor schwieg. Er trat ans Fenster und starrte hinaus. Dann drehte er sich langsam um; die mächtigen Schultern und der große Kopf wandten sich Mark zu. Jetzt kommt es, dachte er.

Der Direktor blieb etwa einen Meter vor ihm stehen und schaute ihm direkt in die Augen, wie er es vom ersten Moment ihrer Bekanntschaft an getan hatte.

»Verzeihen Sie mir«, sagte der Direktor. »Ich war gedankenlos, aber dieses Problem macht mich noch paranoid. Ich verließ soeben eine gesunde Präsidentin, voller Zuversicht für unser Land, um zu erfahren, dass die einzige Hoffnung, ihre Träume zu verwirklichen, mit der Tochter eines jener sieben Männer schläft, der in diesem Moment vielleicht ihre Ermordung plant. Viel weiter habe ich nicht gedacht.«

Ein großartiger Mann, dachte Mark.

»Beten wir, dass es nicht Dexter ist. Denn wenn er es ist, dann sind Sie vermutlich in der gleichen Gefahr.« Wieder hielt er inne. »Übrigens haben diese anonymen Zuhälter Sie Tag und Nacht überwacht; auch sie hatten einen Sechzehnstundentag ohne Pause. Einige von ihnen haben Frau und Kinder. Jetzt wissen wir beide, was gespielt wird. Arbeiten wir weiter, Mark, und versuchen wir, noch drei Tage vernünftig zu bleiben. Vor allem vergessen Sie nicht, mir alles zu sagen.«

Mark hatte gewonnen. Nein, Mark hatte verloren.

»Es bleiben sieben Senatoren übrig.« Die Stimme klang

müde. Der Direktor war am Rand seiner Kräfte. Mark hatte ihn noch nie so gesehen, und er bezweifelte, dass viele FBI-Beamte ihn so kannten.

»Das Gespräch mit der Präsidentin erhärtet meinen Verdacht, dass das Waffengesetz das Verbindungsglied zwischen dem 10. März und dem Senator ist. Der Vorsitzende des Justizausschusses, der für den ersten Entwurf der Vorlage verantwortlich zeichnete, war anwesend. Senator Bayh. Er steht noch auf der Liste. Sie sollten nachprüfen, wie er und unsere anderen Verdächtigen sich zu der Vorlage geäußert haben, aber verlieren Sie Pearson und Nunn bei den Auswärtigen Angelegenheiten nicht aus den Augen.« Er hielt inne. »Nur drei Tage. Ich beabsichtige, meinen ursprünglichen Plan beizubehalten und den Dingen einstweilen ihren Lauf zu lassen. Ich kann das Programm der Präsidentin für den 10. immer noch im letzten Moment ändern. Haben Sie dem noch etwas hinzuzufügen, Mark?«

»Nein, Sir.«

»Was haben Sie vor?«

»Morgen werde ich die Abteilungsleiter für Personalfragen der beiden Ausschüsse sprechen, Sir. Vielleicht bekomme ich eine klare Vorstellung, wie ich an das Problem herangehen und wonach ich suchen soll.«

»Gut. Verfolgen Sie die Fährten mit aller Sorgfalt. Vielleicht habe ich etwas übersehen.«

»Ja, Sir.«

»Unsere Leute von der Spurensicherung arbeiten Tag und Nacht an diesen Geldscheinen. Im Augenblick suchen sie nach Abdrücken von Mrs. Casefikis. Damit würden wir wissen, auf welcher Banknote die Abdrücke unseres Mannes sind. Bis jetzt haben sie über tausend Abdrücke gefunden, aber keiner ist von Mrs. Casefikis. Sobald ich etwas höre, lasse ich es Sie wissen. Und jetzt Schluss für heute. Wir sind beide am Ende. Sie müssen morgen nicht um sieben Uhr kommen« – der Direktor sah auf die Uhr – »ich meine heute. Sagen wir Mittwoch, um sieben Uhr morgens. Leisten Sie gute Arbeit, denn dann haben wir nur mehr einen Tag vor uns.«

Mark wusste, dass er entlassen war, aber er hatte noch etwas auf dem Herzen. Der Direktor spürte es sofort.

»Sagen Sie es nicht, Mark. Gehen Sie nach Hause, und ruhen Sie sich aus. Ich bin ein müder, alter Mann, aber ich will jeden Einzelnen dieser Verbrecher Donnerstag Abend hinter Gittern haben. Um Ihretwillen wollen wir beten, dass Dexter nichts damit zu tun hat. Aber verschließen Sie nicht die Augen, Mark. Liebe mag ja blind sein; hoffen wir, dass sie nicht taub und stumm ist.«

Ein fabelhafter Mann, dachte Mark.

»Danke, Sir. Mittwochmorgen bin ich wieder hier.«

Mark fuhr seinen Wagen aus der FBI-Garage. Er war erschöpft. Kein anonymer Mann war zu sehen. Er starrte in den Rückspiegel. Ein blauer Ford Sedan folgte ihm, und diesmal war es auffallend. Wie sollte er wissen, auf welcher Seite seine Beschatter standen? In drei Tagen würde er es vielleicht wissen. Heute in einer Woche würde er alles wissen oder nichts. Würde die Präsidentin lebendig oder tot sein?

Simon, der noch immer Dienst machte, grinste Mark fröhlich an. »Danebengegangen, Mann?«

»Nicht ganz«, erwiderte Mark.

»Wenn Sie einsam sind, könnte ich meine Schwester anrufen.«

Mark versuchte zu lachen.

»Ein großzügiges Angebot, Simon, aber nicht heute.« Er

warf ihm die Schlüssel zu und fuhr hinauf. Kaum hatte er die Wohnung versperrt und verriegelt, ging er ins Schlafzimmer, zog sich aus, griff zum Telefon und wählte langsam eine siebenstellige Nummer. Eine sanfte Stimme antwortete.

»Bist du noch auf?«

»Ja, ganz wach.«

»Ich liebe dich.« Er legte den Hörer auf und schlief ein.

# 12

*Dienstag, 8. März* *8 Uhr 04*

Das Telefon schellte, aber Mark schlief noch tief. Es klingelte weiter. Schließlich erwachte er und schaute auf die Uhr: acht Uhr fünf. Verdammt. Wahrscheinlich der Direktor, der sich erkundigte, wo, zum Teufel, er geblieben sei. Nein, er wollte ihn ja heute nicht sehen; war das nicht abgemacht? Er hob den Hörer ab.

»Bist du wach?«

»Ja.«

»Ich liebe dich auch.«

Das Telefon schnappte ab. Eine gute Art, den Tag zu beginnen, aber wenn sie wüsste, dass er ihn damit verbringen würde, Erhebungen über ihren Vater anzustellen ... Und es war so gut wie sicher, dass der Direktor Nachforschungen über sie anstellte. Mark ließ die Dusche rinnen, kalt, bis er völlig wach wurde. Wann immer Mark plötzlich geweckt wurde, hatte er das Bedürfnis, wieder einzuschlafen. Nächste Woche, versprach er sich. Es gab schon eine ganze Menge Dinge, die er die nächste Woche tun wollte. Er schaute nochmals auf die Uhr: acht Uhr fünfundzwanzig. Die Cornflakes fielen heute aus. Er drehte den Fernsehapparat an, um zu sehen, ob er etwas auf der Welt versäumt hatte; er selbst wusste jedenfalls eine Geschichte, die den Kommentator vom Stuhl heben würde. Was sagte der Kerl eben? »... und jetzt eine der größten Leistungen der Menschheit, Bilder vom Planeten Jupiter, erstmals von einem amerikanischen Raumschiff photographiert. Wir erleben Geschichte. Aber zuerst noch eine wichtige Mitteilung von Jell-O, der besonderen Nahrung für besondere Kinder.«

Mark drehte lachend ab. Jupiter und Jell-O würden bis nächste Woche warten müssen.

Weil es schon spät war, entschied Mark sich für die U-Bahn. Wenn er frühmorgens in die Stadt fuhr, hatte er die Straßen für sich allein, aber jetzt, um halb neun, würden die Autos Stoßstange an Stoßstange stehen und nicht weiterkommen.

Eine Bronzesäule mit einem beleuchteten M kennzeichnete die Station. Mark fuhr mit dem Lift hinunter. Die tunnelähnliche Station erinnerte ihn an ein römisches Bad; grau und dunkel, ein Deckengewölbe mit Wabenmuster. Ein Dollar Stoßzeittarif. Er brauchte eine Umsteigekarte. Noch ein Dollar. Mark suchte in seinen Taschen nach dem genauen Betrag. Darf nicht vergessen, mir im Büro einen Vorrat an Fünfundzwanzigcentstücken zu holen, dachte Mark und trat von der Rolltreppe auf den Bahnsteig. Während der Stoßzeit von sechs Uhr dreißig bis neun Uhr verkehrten die Züge in Fünfminutenabständen. Runde Lichter an der Wand flammten auf, sobald der Zug in die Station kam. Die Türen öffneten sich automatisch. Mark stieg mit vielen anderen in einen hell erleuchteten, farbenprächtigen Waggon, und fünf Minuten später wurde sein Fahrziel über die Lautsprecheranlage ausgerufen: Gallery Place. Er stieg aus und wartete auf einen Zug der *Red Line*. Die *Green Line* brachte ihn direkt zum Washington Field Office, aber zum Kapitol musste er umsteigen. Vier Minuten später erreichte er die Union Station Visitors Center, das belebte Zentrum der Bus-, Zug-, und U-Bahn-Linien für alle Fahrten von und nach Washington. Es funktionierte wesentlich besser, als die Kritiker 1977 vorausgesagt hatten. Das Dirksen Senate Office Building stand drei Blocks entfernt, an der Ecke First Street – Constitution Avenue. Das war rasch und schmerzlos, überlegte Mark, als er das Haus betrat. Warum fahre ich überhaupt jemals mit dem Auto?

Er ging an zwei Polizeibeamten vorbei, die Aktenmappen und Taschen kontrollierten, und drückte den »Aufwärts«-Knopf des Besucheraufzuges.

»Vier, bitte«, sagte er zum Fahrstuhlführer.

Die Sitzung des Ausschusses für Auswärtige Angelegenheiten sollte in Kürze beginnen. Mark zog die Liste »Heutige Aktivitäten in Kongress und Senat« aus der Tasche, die er aus der *Washington Post* ausgeschnitten hatte. »Auswärtige Angelegenheiten, neun Uhr dreißig. Öffentlich zugängliches Hearing über amerikanische Politik und die Europäische Gemeinschaft; Regierungsvertreter. 4229 DOB.« Als Mark durch die Halle ging, öffnete der Senator von Massachusetts, Ralph Brooks, eben die Tür zur Suite 4229. Mark folgte ihm.

Der Senator, ein hochgewachsener Mann mit markanten Zügen, der beinahe wie ein Filmstar aussah, war Präsidentin Kane auf jeder Stufe ihrer Karriere dicht auf den Fersen gewesen, bis sie ihn schließlich von seinem Posten als Außenminister enthob, nachdem sie nach Präsident Parkins Tod an die Spitze des Staates getreten war.

Er hatte rasch seinen Sitz im Senat zurückgewonnen und wurde Florentyna Kanes Gegenkandidat in der Demokratischen Partei; er verlor erst im fünften Wahlgang. Jetzt war er Vorsitzender des Senatsausschusses für Auswärtige Angelegenheiten.

Wollte er nun die Präsidentin umbringen, um selbst das höchste Amt zu erlangen? Es ergab keinen Sinn, denn sollte Florentyna Kane ermordet werden, dann würde Vizepräsident Bradley, der jünger war als er, an ihre Stelle treten, und Brooks wäre chancenlos. Nein, der Senator sah nicht nach einer ernsthaften Bedrohung aus, doch brauchte Mark noch Beweise, bevor er ihn von seiner Liste streichen konnte.

Der Raum war mit hellem Holz und grünem Marmor verkleidet, auch der Türstock war aus Marmor. Am Ende des Saales stand, etwas erhöht, ein Tisch aus dem gleichen hellen Holz. Von den fünfzehn dunkelorangefarbenen Stühlen waren nur zehn besetzt. Senator Brooks nahm Platz, die verschiedenen Beamten, Journalisten und Angestellten des Hauses gingen weiter hin und her. An der Wand hinter dem Senator hingen eine Karte von Europa und eine Weltkarte. An einem Tisch direkt vor dem Senator saß eine Beamtin, die Wort für Wort mitstenographieren würde. Drei Tische standen für die Zeugen bereit.

Die Stühle für das Publikum, die beinahe den halben Saal füllten, waren größtenteils besetzt. Ein Ölgemälde von George Washington beherrschte die Szene. Der Mann muss seine letzten Jahre damit verbracht haben, für Portraits Modell zu sitzen, überlegte Mark.

Senator Brooks flüsterte einem Bediensteten etwas zu, klopfte mit seinem kleinen Hammer auf den Tisch und bat um Ruhe. »Bevor wir beginnen«, sagte er, »möchte ich das Personal des Senates und die Presse über eine Programmänderung informieren. Heute und morgen werden wir die Stellungnahme des State Departments zur Europäischen

Gemeinschaft hören. Weitere Aussagen werden auf nächste Woche verschoben, damit sich dieser Ausschuss dem dringlichen und umstrittenen Problem der Waffenverkäufe an Afrika widmen kann.«

Inzwischen hatten die meisten Anwesenden einen Platz gefunden. Die Regierungssprecher blätterten in ihren Aufzeichnungen. Mark hatte während seiner Studienzeit einen Sommer im Kapitol gearbeitet, aber er fand es immer noch ärgerlich, dass so wenige Senatoren an diesen Hearings teilnahmen. Da alle Senatoren in zwei oder mehr Ausschüssen und zahllosen Unter- und Sonderausschüssen saßen, mussten sie sich spezialisieren und sich bei Fragen, die nicht unmittelbar ihr Gebiet betrafen, auf das Urteil anderer Senatoren und Mitarbeiter verlassen. Es war daher keine Seltenheit, dass nur zwei oder drei Senatoren an einem Hearing teilnahmen. Manchmal war es sogar nur einer.

Das zur Debatte stehende Thema war ein Antrag, die NATO aufzulösen. Portugal und Spanien waren wie zwei brave Dominosteine vor einigen Jahren kommunistisch geworden und aus dem gemeinsamen Markt ausgetreten, und die spanischen Stützpunkte waren bald darauf verloren gegangen. König Juan Carlos lebte in England im Exil. Auf die kommunistische Machtergreifung in Portugal war die NATO vorbereitet gewesen, aber als in Italien dann eine Volksfrontregierung an die Macht kam, wurde die Lage kritisch. Der Papst zog sich nach altbewährter Methode hinter seine Mauern zurück, und die amerikanischen Katholiken zwangen die Vereinigten Staaten, jede finanzielle Hilfe für die neue italienische Regierung einzustellen. Italien antwortete mit der Schließung der NATO-Stützpunkte.

Die wirtschaftlichen Auswirkungen des italienischen Zusammenbruchs beeinflussten die französischen Wahlen; sie führten zu einem Sieg Chiracs und der Gaullisten. Holland und einige skandinavische Staaten hatten sich vor kurzem von den extremen Formen des Sozialismus abgewandt. Die Deutschen waren mit ihrer Sozialdemokratie zufrieden. Aber am Beginn des letzten Jahrzehnts dieses Jahrhunderts, erklärte Senator Pearson, sei Großbritannien Amerikas einziger verlässlicher Verbündeter innerhalb der NATO; dort hatte die konservative Regierung vor kurzem einen überwältigenden Sieg errungen.

Kenneth Clarke, der nunmehrige britische Außenminister, hatte sich vehement gegen eine Auflösung der NATO ausgesprochen. Damit wäre das Bündnis zwischen den USA und Großbritannien gefährdet. Und England könnte sich nur mehr auf die Europäische Gemeinschaft verlassen, von deren fünfzehn Mitgliedern nur sieben nicht ganz oder teilweise kommunistisch regiert würden. Senator Pearson schlug auf den Tisch. »Wir sollten die Ansicht der Briten ernst nehmen und uns nicht von kurzfristigen strategischen Erwägungen leiten lassen.«

Mark hörte eine Stunde lang zu, während Brooks und Pearson Mitarbeiter des State Departments über die politische Situation in Spanien befragten. Dann verließ er den Saal und begab sich in die Suite des Ausschusses für Auswärtige Angelegenheiten am Ende der Halle. Die Sekretärin teilte ihm mit, dass Lester Kenneck, der Abteilungsleiter für Personalfragen, nicht in seinem Büro sei. Mark hatte ihn am Vortag angerufen und sich als Student ausgegeben, der Informationen für seine Dissertation brauchte.

»Kann mir jemand anderer Auskunft über den Ausschuss geben?«

»Ich werde nachsehen, ob Paul Rowe, einer unserer Mitarbeiter, Ihnen helfen kann.« Sie griff zum Telefon, und ein paar Minuten später erschien ein magerer, bebrillter Mann.

»Was kann ich für Sie tun?«

Mark erklärte, dass er bestimmte Mitglieder des Ausschusses bei der Arbeit sehen wolle, insbesondere Nunn. Rowe lächelte geduldig.

»Kein Problem«, sagte er. »Kommen Sie morgen Nachmittag zur Diskussion über Waffenverkäufe an Afrika. Ich garantiere, dass Senator Nunn anwesend sein wird. Es wird wesentlich interessanter sein als das Gerede über die Europäische Gemeinschaft. Vielleicht wird die Sitzung sogar unter Ausschluss der Öffentlichkeit stattfinden. Aber wenn Sie mit Mr. Kenneck sprechen, wird er Sie bestimmt hineinlassen.«

»Vielen Dank. Wissen Sie vielleicht zufällig, ob Nunn und Pearson letzten Donnerstag, am 3. März, anwesend waren?«

Rowe zog die Brauen hoch. »Keine Ahnung. Vielleicht weiß es Kenneck.«

Mark dankte ihm. »Ach, noch etwas. Könnten Sie mir eine Besucherkarte für die Galerie des Senats ausstellen«? Die Sekretärin füllte eine Karte mit seinem Namen aus und stempelte sie. Mark ging zum Fahrstuhl. Waffenverkäufe an Afrika, dachte er. Donnerstag ist es zu spät. Verdammt. Wie, zum Teufel soll ich wissen, warum einer dieser Leute Präsidentin Kane umbringen will? Könnte irgendeinen verrückten militärischen Grund haben oder ein extremer Fall von Rassismus sein. Nichts ergibt einen Sinn. Ich soll nicht nach dem Grund der Verschwörung fragen, sondern nach dem Verschwörer, rief er sich zur Ordnung. Im Gehen stolperte Mark beinahe über einen Laufburschen des Senats, der, ein Paket unter dem Arm, den Korridor entlanglief. Der Kongress betreibt eine Schule für Jungen und Mädchen aus dem ganzen Land, die zu Boten im Kapitol ausgebildet werden. Sie waren dunkelblau und weiß gekleidet und machten immer den Eindruck, in großer Eile zu sein. Mark blieb in letzter Sekunde stehen, und der Junge schoss an ihm vorüber, ohne sein Tempo zu verlangsamen.

Mark fuhr mit dem Lift ins Erdgeschoss und verließ das Gebäude. Über die weiten Rasenflächen ging er zum Kapitol und wartete vor den Marmortreppen auf den Fahrstuhl.

»Viele Leute heute«, sagte einer der Wächter. »Eine Menge Touristen wollen die Debatte über das Waffengesetz anhören.«

»Muß man lange warten, bis man auf die Galerie kommt?«

»Ja, Sir, ich glaube schon.«

Der Lift blieb stehen, und ein anderer Aufseher winkte Mark, sich am Ende einer langen Schlange neugieriger Besucher einzureihen. Mark verlor die Geduld.

»Hören Sie zu, ich habe zwar auch nur einen normalen Passierschein für die Galerie, aber ich bin ein Student aus Yale und arbeite an meiner Dissertation. Können Sie mich vielleicht hineinschmuggeln?«

Der Wächter nickte verständnisvoll.

Ein paar Minuten später war Mark im Sitzungssaal. Er konnte nur einen Teil davon überblicken. Die Senatoren saßen an Tischen, die in einem Halbkreis um den der Vorsitzenden angeordnet waren. Selbst wenn jemand sprach, hörten Senatoren und Personal nicht auf herumzugehen und vermittelten dadurch den Eindruck, dass über wirklich bedeutende Dinge nicht in dramatischen Debatten, sondern in leisen Gesprächen hinter den Kulissen entschieden wurde.

Nach ausgedehnten Hearings und Diskussionen hatte der Justizausschuss vor zwei Wochen über die Vorlage Bericht erstattet. Das Repräsentantenhaus hatte bereits ein ähnliches Gesetz approbiert, das jetzt mit der verschärften Version des Senats in Einklang gebracht werden musste, bevor es durchgehen konnte.

Senator Dexter ergriff das Wort. Mein zukünftiger Schwiegervater?, fragte sich Mark. Jedenfalls sah er nicht aus wie ein Killer, aber welcher Senator sah schon so aus? Seine Tochter hatte das herrliche dunkle Haar geerbt, doch war er an den Schläfen bereits ein wenig weiß. Nicht so weiß, wie er es wohl tatsächlich war – die Eitelkeit des Politikers. Auch die dunklen Augen hatte Elizabeth von ihm. Von den Leuten rund um ihn schien er nicht viel zu halten; er trommelte mit den langen Fingern auf den Tisch, um einen Punkt zu betonen.

»In unserer Diskussion über die Vorlage wurde eine sehr wesentliche Überlegung ausgelassen, und das ist das Prinzip des Föderalismus! In den letzten fünfzig Jahren hat die Regierung viele Vollmachten, die früher von den Einzelstaaten ausgeübt wurden, an sich gerissen. Wir erwarten vom Präsidenten und vom Kongress die Antwort auf alle unsere Probleme. Es lag nie in der Absicht der Gründerväter, der Regierung so viel Macht in die Hand zu geben; ein so großes und vielfältiges Land wie das unsere kann auf dieser Basis weder demokratisch noch effizient regiert werden. Ja, wir alle wollen die Kriminalität einschränken. Aber sie ist von Ort zu Ort verschieden. Abgesehen von Staatsverbrechen, die tatsächlich nationale Interessen berühren, überließ unsere Verfassung die Verbrechensbekämpfung dem Einzelstaat und der lokalen Rechtssprechung. Das war sehr weise. Verbrechen, die mit einer Schusswaffe begangen werden, sind eine lokale Angelegenheit. Daher sollen sie auch mit lokalen Gesetzen bekämpft und auf lokaler Ebene bestraft werden. Die Haltung der Menschen und die spezifischen Merkmale krimineller Probleme können nur auf bundesstaatlicher und lokaler Ebene verstanden und behandelt werden.

Ich weiß, manche meiner Kollegen behaupten, dass Waffen ebenso erfasst werden sollten wie Autos und Lenker. Diese Fragen werden den Einzelstaaten überlassen. Jeder Staat soll für sich selbst entscheiden, was vernünftig und notwendig ist; nur er kann die Interessen seiner Bürger wahren.«

Senator Dexter sprach zwanzig Minuten lang, dann verneigte er sich vor dem Vorsitzenden Senator Kemp, der Senator Brooks das Wort erteilte. Nach ein paar einleitenden Bemerkungen begann Brooks mit seiner eigentlichen Rede:

»... haben wir wieder und wieder die Massaker im Nahen Osten, in Afrika, in Nordirland und in Chile verurteilt. Wir haben das Blutvergießen in Vietnam beendet. Wann aber werden wir den Verbrechen ein Ende machen, die Tag für Tag und Jahr für Jahr in unserer eigenen Gemeinschaft, auf unseren eigenen Straßen, in unseren eigenen Heimen begangen werden?« Brooks machte eine Pause und blickte Senator Harrison von South Carolina an, einen führenden Gegner des Gesetzes. »Warten wir auf eine neuerliche nationale Tragödie, um endlich zu handeln? Erst nach der Ermordung von Präsident John Kennedy wurde Senator Thomas Dodds Vorlage zur Kontrolle der Handfeuerwaffen von einem Senatsausschuss ernsthaft behandelt. Sie konnte nicht durchgesetzt werden. Nach den Aufständen in Watts im August 1965, bei denen nicht gestohlene, sondern gekaufte Waffen verwendet wurden, hielt der Senat Hearings über die Kontrolle von Handfeuerwaffen ab. Aber es wurde nichts unternommen. Es musste erst der Mord an Martin Luther King geschehen, bevor der Justizausschuss ein Gesetz zur Kontrolle des zwischenstaatlichen Handels von Handfeuerwaffen genehmigte; dieses Gesetz sollte die Vorstufe eines umfassenden Waffengesetzes werden. Der Senat nahm das Gesetz an. Nach dem Mord an Senator Robert Kennedy stimmte auch das Repräsentantenhaus zu. Die Antwort auf die Gewalttätigkeiten von 1968 war die Verordnung über die Kontrolle von Handfeuerwaffen. Aber diese Verordnung, meine Herren, hat eine riesige Lücke; sie regelt nicht die heimische Produktion dieser Waffen, weil damals achtzig Prozent der vorhandenen Handfeuerwaffen im Ausland hergestellt wurden. 1972, nachdem George Wallace mit einer Saturday-Night-Special-Pistole angeschossen worden war, raffte sich der Staat endlich auf, diese Lücke zu schließen. Aber die Vorlage wurde in einem der Ausschüsse abgewürgt.

Dass Präsident Reagan 1981 in den Straßen von Washington von einem Mann mit einer Handfeuerwaffe schwer verwundet wurde, dass in Amerika jede zweite Minute jemand durch Handfeuerwaffen verwundet oder getötet wird, nehmen wir nicht zur Kenntnis. Daher sind wir heute, gut zwanzig Jahre später, immer noch ohne wirksames Waffengesetz. Worauf warten wir? Dass jemand die Präsidentin ermordet?« Er hielt inne, um die Wirkung seiner Worte abzuwarten. »Das amerikanische Volk steht hinter dem Waffengesetz. Jede Befragung bestätigt es, und so ist es bereits seit zehn Jahren. Warum erlauben wir also der *National-Rifle-Association*, uns zu manipulieren? Warum lassen wir uns vormachen, dass die Argumente dieser Leute zwingend seien, wenn sie es in Wahrheit nicht sind? Was ist los mit unserer Fähigkeit, Alternativen abzuwägen? Wo bleibt unser Abscheu vor der Gewalttätigkeit unserer Gesellschaft?«

Mark und viele andere Zuhörer waren über die leidenschaftliche Rede erstaunt. Aus den Zeitungen hatte Mark den Eindruck gewonnen, dass Brooks die Präsidentin nicht unterstützen werde, obwohl er ungeachtet der persönlichen Animosität bei einer Reihe von verfassungsrechtlichen Problemen und im Kampf gegen zwei von Kane ernannte Mitglieder des Obersten Gerichtshofes, Haynsworth und Carswell, eine Schlüsselfigur gewesen war. Mark lächelte.

Senator Harrison von South Carolina, ein gebildeter, ruhiger Mann, bat um das Wort.

»Tritt der ehrenwerte Senator von Massachusetts das Wort ab?«

Brooks nickte, zu dem Vorsitzenden gewandt.

Harrison wandte sich mit leiser fester Stimme an seine Kollegen: »Dieses Gesetz ignoriert den Grundsatz der Selbstverteidigung. Es geht davon aus, dass man einen Revolver, ein Gewehr oder eine Flinte nur zu Zwecken des Sports besitzt. Ich möchte meine verehrten Kollegen aus den Staaten mit vorwiegend städtischer Bevölkerung jedoch auffordern, sich einen Moment lang nur einen Augenblick – die Lage einer Familie auf einer Farm in Iowa oder in einem Haus in Alaska vorzustellen, die eine Waffe braucht, um sich zu schützen. Nicht als Sportgerät, sondern zur Selbstverteidigung. Nach meiner Ansicht haben die

Leute ein Recht darauf. Denn womit wir es in diesem Land, in städtischen wie in ländlichen Gebieten zu tun haben, ist die ständig zunehmende Gesetzlosigkeit. Und das ist auch die Wurzel des Problems; nicht die Zahl der Waffen im Umlauf, sondern die Gesetzlosigkeit. Sicher bedeutet Gesetzlosigkeit eine Zunahme von Verbrechen, die mit einer Waffe begangen werden, das ist richtig. Aber nicht die Waffen, sondern die Menschen begehen die Verbrechen. Wenn wir die Kriminalität bekämpfen wollen, müssen wir ihre Wurzeln ausrotten, anstatt jenen die Gewehre wegzunehmen, die sie legal gebrauchen. So viele Autoaufkleber in diesem Land verkünden: ›Wenn Waffen ungesetzlich werden, werden nur die Gesetzlosen Waffen haben!‹«

Senator Thornton von Texas, ein hagerer Mann mit fettigem schwarzen Haar, an den Mark sich aus Mr. Smiths Restaurant erinnerte, hatte eben erst begonnen, sein Einverständnis mit den Ansichten der Senatoren Dexter und Duncan auszudrücken, als an der Uhr im Hintergrund des Sitzungssaales sechs Lämpchen aufleuchteten. Ein Summer ertönte sechsmal, um das Ende der Morgensitzung anzuzeigen. Die »Morgenstunde« im Senatssaal – von zwölf bis vierzehn Uhr – war für die Einreichung von Petitionen, Denkschriften und Ausschussberichten sowie für die Unterbreitung von Vorlagen und Resolutionen reserviert.

Senator Kemp schaute auf die Uhr. »Entschuldigen Sie, Senator Thornton, aber es ist Mittag, und jetzt, nach Beendigung der Morgengeschäfte, müssen einige von uns dem Ausschuss beiwohnen, der die Vorlage gegen die Luftverschmutzung diskutiert. Warum treffen wir uns nicht wieder um vierzehn Uhr dreißig? Wer immer den Ausschuss verlassen kann, sollte hierherkommen, um das Gesetz weiter zu besprechen. Wir müssen so rasch wie möglich weiterkommen, denn wir hoffen immer noch, in der laufenden Legislaturperiode über das Gesetz abzustimmen.«

In einer Minute war der Senatssaal leer. Die Schauspieler hatten ihre Verse gesprochen, und nur jene, die die Bühne für die Nachmittagsvorstellung vorbereiten mussten, blieben zurück. Mark fragte einen der Aufseher nach Henry Leykam, den Abteilungsleiter für Personalfragen, den er sprechen wollte. Der Wächter in der blauen Uniform der Sicherheitsbeamten des Senats wies auf einen fetten Mann mit einem dünnen Schnurrbart, der mit vergnügtem Gesicht auf der anderen Seite der Galerie saß, Notizen machte und Papiere durchblätterte. Mark schlenderte zu ihm hinüber, ohne zu bemerken, dass ein Augenpaar hinter einer dunklen Brille jede seiner Bewegungen verfolgte.

»Mein Name ist Mark Andrews, Sir.«

»Ach ja, der Student. Ich bin gleich frei für Sie, Mr. Andrews.«

Mark setzte sich und wartete. Der Mann mit der Sonnenbrille verließ den Saal durch eine Seitentüre.

»Gut, Mr. Andrews. Wie wäre es mit einem Lunch?«

»Großartig«, erwiderte Mark. Sie begaben sich ins Erdgeschoss, in den Speisesaal der Senatoren, und nahmen an einem Tisch an der Wand Platz. Mark plauderte überzeugend über die harte Arbeit, die ein Abteilungschef leisten musste, während die anderen das Lob und die Publizität ernteten. Henry Leykam stimmte begeistert zu. Sie wählten beide das Tagesmenü, ebenso wie der Mann, der drei Tische entfernt saß und sie fortwährend beobachtete. Mark erzählte dem Direktor, dass er eine Dissertation über das Waffengesetz schreiben wolle und gern vertrauliche Informationen hätte, die das Publikum nicht aus den Zeitungen erfuhr. »Deshalb, Mr. Leykam«, schloss Mark, »hat man mir geraten, mich an Sie zu wenden.«

Der dicke Mann strahlte. Wie Mark gehofft hatte, fühlte er sich überaus geschmeichelt und legte sofort los.

»Es gibt nichts, was ich Ihnen über diese Vorlage und die daran beteiligten Politiker nicht erzählen könnte.«

Mark lächelte und erinnerte sich an eine Aussage von Anthony Ulasewicz, einem ehemaligen Detektiv der New Yorker Stadtpolizei, der als Zeuge in der Watergate-Untersuchung aufgetreten war. Mark hatte die Aussagen in einem Seminar in Yale studiert. Eine bestimmte Bemerkung fiel ihm ein: »Warum sich die Mühe nehmen, Abhörgeräte zu installieren? Politiker und Beamte erzählen einem alles, was man wissen will, am Telefon, oder sie schicken es einem per Post, wer immer man ist.« Der Vorsitzende, Senator Sam Ervin von North Carolina, hatte ihn verwarnt, weil er sich über die Untersuchungskommission lustig gemacht und die Sache ins Lächerliche gezogen hatte. »Ich mache mich nicht lustig – es ist die reine Wahrheit«, hatte Ulasewicz geantwortet.

Mark erkundigte sich, welche der elf Senatoren im Ausschuss für das Gesetz seien. Bei der Diskussion heute Morgen waren nur vier anwesend gewesen. Mark war ziemlich sicher, aus seinen Erhebungen die Meinung der meisten Senatoren zu kennen, aber er wollte eine Bestätigung.

»Von den Demokraten werden Brooks, Burdick, Stevenson und Glenn für das Gesetz stimmen. Abourzek, Byrd und Moynihan behalten ihre Meinung für sich, werden aber letztlich die Regierung unterstützen. Im Ausschuss sprachen sie sich für die Vorlage aus. Thornton ist der einzige Demokrat, der wahrscheinlich dagegen stimmen wird. Sie, Andrews, haben gehört, dass er Dexters Standpunkt unterstützte. Für Thornton, junger Mann, ist es keine Prinzipienfrage. Er möchte das Gesetz, aber er möchte es nur teilweise. Texas hat eine rigorose Waffenkontrolle, er kann also behaupten, dass die Bundesstaaten sehr wohl imstande seien, die nötigen Maßnahmen zu ergreifen. Texas hat aber auch eine beachtliche Waffenindustrie – Smith and Wesson, GKN Powder, Harrington and Richardson – die von einem Waffengesetz stark betroffen würden; Sie wissen ja, das Gespenst der Arbeitslosigkeit geht um. Solange diese Industrien ihre Waffen außerhalb von Texas verkaufen können, ist alles okay. Thornton redet daher seinen Wählern ein, dass sie gleichzeitig Waffen kontrollieren und erzeugen können. Dieser Mann spielt seltsame Spiele. Was die Republikaner betrifft, so wird Mathias von Maryland dafür stimmen. Er ist sehr liberal – werde nie verstehen, warum er bei den Republikanern bleibt. McCollister aus Nebraska ist dagegen, ebenso wie Wodson von Arkansas. Harrison und Dexter haben Sie gehört. Ihr Standpunkt ist eindeutig. Harrison weiß verdammt gut, dass seine Wähler keine Waffenkontrolle hinnehmen und ihn abwählen werden, falls er die Vorlage unterstützt. Schwer zu sagen, ob er von der *National-Rifle-Association* beeinflusst wurde, denn er scheint es ehrlich zu meinen, wenn er von Selbstverteidigung spricht. Er ist ein merkwürdiger Kerl. Jeder hier hält ihn für einen eingefleischten Konservativen, aber niemand kennt ihn wirklich. Er ist noch nicht lang im Senat. Nachfolger von Sparkman – irgendwie eine unbekannte Größe.«

Mark ließ ihn erzählen. Leykam genoss die Rolle eines Experten, des Mannes, der alles wusste. Für gewöhnlich saß er stundenlang im Verhandlungssaal, durfte kein Wort sagen, hörte zu, machte Notizen und flüsterte dem Vorsitzenden dann und wann einen Vorschlag ins Ohr. Nur seine Frau hörte seinen Ausführungen zu, und sie verstand nie deren Bedeutung. Leykam war daher entzückt, einen Akademiker vor sich zu haben, der ihn um Auskunft bat.

»Dexter argumentiert gut – er ist ein geschickter Bursche. Gewann gegen den Mann, der Ribicoffs Platz einnehmen sollte, als dieser vom Präsidenten zu seinem Sonderbeauftragten ernannt wurde. Es war eine allgemeine Überraschung. Hätte nicht gedacht, dass Connecticut jemals von zwei Republikanern vertreten sein würde. Ich nehme an, dass all die reichen New Yorker, die nach Stamford zogen, den Ausschlag gaben. Unter uns gesagt, Mark, ich misstraue der Lauterkeit seiner Prinzipien. Wissen Sie, wie viele Waffenfabriken wir in Connecticut haben? Remington, Colt, Olin, Winchester, Marlin, Sturm-Ruger. Das hat Senator Ribicoff jedoch nie davon abgehalten, für das Waffengesetz zu stimmen, aber Dexter … nun, er besitzt selbst wesentliche Anteile an einer Waffenfabrik, das ist kein Geheimnis. Im Augenblick ärgert er sich über irgendetwas. Scheint ganz besonders schlecht gelaunt zu sein. Und hat bis jetzt keine Sitzung ausgelassen.«

Mark fühlte Übelkeit. Mein Gott, Elizabeths Vater? Er wollte es nicht einmal in Erwägung ziehen.

»Sie glauben also, dass das Gesetz angenommen wird?«, fragte Mark scheinbar beiläufig.

»Keine Frage, solange die Demokraten die Kontrolle über beide Männer haben. Der Bericht der Opposition war bösartig, aber am 10. wird das Gesetz die Mehrheit erhalten. Nachdem es im Repräsentantenhaus durchgegangen ist, bestand eigentlich kein Zweifel mehr daran. Der Mehrheitsführer weiß genau, welchen Wert die Präsidentin diesem Gesetz beimisst.«

Byrd, überlegte Mark. Er steht auf der Liste. »Könnten Sie mir etwas über Byrd erzählen? Er war im Justizausschuss, nicht wahr? Wie steht er eigentlich dazu?«

»Das ist eine interessante Frage, Andrews. Senator Byrd ist ein humorloser, ehrgeiziger Mann mit Magengeschwüren. Er stammt aus ärmlichen Verhältnissen und betont das so oft, dass ihn viele seiner Kollegen Uriah Heep nennen. In den vierziger Jahren, mit neunzehn, gehörte er dem Ku-Klux-Klan an. Es ist ihm gelungen, dieses Handicap zu überspielen und in einer von Liberalen beherrschten Partei das höchste Amt im Senat zu bekleiden. Er hat es erreicht, weil er für Teamarbeit prädestiniert ist: Er war und ist den anderen Senatoren immer gefällig, er ist fleißig, aufmerksam, kennt alle ihre Wünsche und kommt ihnen entgegen. Er kümmert sich um jedes Detail, und das hat sich bezahlt gemacht, Byrd hat immer die Demokraten unterstützt. Außerdem ist er ein überaus tüchtiger Fraktionsführer. In seiner Beziehung zur Präsidentin hat das Wort Zuneigung keinen Platz, aber jetzt, da er Fraktionsführer ist, hat Byrd sich angepasst. Mit seiner Vorgeschichte kann er nicht aus echter Überzeugung für die Waffenkontrolle sein, aber er hat sich natürlich nicht gegen die Vorlage geäußert, weil er sie für die Präsidentin durch den Senat bringen muss. Und das hat er auch gut gemacht. Er hat die Termine eingehalten und Unterbrechungen vermieden …«

»Verzeihung, dass ich Sie unterbreche, Mr. Leykam – aber was meinen Sie damit, dass er Unterbrechungen vermieden hat? Der Ausschuss hat doch nicht rund um die Uhr getagt?«

»Nein, junger Mann, ich habe mich auf eine verfahrenstechnische Unterscheidung zwischen Vertagung und Unterbrechung bezogen. Der Senat, wissen Sie, unterbricht gewöhnlich bis zum nächsten Tag. Am Tag nach der Unterbrechung steht der nicht erledigte Punkt des Vortages auf der Tagesordnung. Im Verlaufe der Morgengeschäfte kann darauf verzichtet werden. Wann immer der Mehrheitssprecher sich für eine Unterbrechung, nicht für eine Vertagung entscheidet, verlängert er damit den so genannten legislativen Tag. Und da vom Ausschuss eingebrachte Gesetzesvorlagen einen solchen Tag lang liegen bleiben müssen, bevor der Antrag auf Erledigung in Kraft tritt, können Unterbrechungen dazu genützt werden, eine bestimmte Maßnahme hinauszuzögern. Der legislative Tag kann über Tage, Wochen, ja sogar möglicherweise über Monate ausgedehnt werden. Diese Vorlage nun wurde in einem Minimum an Zeit durchgebracht. Wenn die Präsidentin am 10. März keine Mehrheit bekommen sollte, könnte sie das Gesetz erst nach ihrer Wiederwahl vorlegen. Das wäre ein Sieg für die Gegner des Gesetzes. Und wenn man den Umfragen trauen darf, ist ihre Wiederwahl keineswegs gesichert. Heutzutage werden die Amerikaner ihrer Präsidenten sehr schnell müde. Der 10. ist also der Stichtag. Sonst müssen wir die Waffenkontrolle vergessen.«

»Was könnte einer Annahme am 10. im Wege stehen?«

»Nichts, was mir im Augenblick einfällt, außer der Tod der Präsidentin. Er würde alle Aktivitäten des Senats sieben Tage lang unterbinden. Aber die Präsidentin scheint sich bester Gesundheit zu erfreuen; vielleicht ein wenig müde – aber jemand wie ich hat kein Recht, das zu erwähnen.« Mark wollte Leykam eben nach Brooks fragen, als der Direktor auf die Uhr schaute.

»Mein Gott, es ist spät«, rief er aus. »Ich muss zurück. Eigentlich sollte ich immer als Erster da sein und alles in Ordnung bringen, damit die Senatoren glauben, wir hätten den Saal gar nicht verlassen.«

Mark dankte ihm, Leykam nahm die Rechnung und unterschrieb.

»Wann immer Sie Hilfe oder Informationen brauchen, wenden Sie sich ungeniert an mich.«

»Gerne. Vielen Dank«, sagte Mark.

Der dicke Mann watschelte davon, so schnell er konnte. Mark blieb vor seinem Kaffee sitzen und grübelte. Der Mann am anderen Tisch hatte seinen Kaffee getrunken und wartete, was Mark jetzt tun würde. Wieder schrillten die verdammten Signale. Das Schrillen zeigte an, dass die Ja- und Nein-Stimmen im Senatssaal gezählt wurden. Nach der Abstimmung würden die Senatoren wieder in die verschiedenen Ausschüsse zurückkehren. Das Signal riss Mark aus seinen Überlegungen.

Er ging ins Dirksen Building, in die Suite des Ausschusses für Auswärtige Angelegenheiten, wo er nach Mr. Kenneck fragte.

»Wen darf ich melden?«

»Andrews, ich bin Student in Yale.«

Sie drückte zwei Knöpfe am Telefon und gab weiter, was sie von Mark erfahren hatte.

»Er ist im Zimmer 4491.«

Mark dankte ihr und ging ins Zimmer 4491, das nur ein paar Schritte entfernt war.

»Nun, Andrews, was kann ich für Sie tun?«, fragte Kenneck, noch bevor Mark die Tür geschlossen hatte.

Die plötzliche Frage verwirrte Mark. Er fasste sich wieder.

»Ich arbeite an einer Dissertation über die Aufgaben der Senatoren, Mr. Kenneck. Mr. Leykam hat mich an Sie verwiesen. Ich wüsste gern, ob die Senatoren Nunn und Pearson am Donnerstag, dem 3. März, um zehn Uhr dreißig bei der Sitzung des Ausschusses für Auswärtige Angelegenheiten anwesend waren.«

Kenneck beugte sich über ein in rotes Leder gebundenes Buch. »Nunn – nein«, er machte eine Pause. »Pearson – nein. Noch etwas, Mr. Andrews?« Offensichtlich war er in Eile.

»Nein, danke.«

Mark ging in die Bibliothek. Wenn das FBI das Gespräch auf der illegalen Frequenz richtig mitgehört hatte, dann blieben nur mehr fünf Senatoren, die am Morgen des 3. März im Senat gewesen waren. Er überprüfte seine Notizen: Jeder der verbleibenden Verdächtigen – Brooks, Byrd, Dexter, Harrison und Thornton – war Mitglied des Justizausschusses und hatte an der Senatssitzung über das Waffenkontrollgesetz teilgenommen. Fünf Männer und ein Motiv?

Jemand folgte ihm, als er das Zimmer verließ, mit dem Lift ins Erdgeschoss fuhr und zu einer Telefonzelle in der Constitution Avenue ging.

Mark wählte die Geheimnummer des Direktors.

»Hier Julius.«

»Wie ist Ihre Nummer?«

Mark nannte sie ihm. Ein paar Sekunden später rief der Direktor zurück.

»Nunn und Pearson scheiden aus. Es bleiben fünf, und alle fünf gehören zum Ausschuss, der die Waffenkontrolle behandelt.«

»Gut«, sagte der Direktor. »Das hatte ich erwartet. Wir kommen vorwärts, Mark, aber es bleibt uns wenig Zeit. Nur mehr achtundvierzig Stunden.«

»Ja, Sir.«

Das Telefon schnappte ab.

Mark wartete einen Moment, dann rief er im Woodrow-Wilson-Hospital an. Wie immer endloses Warten, bis man Elizabeth gefunden hatte. Was konnte er über gestern Abend sagen? Was, wenn der Direktor Recht hatte und ihr Vater …

»Hier Dr. Dexter.«

»Wann bist du heute fertig, Liz?«

»Um fünf Uhr, Geliebter«, sagte sie spöttisch.

»Darf ich dich abholen?«

»Wenn du Lust hast. Jetzt, da ich weiß, dass deine Absichten ehrenwert und keusch sind.«

»Hör zu, eines Tages, aber nicht heute, werde ich dir's erklären können.«

»Ich sehe dich um fünf, Mark.«

»Bis dann, Liz.«

Mark bemühte sich, nicht an Elizabeth zu denken, während er über die Straße zu den Parkanlagen des Kapitols schlenderte. Auf den Grünflächen zwischen dem Obersten Gerichtshof und dem Kapitol setzte er sich unter einen Baum. Beschützt von Legislative und Exekutive, dachte er, von Verfassung und Unabhängigkeit begrenzt. Wer würde es wagen, ihm hier, vor dem Kapitol, vor den Augen des Senatspersonals, der Beamten und der Kapitolwächter etwas anzutun? Ein blauweißer Touristenautobus fuhr auf der First Street vorüber und verdeckte den Blick auf die Springbrunnen vor dem Obersten Gerichtshof. Touristen starrten auf Washingtons weiße Marmorpracht. »Und zu Ihrer Rechten, meine Damen und Herren, das Kapitol. Mit dem Bau des ursprünglichen Gebäudes wurde 1793 begonnen. Die Briten brannten das Kapitol am 24. August 1914 nieder …«

Und ein verrückter Senator wird es am 10. März besudeln, fügte Mark lautlos hinzu, während der Autobus weiterfuhr. Böse Vorahnungen bedrückten ihn: Es wird tatsächlich geschehen, wir können es nicht aufhalten. Caesar kommt morgen ins Kapitol. Blut auf der Treppe.

Er zwang sich, wieder in seine Notizen zu schauen. Brooks, Byrd, Dexter, Harrison, Thornton. Es blieben ihm nur zwei Tage, um von fünf Männern den einen zu finden. Der Verschwörer, den er suchte, war Cassius, nicht Brutus. Brooks, Byrd, Dexter, Harrison und Thornton. Wo waren sie am 24. Februar um die Mittagszeit gewesen? Wüsste er die Antwort, dann wüsste er, welche vier Männer unschuldig waren und welcher den wahnsinnigen Plan gefasst hatte, die Präsidentin zu ermorden. Selbst wenn wir den Mann finden, der dahintersteht, überlegte er, während er sich aufrappelte und das Gras von seiner Hose bürstete – wie könnten wir den Mord verhindern? Der Senator wird den Mord nicht selbst begehen. Wir müssen die Präsidentin vom Kapitol fern halten. Bestimmt hatte der Direktor einen Plan, er würde nicht das Äußerste riskieren. Mark schlug seine Mappe zu und ging zur Untergrundbahn.

Zu Hause stieg er in seinen Wagen und fuhr langsam zum Woodrow-Wilson-Hospital. Ein Blick in den Rückspiegel. Heute folgte ihm ein anderes Auto, ein schwarzer Buick. Wieder ist jemand hinter mir her, dachte er. Um sechzehn Uhr fünfundvierzig war er vor dem Krankenhaus. Elizabeth war noch nicht fertig, und Mark schaltete das Autoradio an, um Nachrichten zu hören. Ein Erdbeben auf den Philippinen hatte hundertzwölf Menschenleben gefordert. Präsidentin Kane war überzeugt, genügend Unterstützung für das Waffengesetz zu finden. Der Dow-Jones-Index war um drei Punkte auf 1.4 geklettert. Die Yankees hatten in einem Trainingsmatch gegen die Dodgers gewonnen. Das war alles.

Elizabeth trat aus dem Krankenhausportal und setzte sich bedrückt neben ihn.

»Was soll ich dir wegen gestern Abend sagen?«, fragte Mark.

»Nichts«, erwiderte Elizabeth. »Es war, als lese man ein Buch, in dem das letzte Kapitel herausgerissen ist. Wer hat es herausgerissen, Mark?«

»Vielleicht habe ich das letzte Kapitel mitgebracht«, sagte Mark und wich einer Antwort aus.

»Danke, für eine Weile habe ich genug von solchen Gute-Nacht-Geschichten. Die letzte hat mir schlechte Träume verursacht.«

Elizabeth war schweigsam und ließ sich nicht aufheitern. Mark bog von der Independence Avenue rechts ab und hielt in einer Seitenstraße vor dem Jefferson Memorial an. Die Sonne ging eben unter.

»Ist der letzte Abend schuld?«, fragte Mark.

»Zum Teil«, erwiderte sie. »Ich bin mir ziemlich dumm vorgekommen, als du mich plötzlich allein gelassen hattest. Vermutlich wirst du mir nicht sagen, was eigentlich los war?«

»Ich kann es dir nicht sagen«, antwortete Mark bekümmert. »Aber glaub mir, es hatte nichts mit dir zu tun. Wenigstens ist das beinahe ...« Er hielt abrupt inne.

Niemals das Bureau in Verlegenheit bringen.

»Wenigstens ist das beinahe was? Beinahe die Wahrheit? Hat es mit etwas zu tun, was ich getan habe? Warum war der Anruf so wichtig?«

»Hören wir auf damit, gehen wir lieber etwas essen.«

Elizabeth antwortete nicht.

Er startete den Wagen. Hinter ihm setzten sich zwei Autos gleichzeitig in Bewegung: ein blauer Ford Sedan und ein schwarzer Buick. Heute gehen sie auf Nummer sicher, dachte er. Vielleicht sucht einer von ihnen auch nur einen Parkplatz. Er schaute Elizabeth an, um sich zu vergewissern, dass sie die Autos nicht gesehen hatte. Nein, warum sollte sie – nur er konnte in den Rückspiegel schauen. Er führte sie in ein kleines, gemütliches japanisches Restaurant in der Wisconsin Avenue. Nach Hause konnte er sie nicht nehmen, solange das verdammte FBI seine Wohnung abhörte. Geschickt zerteilte der japanische Kellner die fetten Krabben und briet sie in der Mitte ihres Tisches auf einer Metallplatte. Jede fertig gebratene Krabbe wurde auf ihre Teller gelegt, dazu gab es kleine Schüsseln mit köstlichen Saucen. Unter dem Einfluss des heißen Sake wurde Elizabeth etwas munterer.

»Es tut mir Leid, dass ich es mir so zu Herzen genommen habe. Im Moment habe ich eine Menge Sorgen.«

»Willst du nicht mit mir darüber sprechen?«

»Das kann ich leider nicht. Es ist persönlich, und mein Vater bat mich, vorläufig niemandem etwas davon zu erzählen.«

Mark erstarrte. »Auch mir kannst du es nicht sagen?«

»Nein, wir werden uns beide ein wenig gedulden müssen.«

Sie gingen in ein Autokino und saßen Arm in Arm im angenehmen Halbdunkel. Mark spürte, dass sie nicht berührt werden wollte, und auch ihm war nicht danach zumute. Sie sorgten sich beide um denselben Mann, aber aus verschiedenen Gründen – oder war es derselbe Grund?

Und wie würde sie reagieren, wenn sie erführe, dass er, einen Tag nachdem sie einander kennen gelernt hatten, mit den Erhebungen gegen ihren Vater begonnen hatte? Vielleicht wusste sie es. Verdammt, warum konnte er ihr nicht einfach vertrauen? Bestimmt machte sie ihm nichts vor. Mark konnte sich nicht auf den Film konzentrieren. Nach Schluss der Vorstellung brachte er sie nach Hause und fuhr sofort weiter. Die beiden Autos folgten ihm noch immer.

»He, Freund!« Eine Gestalt sprang aus dem Dunkel. Mark fuhr herum und griff nervös nach seinem Halfter.

»Ach, hallo, Simon.«

»Hören Sie zu, Freund, ich kann Ihnen ein paar Pornobilder zeigen, wenn Sie noch immer so verzweifelt sind. Es scheint, Sie sind einfach nicht gut genug, Mann. Ich hatte gestern eine Schwarze, und heute werde ich eine Weiße haben.«

»Wie können Sie nur so sicher sein?«

»Ich gehe nur auf Nummer sicher, ich schau sie mir vorher an, habe keine Zeit, meinen schönen Körper zu verschwenden.« Simon lachte schallend. »Denken Sie an mich, wenn Sie heut Nacht allein im Bett liegen, Mark. Dann werde ich Sie bestimmt vergessen haben. Machen Sie sich nichts draus, Mann.«

Mark warf ihm die Schlüssel zu und blickte ihm nach, als er mit schwingenden Hüften, tanzend und lachend, zum Mercedes ging. »Sie haben es eben nicht – was immer es ist!«

»Hurensohn«, sagte Mark lachend.

»Jetzt sind Sie eifersüchtig oder voreingenommen«, meinte Simon, während er den Wagen reversierte und einen

Parkplatz ansteuerte. Als er an Mark vorbeifuhr, rief er: »Wie auch immer, ich gewinne.«

Ob er sich um einen Job als Garagenaufseher in einem Apartmenthaus bewerben sollte?, überlegte Mark. Es schien seine Vorteile zu haben. Er sah sich um. Etwas bewegte sich. Nein, da war nichts; seine Nerven spielten ihm einen Streich oder seine Phantasie. In seinem Zimmer schrieb er den Bericht für den Direktor und fiel ins Bett.

Noch zwei Tage.

# 13

*Mittwoch, 9. März* *1 Uhr*

Das Telefon schellte. Mark schlief eben ein, war in einer Welt zwischen Schlafen und Wachen. Das Telefon schellte weiter. Muß es abnehmen. Könnte Julius sein.

»Hallo«, sagte er gähnend.

»Mark Andrews?«

»Ja«, sagte er erschöpft und versuchte, sich in eine bequeme Lage zu drehen. Wenn er ganz aufwachte, würde er nie mehr einschlafen können.

»Hier George Stampouzis. Tut mir Leid, Sie zu wecken, aber ich habe etwas herausgefunden, das Sie wahrscheinlich sofort erfahren sollten.«

Stampouzis' Worte wirkten wie eine kalte Dusche. Mark war sofort hellwach.

»Sagen Sie kein Wort mehr. Ich rufe Sie von einer Telefonzelle aus an. Wie ist Ihre Nummer?« Mark schrieb sie auf ein Papiertaschentuch, das Einzige, was in Reichweite lag. Er zog einen Morgenmantel an, zwängte die Füße in geschnürte Tennisschuhe und lief zur Tür. Er öffnete sie, schaute nach rechts und links. Mein Gott, er war bereits paranoid. In der Vorhalle rührte sich nichts; es würde sich allerdings auch nichts rühren, wenn jemand auf ihn wartete. Mit dem Lift fuhr er in die Garage, wo es ein öffentliches

Telefon gab. Simon schlief auf seinem Stuhl – wie brachte er das bloß fertig? Mark hatte es schon schwierig gefunden, im Bett zu schlafen.

Er wählte die Vorwahl 212.

»Hallo, Stampouzis, hier Andrews.«

»Spielt ihr Detektive eure Spiele auch um ein Uhr nachts? Hätte gedacht, dass ihr ein besseres System erfunden habt.«

Mark lachte, und die Garagenwand gab das Echo zurück. Simon bewegte sich.

»Was kann ich für Sie tun?«

»Ich erhielt heute eine Information, und jetzt schulden Sie mir zwei Geschichten.« Stampouzis machte eine Pause. »Die Mafia hatte nichts mit Stames' Tod zu tun, und sie wird sich auch wegen der Waffenkontrolle nicht exponieren, obwohl sie dagegen ist. Jetzt wissen Sie alles. Ich wäre für niemanden so weit gegangen, außer für Nick. Also machen Sie richtig davon Gebrauch.«

»Ich werde mein Bestes tun«, erwiderte Mark. »Danke für Ihre Hilfe.«

Er hängte den Hörer ein, ging zum Aufzug zurück und dachte an das zerwühlte Bett, das hoffentlich noch warm war.

Simon schlief immer noch.

# 14

*Mittwoch, 9. März* *5 Uhr 50*

»Es ist für Sie, Sir.«

»Was?«, murmelte der Direktor im Halbschlaf.

»Ein Anruf, Sir. Für Sie.«

Die Haushälterin stand im Morgenrock an der Tür.

»Uhhh. Wie spät ist es?«

»Zehn vor sechs, Sir.«

»Wer spricht?«

»Mr. Elliot, Sir.«

»Gut, verbinden Sie mich.«

Elliot hatte ihn geweckt. Das hätte Elliot nie ohne zwingenden Grund getan.

»Guten Morgen, Elliot, was ist los?« Er hielt inne. »Sind Sie sicher? Das ändert die ganze Situation. Wann soll er kommen? Natürlich, um sieben. Dann sehe ich Sie um sechs Uhr dreißig.«

Der Direktor legte auf, setzte sich auf die Bettkante und sagte sehr laut: »Verdammt!« Das war für ihn ein besonders deftiger Fluch, so ziemlich das Äußerste. Die großen Füße fest auf den Boden gestellt, die breiten Hände auf die ebenfalls breiten Schenkel gelegt, dachte er angestrengt nach. Schließlich stand er auf, zog einen Bademantel an und verschwand im Badezimmer, während er mehrmals vor sich hin fluchte.

Auch Mark wurde angerufen, nicht von einem anonymen Mann, sondern von Elizabeth, die ihn unbedingt sprechen wollte. Sie kamen überein, sich um acht Uhr in der Halle des *Mayflower* zu treffen. Bestimmt würde ihn dort niemand erkennen, aber er fragte sich, warum Elizabeth ausgerechnet diesen Treffpunkt gewählt hatte.

Mark zog seinen Morgenrock aus und kehrte ins Badezimmer zurück.

Auch der Senator erhielt am frühen Morgen einen Anruf – weder von Elliot noch von Elizabeth, sondern vom Vorsitzenden, der ihm mitteilte, dass die letzte Besprechung zu Mittag im *Sheraton* in Silver Springs stattfinden würde. Der Senator war einverstanden, legte auf und ging nachdenklich im Zimmer auf und ab.

»Kaffee für drei, Mrs. McGregor, zweimal schwarz und einmal mit Sahne und Zucker. Sind beide bereits hier?«, fragte der Direktor, als er an ihr vorbeiging.

»Ja, Sir.«

Mrs. McGregor sah sehr schick aus in ihrem neuen türkisfarbenen Kostüm, aber der Direktor merkte es nicht. Er ging in sein Büro.

»Guten Morgen, Matt. Guten Morgen, Mark.« Wann sollte er die Bombe platzen lassen? Er entschloss sich, Andrews zuerst erzählen zu lassen. »Lassen Sie hören, was Sie herausgefunden haben.«

»Ich glaube, wir haben unsere Liste auf fünf Senatoren reduziert, Sir. – Brooks von Massachusetts, Byrd von West

Virginia, Dexter von Connecticut, Harrison von South Carolina und Thornton von Texas. Sie sind alle gegen die Waffenkontrolle, die, wie wir wissen, am 10. März vermutlich Gesetz werden wird. Die Präsidentin zu ermorden scheint die einzige Möglichkeit, das zu verhindern.«

»Ich hätte eher gedacht, dass damit die Annahme des Gesetzes durch beide Häuser absolut gesichert wäre«, meinte Matthew Rogers.

»Sagen Sie das zwei Kennedys, Martin Luther King und George Wallace und Ronald Reagan, und hören Sie sich an, was die dazu zu sagen haben«, erwiderte der Direktor. »Weiter, Mark.«

Mark berichtete, was Leykam und Stampouzis ihm über jeden der Senatoren erzählt hatten und erklärte, warum er Pearson und Nunn von der Liste der sieben streichen konnte. »Das heißt, Sir, wenn wir nicht einen falschen Weg gegangen sind und uns jetzt in einer Sackgasse befinden. Was mich betrifft, halte ich das durchaus für möglich. Ich kämpfe gegen Schatten.«

Der Direktor nickte und wartete.

Mark fuhr fort. »Heute will ich in den Senat gehen und mir die fünf nochmals bei der Arbeit ansehen. Ich wollte, ich könnte irgendwie herausfinden, wo sie am 24. Februar um die Mittagszeit waren, ohne sie direkt darauf anzusprechen.«

»Das kommt gar nicht in Frage. Damit würden wir das ganze Komplott verhindern. Und jetzt muss ich Sie warnen, Mark. Meine Nachrichten sind nicht gut; lehnen Sie sich zurück und seien Sie auf das Schlimmste gefasst. Wir glauben, dass Dexter unser Mann ist«, sagte der Direktor.

Eisige Kälte kroch Mark über den Rücken. »Warum, Sir?«, stammelte er.

Der stellvertretende Direktor beugte sich vor.

»Meine Leute haben das *Georgetown Inn* unauffällig kontrolliert. Wir hatten wenig Hoffnung, etwas zu finden. Das ganze Personal wurde befragt. Vergeblich. Um ganz sicherzugehen, haben wir heute Morgen auch das Nachtpersonal verhört. Einer der Nachtportiere, der am Tag natürlich dienstfrei hatte, ist ziemlich sicher, Senator Dexter am 24. Februar gegen vierzehn Uhr dreißig weggehen gesehen zu haben.«

Mark war sprachlos. »Woher wusste er, dass es Senator Dexter war?«

»Der Mann wurde in Wilton in Connecticut geboren und hat dort seine Kindheit verbracht. Er kennt Dexters Gesicht recht gut. Und noch etwas: Er wurde von einer jungen Frau begleitet, deren Beschreibung ungefähr auf seine Tochter passt.«

»Das ist kein Beweis«, warf Mark ein. »Das sind nur Indizien.«

»Vielleicht«, sagte der Direktor, »aber für Senator Dexter ist es ein unglückseliges Zusammentreffen. Bedenken Sie, dass er am Waffengeschäft interessiert ist; es wird ihm finanziell sehr schaden, wenn das Kontrollgesetz durchgeht. Unsere Erhebungen haben ergeben, dass er ein Vermögen verlieren würde. Also haben wir auch ein Motiv.«

»Aber, Sir«, widersprach Mark, von dem Bedürfnis getrieben, an Elizabeth zu glauben, »meinen Sie wirklich, ein Senator würde die Präsidentin ermorden, um sein Unternehmen zu retten? Es gibt so viele weniger drastische Mittel, um die Vorlage zu vereiteln. Er könnte sie im Ausschuss aufhalten oder eine Obstruktion organisieren.«

»Das versuchte er bereits – und es ist ihm nicht gelungen, Mark«, unterbrach Matthew Rogers.

»Vielleicht haben die anderen vier Senatoren viel gewichtigere Motive, die wir nicht kennen. Es muss nicht Dexter sein«, fuhr Mark fort. Es klang nicht überzeugt.

»Mark, ich verstehe, was Sie meinen. Unter normalen Umständen würde auch ich sagen, dass es nicht wahrscheinlich ist, aber wir müssen mit dem Material arbeiten, das wir haben, selbst wenn es mager ist und nur aus Indizien besteht. Und es kommt noch etwas hinzu. Am Abend des 3. März, als Casefikis und der Briefträger ermordet wurden, stand Dr. Dexters Name nicht auf dem Dienstplan. Sie hatte um fünf Uhr Dienstschluss, aber aus ungeklärten Gründen blieb sie zwei Stunden länger, behandelte den Griechen, der nicht zu ihren Patienten zählte, und ging erst dann nach Hause. Natürlich ist es möglich, dass sie sehr pflichtbewusst ist und Überstunden machte oder dass sie kurzfristig für jemand anderen einsprang, aber auch hier liegen verteufelt viele Zufälle vor, Mark. Wenn man die Dinge nüchtern betrachtet, muss ich sagen, dass es für Senator Dexter schlecht steht – und für seine Tochter.«

Mark antwortete nicht.

»Hören Sie zu, hören Sie genau zu«, fuhr der Direktor fort. »Ich weiß, Sie wollen glauben, dass das alles Zufälle sind und unser Mann einer der vier anderen ist, aber ich habe nur mehr sechsundzwanzig Stunden zur Verfügung, bis die Präsidentin das Weiße Haus verlässt, und ich muss die Fakten so hinnehmen, wie sie sind. Ich will den Mann erwischen, wer immer er sein mag, und ich bin nicht bereit, deshalb das Leben der Präsidentin aufs Spiel zu setzen. Wann sehen Sie das Mädchen wieder?«

Mark blickte auf die Uhr. »Um acht Uhr im *Mayflower*.«

»Warum? Warum im *Mayflower*? Nur Könige und Senatoren gehen dorthin.«

»Ich weiß es nicht, Sir. Sie sagte nur, es sei wichtig.«

»Hm, dann müssen Sie hingehen und mir nachher sofort berichten.«

»Ja, Sir.«

»Ich verstehe nicht, warum es das *Mayflower* ist, Andrews. Seien Sie vorsichtig.«

»Ja, Sir.«

»Es ist zehn vor acht. Sie sollten gehen. Übrigens hatten wir noch immer kein Glück mit den Fünfzigdollarnoten. Es bleiben nur mehr acht zur Überprüfung; bisher keine Abdrücke von Mrs. Casefikis. Wir haben bessere Neuigkeiten über Gerbach, den deutschen Lenker. Wir haben uns vergewissert, dass er während seines Aufenthaltes in Rhodesien keine Verbindungen mit dem CIA hatte. Ebensowenig zum Zeitpunkt seines Todes, womit ein Problem aus der Welt geschafft ist.«

Mark waren die Fünfzigdollarnoten ebenso egal wie der deutsche Fahrer, die Mafia oder der CIA. Seine ganze harte Arbeit hatte anscheinend zu Dexter geführt. Er verließ das Büro verzweifelter, als er es betreten hatte. Auf der Straße entschloss er sich, zu Fuß zum *Mayflower* zu gehen, um einen etwas klareren Kopf zu bekommen. Die zwei Männer, die ihm die Pennsylvania Avenue hinunter, am Weißen Haus vorbei, zum Hotel folgten, bemerkte er nicht.

Der Direktor drückte einen Knopf, und Elliot betrat das Büro.

»Elliot, Sie hatten recht mit dem *Mayflower*. Was ist vorgesehen?«

»Zwei Männer sind bereits dort, und einer folgt Andrews.«

»Zum ersten Mal in sechsunddreißig Jahren hasse ich meinen Beruf«, sagte der Direktor. »Sie haben gute Arbeit geleistet, Elliot, und ich werde Ihnen bald mitteilen können, worum es bei der verdammten Sache geht.«

»Ja, Sir.«

»Arbeiten Sie mit den fünf Namen weiter. Tun Sie Ihr Möglichstes.«

»Ja, Sir.«

»Danke.«

Elliot verschwand.

Verdammter Kerl, hat kein Herz. Unmöglich, einen tüchtigen Mann ohne Herz als meine rechte Hand zu haben. In einer außergewöhnlichen Situation wie jetzt ist er dadurch allerdings sehr brauchbar. Wenn alles vorüber ist, werde ich ihn wieder nach Ohio zurückversetzen und …

»Haben Sie etwas gesagt, Sir?«

»Nein, Mrs. McGregor, ich verliere bloß langsam den Verstand. Sorgen Sie sich nicht um mich. Wenn die Männer in den weißen Kitteln mich abholen kommen, unterschreiben Sie das Formular in dreifacher Ausfertigung, und schauen Sie erleichtert drein.«

Mrs. McGregor lächelte.

»Ihr neues Kostüm gefällt mir«, sagte der Direktor.

Sie wurde rot. »Danke, Sir.«

Mark ging durch die Drehtür des *Mayflower*-Hotels, seine Augen suchten Elizabeth in der Halle. Wie er sich sehnte, sie zu sehen, wie er sich sehnte, ehrlich zu sein und alles aufzuklären! Es sind nur Indizien, wiederholte er sich. Er konnte sie nicht finden und ließ sich in einen bequemen Sessel fallen, von dem aus er die Lobby gut überblicken konnte.

Am anderen Ende der Halle kaufte ein Mann die *Washington Post*, doch Mark fiel nicht auf, dass der Mann die

Zeitung nicht las. Elizabeth kam auf ihn zu, an ihrer Seite ging Senator Dexter. Verdammt, das hatte ihm noch gefehlt.

»Hallo, Mark.« Sie küsste ihn zärtlich auf die Wange.

Judas zeigt den Pharisäern, wer getötet werden soll? Ein unfairer Gedanke.

»Mark, ich möchte dich meinem Vater vorstellen.«

»Guten Morgen, Sir.«

»Guten Morgen, Mark, nett Sie kennen zu lernen, Elizabeth hat mir viel von Ihnen erzählt.«

Und was könnten Sie mir alles erzählen, überlegte Mark. Wo waren Sie am 24. Februar? Wo werden Sie morgen sein?

»Mark, geht es dir gut?«, fragte Elizabeth.

»Ja, danke. Entschuldigen Sie, Senator, ich freue mich, Ihre Bekanntschaft zu machen.«

Der Senator schaute ihn sonderbar an.

»Ich muss jetzt gehen, Liebes – habe heute viel zu tun. Ich freue mich auf unseren gewohnten Lunch, morgen.«

»Bis dann, Vater. Danke für das Frühstück und deine Gesellschaft.«

»Wiedersehen, Mark. Ich hoffe, ich sehe Sie bald wieder.«

Senator Dexter schaute ihn leicht spöttisch an.

»Vielleicht«, erwiderte Mark leise.

Sie sahen ihm nach, als er ging. Auch drei andere Leute blickten ihm nach. Einer von ihnen entfernte sich, um zu telefonieren.

»Mark, was ist los mit dir? Warum warst du so unfreundlich zu meinem Vater? Ich habe mir gewünscht, dass ihr einander kennen lernt.«

»Verzeih, ich bin nur müde.«

»Oder gibt es etwas, was du mir nicht sagen willst?«, fragte sie.

»Das Gleiche könnte ich dich fragen.«

»Wovon sprichst du?«

»Ach, ich weiß nicht. Reden wir von etwas anderem. Warum wolltest du mich so dringend sprechen?«

»Ich wollte, dass du meinen Vater kennen lernst. Was ist daran so sonderbar? Ach, zum Teufel, warum wollte ich es überhaupt?«

Sie stand auf, lief durch den Korridor und stürmte durch die Drehtür. Drei Männer sahen sie fortgehen. Einer folgte ihr, zwei blieben in Marks Nähe. Langsam ging er auf den Ausgang zu.

Der Türsteher grüßte ihn höflich.

»Taxi, Sir?«

»Nein, danke, ich gehe zu Fuß.«

Der Direktor telefonierte gerade, als Mark zurückkam, und deutete auf einen großen Lederfauteuil. Halb betäubt ließ sich Mark hineinfallen. Der Direktor legte den Hörer auf und sah Mark an.

»Jetzt haben Sie also Senator Dexter kennen gelernt. Entweder Dr. Dexter weiß nichts, oder sie ist die beste lebende Schauspielerin.«

»Sie wissen alles«, sagte Mark.

»Natürlich, und noch mehr – sie hatte vor zwei Minuten einen Autounfall. In dem Telefonat habe ich die Details erfahren.«

Mark sprang auf.

»Sie ist unverletzt. Ein paar hundert Dollar Schaden an der Motorhaube ihres kleinen Fiat und kein Kratzer auf dem Bus, mit dem sie zusammenstieß. Vernünftiges Mädchen. Jetzt fährt sie in einem Taxi ins Hospital, oder wenigstens hält sie es für ein Taxi.«

Mark seufzte und wartete resigniert, was weiter geschehen würde.

»Wo ist Senator Dexter?«, fragte er.

»Er ging in den Senat. Rief von dort jemanden an, aber nichts von Interesse.«

Mark fühlte sich wie eine Marionette. »Was soll ich jetzt tun?«

Ein Klopfen an der Tür, und der anonyme Mann trat ein. Er übergab dem Direktor eine Notiz, die Tyson überflog.

»Danke.«

Der anonyme Mann ging. Mark fürchtete das Schlimmste. Der Direktor legte die Notiz auf den Tisch und schaute auf.

»Senator Thornton hält um zehn Uhr dreißig im Senat in Zimmer 2228 eine Pressekonferenz ab. Gehen Sie lieber sofort hin. Rufen Sie mich an, sobald er gesagt hat, was er zu sagen hat, die Fragen der Journalisten nachher sind uninteressant. Das sind sie immer.«

Mark begab sich in den Senat. Er wollte Elizabeth anrufen und fragen, wie es ihr ging. Er wollte sie hundert Dinge fragen, aber er wollte nur eine Antwort. Drei Männer gingen ebenfalls zum Senat; zwei folgten Mark je eine halbe Strecke, der dritte legte den ganzen Weg zurück. Alle drei erreichten schließlich Zimmer 2228; keiner von ihnen war dort, um Senator Thorntons Erklärung anzuhören.

Das Zimmer war bereits von den Scheinwerfern der Fernsehteams erhellt; die Journalisten unterhielten sich. Der Raum war voll, obwohl Senator Thornton noch nicht anwesend war. Mark fragte sich, was er zu sagen hatte und ob es ihm helfen würde, sein Problem zu lösen. Vielleicht machte sich Thornton verdächtig, und Mark konnte mit dieser Nachricht zum Direktor zurückgehen. Als er die älteren Journalisten anschaute, überlegte er, ob sie von Thorntons Mitarbeiter einen Hinweis über den Inhalt der Erklärung erhalten hatten. Andererseits wollte Mark keine Fragen stellen, um nicht aufzufallen. Mit einem Aplomb, der selbst Cäsar gefallen hätte, erschien Senator Thornton, gefolgt von drei Mitarbeitern und seiner Privatsekretärin. Er strahlte über das ganze Gesicht – welch ein Auftritt! Sein dunkles Haar war mit Pomade bedeckt, und er trug einen Anzug, den er offensichtlich für seinen schönsten hielt – grün mit blauem Nadelstreif. Niemand hatte ihm gesagt, was er anziehen sollte, wenn er ins Farbfernsehen kam – nur dunkle, möglichst einfache Kleidung –, oder man hatte es ihm gesagt, und er hatte nicht darauf gehört.

Er nahm in einem aluartigen Sessel mit hoher Rückenlehne Platz, seine Füße berührten kaum den Boden. Rund um ihn standen Bogenlampen, die Fernsehleute stellten ihre Mikrophone vor ihm im Kreis auf. Drei weitere Scheinwerfer wurden plötzlich eingeschaltet. Thornton schwitzte bereits, aber er lächelte immer noch. Die drei Fernsehteams waren aufnahmebereit. Thornton räusperte sich.

»Meine Damen und Herren von der Presse …«

»Was für eine großartige Einleitung«, sagte ein Korrespondent, der vor Mark saß und jedes Wort mitstenographierte. Marc sah näher hin, er glaubte, das Gesicht zu kennen. Es war Bernstein von der *Washington Post.* Im Raum wurde es jetzt still.

»Ich hatte soeben eine lange Unterredung mit der Präsidentin der Vereinigten Staaten, und deshalb möchte ich vor der Presse und dem Fernsehen eine Erklärung abgeben.«

Thornton hielt inne. »Meine Kritik des Waffengesetzes und meine Ablehnung im Ausschuss waren ausschließlich von dem Wunsch motiviert, meine Wähler und ihre ehrliche Angst vor der Arbeitslosigkeit zu vertreten …«

»… und deine eigene Angst vor Arbeitslosigkeit«, bemerkte Bernstein leise. »Welche Bestechung hat dir die Präsidentin während des Dinners am Montag geboten?«

Wieder räusperte sich der Senator. »Die Präsidentin versprach mir, nach erfolgter Annahme des Gesetzes und dem Verbot der Waffenerzeugung für ein Gesetz einzutreten, das die Waffenfabrikanten und ihre Angestellten finanziell absichern soll, sodass die Waffenindustrie sich der Erzeugung weniger gefährlicher Produkte als Handfeuerwaffen zuwenden kann. Dieses Versprechen der Präsidentin ermöglicht es mir, für das Waffengesetz zu stimmen. Schon seit einiger Zeit befand ich mich in einem Gewissenskonflikt …«

»Nein, wirklich«, bemerkte Bernstein.

»… weil mir die Leichtigkeit, mit der Verbrecher sich Waffen verschaffen können, Angst einflößte.«

»Gestern hast du keine Angst gehabt. Welche Aufträge hat dir die Präsidentin versprochen?«, murmelte der Korrespondent. »Oder sagte sie, sie würde dir helfen, wiedergewählt zu werden?«

»Das Problem lag für mich stets in dem Gleichgewicht …«

»… eine kleine Bestechung änderte das Gleichgewicht.«

Bernstein hatte jetzt sein eigenes Publikum, dem seine Bemerkungen viel besser gefielen als die Rede des Senators von Texas.

»Die Präsidentin zeigte so viel Verständnis, dass ich mich in der Lage sehe, mit reinem Gewissen zu verkünden …«

»So rein, dass wir es glatt durchschauen können«, bemerkte Bernstein.

»… dass ich den Standpunkt meiner Partei unterstütze. Ich werde morgen im Senat nicht gegen die Präsidentin stimmen.«

Wilder Applaus folgte von verschiedenen Seiten – es klang verdächtig nach einer Claque.

»Heute nacht, meine Herren«, fuhr Thornton fort, »werde ich unbeschwerter einschlafen …«

»… und der Wiederwahl sicher«, fügte Bernstein hinzu.

»Zum Schluss möchte ich den Damen und Herren von der Presse für ihre Anwesenheit danken …«

»Wir mussten kommen. In der Stadt wurde keine andere Show geboten.«

Rund um den Korrespondenten der *Post* wurde gelacht, doch Thornton störte es nicht.

»Und ich möchte hinzufügen, dass ich jede Frage mit Vergnügen beantworten werde. Danke.«

»Möchte wetten, dass du meine Fragen nicht beantwortest.«

Die meisten Reporter stürzten aus dem Saal, damit die Nachmittagsausgaben ihrer Blätter rechtzeitig fertig würden, die im ganzen Land in Druck gingen. Mark schloss sich ihnen an, aber vorher blickte er dem berühmten Journalisten über die Schulter; er hatte in normaler Schrift auf seinen Block gekritzelt:

»Freunde, Römer und Bauernlümmel, leiht mir euer Ohr; ich komme, Kane zu begraben, nicht sie zu preisen.« Nicht gerade eine Schlagzeile für die erste Seite.

Drei andere Männer, die bei der Pressekonferenz gewesen waren, folgten Mark aus dem Saal. Er lief zur nächsten Telefonzelle, doch war sie von Reportern besetzt, die ihren Bericht durchgeben wollten. Vor den Fernsprechern am Ende der Halle hatten sich ebenfalls Schlangen gebildet. Dasselbe Problem. Seine einzige Chance war das Telefon im Russell Building auf der anderen Straßenseite. Er lief den ganzen Weg. Die drei Männer liefen hinterher. Als er die Zelle erreichte, kam ihm eine dunkel gekleidete Dame mittleren Alters zuvor. Sie warf eine Münze ein.

»Hallo … ich bin's. Ich habe die Stellung bekommen … ja, recht gut … nur vormittags … fange morgen an … kann mich nicht beklagen, die Bezahlung ist nicht schlecht …«

Mark lief auf und ab. Die drei Männer rangen nach Luft.

Endlich war die Frau fertig und ging mit strahlendem Lächeln fort, ohne von Marks Problemen oder jenen der Nation etwas zu ahnen. Wenigstens ein Mensch freut sich auf morgen, dachte Mark.

Er blickte sich um, um sich zu vergewissern, dass niemand in der Nähe war, obwohl er einen Mann neben einem Medicare-Plakat zu erkennen glaubte, vielleicht war es einer seiner Kollegen vom FBI. Irgendwo hatte er dieses Gesicht hinter der dunklen Brille schon gesehen. Er wurde besser beschützt als die Präsidentin.

Mark wählte die Geheimnummer des Direktors und gab ihm die Nummer des Automaten durch. Einen Moment später schellte das Telefon.

»Thornton kann man von der Liste streichen, Sir, weil er …«

»Ich weiß, ich weiß«, sagte der Direktor, »ich habe eben telefoniert und erfahren, was Thornton sagte. Genau das hätte ich erwartet, wenn er etwas mit dem Komplott zu tun hat. Damit wird er nicht gestrichen. Im Gegenteil, er wird noch verdächtiger. Behalten Sie alle fünf im Auge, und rufen Sie mich sofort an, wenn Sie etwas erfahren. Herkommen ist nicht nötig.«

Die Verbindung brach ab. Mark war niedergeschlagen.

Er warf eine weitere Münze ein, wartete auf den Summton und rief im Woodrow-Wilson-Hospital an.

Die Dienst habende Schwester machte sich auf die Suche nach Elizabeth, kam aber unverrichteter Dinge zurück und erklärte, dass niemand sie heute gesehen habe.

Mark hängte auf, ohne danke oder Guten Tag zu sagen. Er fuhr mit dem Aufzug zur Cafeteria im Kellergeschoss. Sein Entschluss verschaffte dem Restaurant zwei weitere Gäste: Der dritte Mann hatte bereits eine Verabredung zum Lunch, zu der er zu spät kam.

# 15

*Mittwoch, 9. März* *13 Uhr*

Nur Tony und Xan fanden sich pünktlich im Sheraton Hotel in Silver Springs ein. Sie hatten viele Stunden miteinander verbracht, aber kaum gesprochen. Tony fragte sich, woran der Japaner die ganze Zeit dachte. Er selbst hatte viel zu tun gehabt, hatte die Route geprüft, den Buick perfekt instand gesetzt und den Vorsitzenden und Matson spazieren gefahren. Sie behandelten ihn alle wie einen verdammten Taxichauffeur. Dabei war er ebenso gut wie die anderen; wo, zum Teufel, wären sie ohne ihn? Wäre er nicht gewesen, hätten sie immer noch die zwei Hurensöhne vom FBI am Hals. Jedenfalls würde die ganze verdammte Sache morgen Abend vorüber sein, er würde fortfahren und etwas von dem schwer verdienten Geld ausgeben. Er konnte sich nur nicht entscheiden, ob es Miami oder Las Vegas werden sollte. Tony gab sein Geld immer schon aus, bevor er es hatte. Der Vorsitzende kam herein, die Zigarette im Mund wie immer, schaute die beiden an und fragte unfreundlich, wo Matson sei. Beide schüttelten den Kopf. Matson arbeitete immer allein. Er vertraute niemandem. Der Vorsitzende war verärgert und versuchte nicht, es zu verbergen. Kurz darauf erschien der Senator, sah ebenfalls ärgerlich aus, merkte aber nicht einmal, dass Matson fehlte.

»Warum fangen wir nicht an?«, erkundigte sich der Senator. »Ich möchte keine Zeit verlieren, heute ist der letzte Tag der Debatte über das Gesetz.«

Der Vorsitzende schaute ihn verächtlich an. »Matson ist noch nicht hier, und sein Bericht ist lebenswichtig.«

»Wie lange wollen Sie warten?«

»Zwei Minuten.«

Sie warteten schweigend. Man hatte einander nichts zu sagen; jeder wusste, warum der andere da war. Genau zwei Minuten später zündete der Vorsitzende eine neue Zigarette an und fragte Tony nach seinem Bericht.

»Ich habe alle Routen geprüft, Boss. Ein Auto, das mit fünfunddreißig Stundenkilometern fährt, braucht vom Südausgang des Weißen Hauses über die E-Street und die Pennsylvania Avenue zum FBI-Gebäude drei Minuten. Weitere drei Minuten zum Kapitol. Man braucht fünfundvierzig Sekunden, um die Treppe hinaufzugehen und aus dem Gesichtsfeld zu verschwinden. Im Schnitt sechs Minuten, fünfundvierzig Sekunden. Nie unter fünf Minuten, dreißig Sekunden, nie mehr als sieben Minuten. Ich versuchte es um Mitternacht, ein Uhr und zwei Uhr morgens; für Kane werden die Straßen noch leerer sein.«

»Und was geschieht danach?«, fragte der Vorsitzende.

»Vom Kran gelangt man durch einen Kellergang zum Rayburn Building und weiter zur U-Bahn-Station Capitol; Minimum zwei Minuten, Maximum drei Minuten und fünfzehn Sekunden – hängt von den Fahrstühlen und der Menschenmenge ab. Sobald der Vietkong ...« Er verbesserte sich: »Sobald Xan in der U-Bahn ist, finden sie ihn nicht mehr. Er kann in ein paar Minuten auf der anderen Seite der Stadt sein.«

»Sind Sie sicher, dass man ihn nicht in den drei Minuten

fünfundvierzig Sekunden erwischt?«, fragte der Senator, den Xans Schicksal völlig kalt ließ, der jedoch besorgt war, Xan könnte reden, wenn sie ihn festnahmen.

»Von der Annahme ausgehend, dass sie ahnungslos sind, werden sie in den ersten fünf Minuten nicht wissen, was sie zuerst machen sollen«, erwiderte der Vorsitzende.

Tony fuhr fort. »Wenn alles nach Plan verläuft, brauchen Sie nicht einmal das Auto. Ich lasse es irgendwo stehen und verschwinde.«

»Einverstanden«, sagte der Vorsitzende. »Ich nehme an, dass der Wagen für morgen in tadellosem Zustand ist?«

»Bereit für jede Schlacht.«

Der Senator wischte sich den Schweiß von der Stirn, was an einem kalten Märztag erstaunlich war.

»Xan, Ihren Bericht.«

Xan erklärte seinen Plan in allen Einzelheiten; er hatte ihn zwei Tage lang geprobt und zwei Nächte auf der Plattform des Krans verbracht. Das Gewehr lag bereits an Ort und Stelle. Heute Abend um sechs Uhr würde der vierundzwanzigstündige Streik beginnen. »Morgen um sechs Uhr abends bin ich am anderen Ende von Amerika, und Kane ist tot!«

»Gut«, sagte der Vorsitzende, drückte seine Zigarette aus und zündete die nächste an. »Ich werde Sie, wenn ich um neun Uhr dreißig an die Kreuzung Pennsylvania – Neunte komme, und wenn Kanes Auto an mir vorüberfährt, über mein Armband-Funkgerät verständigen. Wenn Ihre Uhr zu vibrieren beginnt, wird sie drei Minuten entfernt sein. Damit haben Sie insgesamt drei Minuten und fünfundvierzig Sekunden. Wie viel Vorwarnung brauchen Sie?«

»Zwei Minuten und dreißig Sekunden genügen«, sagte Xan.

»Ist das nicht ein wenig knapp bemessen?«, erkundigte sich der noch immer schwitzende Senator.

»Vielleicht«, erwiderte der Vorsitzende. »In diesem Fall werden Sie die Präsidentin auf der Treppe aufhalten; wir wollen Xan nicht länger als notwendig exponieren. Je länger er in Sicht ist, desto größer sind die Chancen für den Helikopter des Secret Service, ihn zu entdecken.«

Der Senator wandte sich Xan zu. »Sie haben jeden Tag geprobt, sagen Sie?«

»Ja«, erwiderte Xan. Es war nie seine Art, mehr Worte als nötig zu verschwenden, auch wenn er mit einem Senator der Vereinigten Staaten sprach.

»Wieso haben die Leute nicht bemerkt, dass Sie ein Gewehr trugen oder zumindest eine Gewehrhülle?«

»Weil Gewehr hundert Meter hoch auf Kran angeklebt ist, seit ich aus Wien zurück bin.«

»Und was geschieht, wenn die Kabine herunterkommt? Dann sieht man es sofort.«

»Ich habe gelben Overall von Hertz an. Gewehr ist in acht Teilen gelb angestrichen an Unterseite der Plattform geklebt. Selbst mit starkem Fernglas schaut es wie Teil von Kran aus. Als ich von Dr. Schmidt neuestes Modell kaufte, war er selbst über den Kanister mit gelber Farbe erstaunt.«

Alle außer dem Senator lachten. »Wie lang brauchen Sie, um das Gewehr zusammenzusetzen?«, fuhr der Senator fort. Er suchte nach einer schwachen Stelle, wie er es auch beim Verhör von so genannten Experten in den Ausschüssen machte.

»Zwei Minuten, um es zusammenzusetzen, dreißig Sekunden, um es schussbereit zu machen, zwei Minuten, um es auseinander zu nehmen und wieder anzukleben. Es ist ein 5,6 x 6,1-Millimeter-Vomhofe-Super-Express-Gewehr, und ich verwende eine 5-Gramm-Kugel mit einer Mündungsgeschwindigkeit von tausend Metern pro Sekunde. Das gibt eine enorme Aufprallwucht. In Laiensprache, Senator, heißt das, dass ich bei Windstille aus hundertachtzig Meter Entfernung 3,5 Zentimeter über Kanes Stirn zielen werde.«

»Sind Sie zufrieden?«, fragte der Vorsitzende den Senator.

»Ich glaube, ja«, sagte dieser und versank in brütendes Schweigen. Er wischte sich immer noch die Stirn. Dann fiel ihm etwas anderes ein, und er wollte eben eine Frage stellen, als die Tür aufgerissen wurde und Matson hereinstürmte.

»Tut mir leid, Boss. Ich habe eine Fährte verfolgt.«

»Hoffentlich eine gute«, sagte der Vorsitzende unwirsch.

»Es könnte eine schlechte, eine sehr schlechte sein«, keuchte Matson.

Alle blickten ihn besorgt an.

»O. k., schießen Sie los.«

»Er heißt Mark Andrews«, sagte Matson, während er sich auf den leeren Stuhl fallen ließ.

»Und wer ist das?«, erkundigte sich der Vorsitzende.

»Der FBI-Mann, der mit Calvert im Krankenhaus war.«

»Könnten wir am Anfang anfangen?«, fragte der Vorsitzende ruhig.

Matson holte tief Atem. »Sie wissen, ich bezweifelte immer, dass Stames mit Calvert ins Hospital ging – wegen seines Dienstranges war es unwahrscheinlich.«

»Ja, ja«, unterbrach der Vorsitzende ungeduldig.

»Nun, Stames ging nicht hin. Seine Frau sagte es mir. Ich besuchte sie und drückte ihr mein Beileid aus, und sie erzählte mir alles, was Stames an diesem Abend machte, sogar dass er nur die Hälfte des Moussaka aß. Das FBI wies sie an, mit niemandem darüber zu sprechen, aber sie glaubt, ich sei immer noch beim Bureau, und erinnert sich nicht, oder vielleicht wusste sie es auch nie, dass Stames und ich nicht gerade Freunde waren. Ich habe Andrews während der letzten achtundvierzig Stunden beschattet. Im Washington Field Office ist er abgemeldet – zwei Wochen Urlaub. Er verbringt jedoch seine Ferien auf eine eher merkwürdige Art. Ich sah ihn im Hauptquartier des FBI, er zieht mit einer Ärztin vom Woodrow-Wilson-Hospital herum, und er schnüffelt im Senat.«

Der Senator zuckte zusammen.

»Die Ärztin könnte an dem Abend, an dem ich den Griechen und den Nigger ins Jenseits befördert habe, Dienst gemacht haben.«

»Also wissen die Burschen vom FBI alles«, sagte der Vorsitzende rasch. »Warum sitzen wir noch hier?«

»Das ist eben das Seltsame. Ich saß mit einem alten Freund vom Secret Service bei einem Bier; er hat morgen Dienst bei Kane, und es wurde am Programm nichts geändert. Das Secret Service hat offenbar keine Ahnung von morgen; das FBI weiß also entweder verdammt viel oder gar nichts. Wenn sie alles wissen, haben sie es jedenfalls dem Secret Service nicht mitgeteilt.«

»Was haben Sie von Ihren Verbindungsleuten zum FBI erfahren?«, fragte der Vorsitzende.

»Nichts. Keiner von denen weiß etwas, nicht einmal, wenn sie total besoffen sind.«

»Was meinen Sie, wie viel Andrews weiß?«, fuhr der Vorsitzende fort.

»Ich glaube, er hat sich in unsere Freundin, die Ärztin, verliebt und weiß sehr wenig. Er tappt im Dunkeln«, antwortete Matson. »Natürlich ist es möglich, dass er etwas von dem griechischen Kellner erfuhr. Ist das der Fall, dann arbeitet er allein, und das ist nicht die Art des FBI.«

»Das verstehe ich nicht«, sagte der Vorsitzende.

»Im Bureau arbeitet man immer zu zweit oder zu dritt; warum also haben sie nicht Dutzende Leute darauf angesetzt? Selbst wenn es nur sechs oder sieben wären, hätte ich etwas davon gehört, oder zumindest einer meiner Kontaktleute«, sagte Matson.

»Vielleicht wissen sie etwas von einem geplanten Mordanschlag auf die Präsidentin. Aber ich glaube, sie haben keine Ahnung, wann und wo.«

»Hat irgendjemand das Datum in Anwesenheit des Griechen erwähnt?«, fragte der Senator nervös.

»Ich erinnere mich nicht, aber es gibt nur einen Weg, um sicherzugehen, dass sie absolut nichts wissen«, sagte der Vorsitzende.

»Und der wäre, Boss?«, fragte Matson.

Der Vorsitzende machte eine Pause, zündete eine Zigarette an und sagte leidenschaftslos: »Andrews umlegen.«

Einen Moment lang herrschte Schweigen. Matson erholte sich als Erster.

»Warum, Boss?«

»Einfache Logik. Arbeitet er im Rahmen einer FBI-Untersuchung, dann werden sie daraufhin das Programm ändern. Sie würden Kane nie auch nur einen Schritt aus dem Weißen Haus tun lassen. Denken Sie an die Folgen: Wenn das FBI von einem geplanten Mordanschlag weiß und bis jetzt weder jemanden verhaftet noch das Secret Service informiert hat ...«

»Das stimmt«, sagte Matson. »Man würde eine Ausrede erfinden und das Programm in letzter Minute ändern.«

»Richtig. Wenn Kane also aus dem Tor tritt, werden wir

sie töten, weil sie nichts wissen. Kommt sie nicht, werden wir uns für lange Zeit zurückziehen, weil sie mehr wissen, als für uns gut ist.«

Der Vorsitzende wandte sich an den Senator, der jetzt stark schwitzte.

»Sie stehen auf der Treppe des Kapitols und halten die Präsidentin auf, wenn es nötig ist – das Übrige erledigen wir«, sagte er scharf. »Wenn wir sie morgen nicht erwischen, haben wir verdammt viel Zeit und Geld verschwendet, und eine Chance wie diese wird nicht wiederkehren.«

Der Senator stöhnte. »Ich glaube, Sie sind wahnsinnig, aber ich werde nicht mit Ihnen streiten. Ich muss in den Senat zurück, bevor jemand meine Abwesenheit bemerkt.«

»Beruhigen Sie sich, Senator. Alles ist unter Kontrolle; mit dem neuen Plan können wir nicht verlieren.«

»Sie vielleicht nicht, aber morgen Abend könnte ich der Lackierte sein.«

Ohne ein weiteres Wort verließ der Senator das Zimmer. Schweigend wartete der Vorsitzende, bis sich die Tür hinter ihm geschlossen hatte.

»Gut, dass der Idiot gegangen ist; machen wir uns an die Arbeit. Erzählen Sie uns alles über Andrews und seine Tätigkeit.«

Matson berichtete in allen Einzelheiten, was Andrews während der letzten achtundvierzig Stunden getan hatte. Der Vorsitzende konzentrierte sich auf jedes Detail.

»Gut, dann heißt es für Andrews Lebewohl. Nachher werden wir die Reaktionen des FBI abhören. Passen Sie genau auf, Matson, wir werden so vorgehen: Sie kehren jetzt sofort in den Senat zurück und ...«

Matson hörte aufmerksam zu, machte Notizen und nickte von Zeit zu Zeit.

»Noch Fragen?«

»Nein, Boss.«

»Wenn sie die Hure danach aus dem Weißen Haus lassen, dann wissen sie nichts. Noch etwas, bevor wir Schluss machen. Wenn morgen irgendetwas danebengeht, sorgt jeder für sich selbst. Verstanden? Niemand macht den Mund auf, die Bezahlung erfolgt wie gewöhnlich und zu einem späteren Zeitpunkt.«

Alle nickten.

»Noch eine Kleinigkeit. Wenn etwas schief geht, gibt es einen Mann, der sich bestimmt nicht um uns kümmert. Daher werden wir uns um ihn kümmern müssen. Ich schlage vor, dass das so vor sich gehen wird. Xan, wenn Kane …«

Alle hörten schweigend zu; niemand hatte etwas einzuwenden.

»Ich glaube, es ist Zeit zum Mittagessen. Diese Hure wird uns nicht den Appetit verderben. Tut mir Leid, Matson, dass Sie nicht bei uns bleiben können; sorgen Sie dafür, dass es Andrews' letzter Lunch wird.«

Matson lächelte. »Es wird mir Appetit machen«, sagte er und ging.

Der Vorsitzende griff zum Telefon. »Wir möchten jetzt gern essen. Danke.« Er zündete sich eine Zigarette an.

# 16

*Mittwoch, 9. März* *14 Uhr 15*

Mark beendete seinen Lunch. Auch zwei andere Männer hatten ihre Sandwiches vertilgt und standen auf. Mark kehrte in den Senat zurück. Er wollte Henry Leykam erwischen, bevor die Debatte begann. Vielleicht war Leykam noch etwas eingefallen, das helfen konnte. Auch wollte Mark sich Protokolle der Verhandlungen über das Waffengesetz im Justizausschuss verschaffen, um die von Brooks, Byrd, Dexter, Harrison und Thornton gestellten Fragen zu studieren. Vielleicht ließ sich da noch ein fehlendes Stückchen zu dem großen Puzzle finden. Irgendwie zweifelte Mark daran. Er gelangte immer mehr zu der Überzeugung, dass Politiker sich nicht in die Karten schauen ließen. Mark kam knapp vor Beginn der Sitzung hinauf und bat einen Laufburschen, Leykam ins Vorzimmer zu lotsen.

Ein paar Sekunden später stürzte Leykam heraus. Offensichtlich konnte er zehn Minuten vor Sitzungsbeginn keine Störung brauchen. Also war keine Gelegenheit für eine Unterhaltung, selbst wenn ihm noch etwas eingefallen wäre. Mark konnte gerade noch feststellen, wo er die Protokollabschriften der Verhandlungen und Debatten bekommen könnte.

»Das Ausschussbüro am Ende der Halle wird sie Ihnen geben.«

Mark stieg zur Galerie hinauf, wo sein neuer Freund, der Saalwärter, ihm einen Sitz reserviert hatte. Der Saal war bereits brechend voll. Eben kamen die Senatoren und nahmen ihre Plätze ein. Mark beschloss, die Abschriften später zu holen.

Bill Bradley, der Vizepräsident der Vereinigten Staaten, bat um Ruhe. Senator Dexter blickte sich langsam und würdevoll im Saal um, ob er der ungeteilten Aufmerksamkeit aller Anwesenden sicher sein konnte. Als sein Blick auf Mark fiel, schaute er ein wenig überrascht drein; darauf begann er seine letzte Rede gegen das Waffengesetz.

Mark war verlegen und wünschte, er säße weiter hinten, wo er Dexters durchdringenden Blicken entzogen wäre. Die Debatte schleppte sich dahin. Brooks, Byrd, Dexter, Harrison, Thornton. Sie alle wollten vor der Abstimmung morgen noch ein Schlusswort sagen. Vor dem Mord.

Mark hörte zu und erfuhr nichts Neues. Wieder eine Sackgasse. Es blieb nichts mehr zu tun, als die Abschriften zu holen. Er würde sie in der Nacht durchlesen, aber kaum etwas Wesentliches erfahren, da er die fünf Senatoren bereits zweimal sprechen gehört hatte. Hatte er noch andere Anhaltspunkte? Nein, alles andere lag in den Händen des Direktors. Er ging durch die Halle zum Fahrstuhl, verließ das Kapitol durch den Ausgang im Erdgeschoss und eilte über den Rasen zum Dirksen Building.

»Ich möchte gern die Protokollabschriften der Verhandlungen über das Waffengesetz, bitte.«

»Alle?«

»Ja«, erwiderte Mark.

»Aber wir hatten sechs Sitzungen zu diesem Thema, die alle einen Tag lang dauerten.«

Du lieber Himmel, dachte er, da wird mehr als die ganze Nacht draufgehen; andererseits musste er sich nur auf die Fragen und Aussagen der fünf Senatoren konzentrieren.

»Unterschreiben Sie die Rechnung, oder zahlen Sie?«

»Ich wollte, ich könnte unterschreiben«, scherzte er.

»Sind Sie vielleicht Beamter in irgendeiner Behörde?«

Ja, dachte Mark, aber ich darf es nicht zugeben.

»Nein«, sagte er und zog die Brieftasche hervor.

»Würden Sie die Abschriften über Vermittlung eines der Senatoren Ihres Staates verlangen, bekämen Sie sie vermutlich umsonst. So kostet es zehn Dollar, Sir.«

»Ich bin in Eile«, erklärte Mark, »ich werde zahlen müssen.«

Er gab ihr das Geld. Im Korridor, der den Verhandlungssaal mit dem Büro des Ausschusses verband, erschien Senator Stevenson.

»Guten Tag, Senator«, sagte die Sekretärin und wandte sich von Mark ab.

»Hallo, Debbie. Haben Sie zufällig eine Abschrift der Vorlage über Luftverschmutzung in der früheren Fassung des Unterausschusses?«

»Natürlich, Senator, einen Moment, bitte.« Sie verschwand in ein Hinterzimmer. »Es ist die einzige Abschrift, die wir im Augenblick besitzen. Kann ich Sie Ihnen anvertrauen, Senator?« Sie lachte. »Oder soll ich Sie sicherheitshalber unterschreiben lassen?«

Selbst Senatoren unterschreiben, überlegte Mark. Senatoren unterschreiben für alles. Henry Leykam unterschreibt für alles; kein Wunder, dass wir so viel Steuern zahlen. Für das Essen müssen sie wahrscheinlich später zahlen. Essen.

Mein Gott, warum ist mir das nicht schon früher eingefallen? Mark stürmte davon.

»Sir, Sie haben Ihre Abschriften vergessen!« Mark hörte es nicht mehr.

»Irgendein Verrückter«, sagte die Sekretärin zu Senator Stevenson.

»Jeder, der alle Verhandlungen nachlesen will, muss ein Narr sein«, bemerkte der Senator und starrte auf das Papierbündel, das Mark zurückgelassen hatte.

Mark ging direkt zu Zimmer G-211, wo er am Vortag mit Leykam gegessen hatte. Auf der Tür stand »Speisesaal. Nur für Senatsangestellte«. Nur zwei, drei Bedienstete waren zu sehen.

»Entschuldigen Sie bitte, könnten Sie mir sagen, wo die Senatoren heute essen?«

»Tut mir Leid, das weiß ich nicht. Fragen Sie die Hostess. Wir machen eben sauber.«

»Wo kann ich die Hostess finden?«

»Sie ist nicht mehr hier. Kommen Sie morgen wieder, dann wird sie Ihnen Auskunft geben.«

»Okay«, seufzte Mark. »Noch etwas – gibt es einen zweiten Speisesaal im Senat?«

»Ja, den großen im Kapitol, S-109. Aber dort lässt man Sie nicht rein.«

Mark lief zum Fahrstuhl zurück und wartete ungeduldig. Als er das Kellergeschoss erreichte, stieg er aus und begab sich zum Eingang der labyrinthartigen Tunnels, die alle Bürogebäude des Kapitols miteinander verbinden. An einem Tabakladen vorbei lief er auf eine große Tafel zu; Zubringer zum Kapitol. Das Fahrzeug, ein offener Zug mit Abteilen, fuhr eben ab. Mark sprang ins letzte Abteil und setzte sich zu einigen Senatsangestellten, die mit dem typischen

Gehabe von Insidern über irgendeine Vorlage schwatzten.

Ein paar Sekunden später signalisierte eine Glocke die Ankunft, und der Zug hielt an der Senatsseite des Kapitols. Angenehmes Leben, dachte Mark. Diese Leute müssen nie in die kahle, grausame Welt hinaus. Sie fahren einfach zwischen Verhandlungen und Abstimmungen hin und her. Das Kellergeschoss auf dieser Seite sah ebenso aus wie das auf der anderen Seite – schmutziggelb mit freiliegenden Leitungen. Und einem Pepsi-Cola-Automaten. Es musste eine bittere Schlappe für Coca-Cola gewesen sein, dass Pepsi die Konzession für den Senat bekommen hatte. Mark lief die kleine Rolltreppe hinauf und wartete auf den Besucherlift, während ein paar Männer mit wichtiger Miene zum Fahrstuhl »Nur für Senatoren« geleitet wurden.

Mark stieg im Erdgeschoss aus und blickte sich verwirrt um. Nichts als Marmorbögen und Korridore. Wo war der Speisesaal?

Er fragte einen der Wachbeamten.

»Gehen Sie geradeaus, dann den ersten Gang nach links. Einen schmalen Gang.« Er wies in die Richtung.

Mark dankte ihm über die Schulter, er hatte es eilig. Er fand den engen Korridor, ging an den Küchen vorbei und sah ein Schild »Privat – nur für die Presse«. Direkt vor ihm hing ein anderes Schild: »Nur für Senatoren«. Eine offene Tür zur Rechten führte in eine Vorhalle; Kronleuchter, ein rosafarben gemusterter Teppich, grüne Lederfauteuils, darüber ein riesiges buntes Deckengemälde. Durch eine andere Tür erspähte Mark weiße Tischtücher und Blumen – die Welt der vornehm Speisenden. Eine ältere Dame erschien in der Tür.

»Was kann ich für Sie tun?«, fragte sie mit fragend hochgezogenen Brauen.

»Ich schreibe eine Arbeit über den Tagesablauf der Senatoren.« Mark nahm seine Brieftasche heraus und zeigte ihr seinen Yale-Ausweis. Das abgelaufene Datum verdeckte er mit dem Daumen.

Die Dame war nicht übermäßig beeindruckt.

»Ich möchte nur den Saal anschauen. Um die Atmosphäre zu spüren, in der die Senatoren speisen.«

»Im Moment sind keine Senatoren hier. So spät an einem Mittwoch ist fast nie jemand hier. Die meisten fahren Donnerstag für ein langes Wochenende in ihren Staat. Nur die Vorlage zum Waffenkontrollgesetz hält jetzt noch einige in Washington fest.«

Es war Mark gelungen, bis in die Saalmitte vorzudringen. Eine Kellnerin räumte einen Tisch ab. Sie lächelte ihm zu.

»Quittieren die Senatoren für ihre Mahlzeiten, oder zahlen sie bar?«

»Beinahe alle unterschreiben und zahlen am Monatsende.«

»Wie wird das kontrolliert?«

»Kein Problem. Es wird alles täglich eingetragen.« Sie wies auf ein großes, ledergebundenes Buch mit der Aufschrift »Buchhaltung«. Mark wusste, dass dreiundzwanzig Senatoren an jenem Tag hier gegessen hatten, weil er es von den Sekretärinnen erfahren hatte. Hatten noch andere Senatoren hier gegessen, ohne ihre Sekretärinnen davon zu informieren? Er befand sich knapp einen Meter von der Antwort entfernt.

»Könnte ich irgendeinen typischen Tag sehen? Aus reiner Neugier!«, fragte er mit einem unschuldigen Lächeln.

»Ich weiß nicht recht, ob ich Sie hineinschauen lassen darf.«

»Nur einen Blick. Wenn ich meine Arbeit schreibe, sollen die Leute den Eindruck haben, dass ich weiß, wovon ich rede, und dass ich es selbst gesehen habe.«

Er schaute die Dame flehend an.

»Okay«, sagte sie widerwillig, »aber beeilen Sie sich bitte.«

»Ach, nehmen Sie irgendeinen Tag. Sagen wir den 24. Februar.«

Sie blätterte bis zum 24. Februar zurück. »Ein Donnerstag«, sagte sie. Stevenson, Nunn, Moynihan, Heinz. Ein Name nach dem anderen. Dole, Hattfield, Byrd. Also hatte auch Byrd im Senat zu Mittag gegessen. Er las weiter. Templeman, auch Brooks. Weitere Namen. Barnes und Thornton. Also war sein Pressestatement heute Morgen echt gewesen. Kein Harrison, kein Dexter. Die Kellnerin schloss das Buch.

»Nichts Besonderes, nicht wahr?«

»Nein«, antwortete Mark, dankte ihr und verschwand.

Auf der Straße rief er ein Taxi. Drei Männer, die ihm folgten, taten das Gleiche, zwei andere gingen zu ihren Autos.

Wenig später kam Mark vor dem Hauptquartier an, bezahlte den Chauffeur, zeigte am Eingang seinen Ausweis und fuhr in die siebente Etage. Mrs. McGregor lächelte. Der Direktor muss allein sein, dachte Mark. Er klopfte und trat ein.

»Nun, Mark.«

»Byrd, Brooks und Thornton haben nichts damit zu tun, Sir.«

»Bei den beiden Ersten bin ich nicht überrascht«, sagte der Direktor. »Es hätte keinen Sinn ergeben. Aber auf Thornton hätte ich eine kleine Wette riskiert. Wie haben Sie ihn von der Liste gestrichen?«

Mark erzählte von seinem Einfall, sich im Speisesaal des

Senats zu erkundigen, und fragte sich, was er sonst noch übersehen haben könnte.

»Das hätte Ihnen schon vor drei Tagen einfallen können, nicht?«

»Ja, Sir.«

»Mir eigentlich auch«, fügte der Direktor hinzu. »Es bleiben also Harrison und Dexter übrig. Es wird Sie interessieren, dass die beiden sowie andere Senatoren morgen in Washington bleiben, um der Zeremonie im Kapitol beizuwohnen. Es ist erstaunlich«, überlegte er. »Selbst Leute dieses Niveaus wollen bei der Ausführung ihrer Verbrechen zuschauen. Wiederholen wir nochmals, Andrews. Die Präsidentin verlässt um zehn Uhr den Südeingang des Weißen Hauses, außer ich ändere das Programm. Es bleiben uns also noch siebzehn Stunden und eine letzte Hoffnung. Die Jungens von der Spurensicherung fanden nämlich den Geldschein mit Mrs. Casefikis' Abdrücken – es war der zweiundzwanzigste. Vielleicht haben wir Glück; die restlichen sechs hätten wir nicht rechtzeitig durchprüfen können. Es sind verschiedene Abdrücke auf dem Schein, und man wird die ganze Nacht daran arbeiten. Ich selbst werde gegen Mitternacht zu Hause sein. Wenn Sie etwas erfahren, rufen Sie mich an. Ich möchte Sie morgen um acht Uhr fünfzehn hier im Büro sehen. Im Augenblick können Sie nicht viel tun. Machen Sie sich nicht zu viele Sorgen; zwanzig Agenten bearbeiten den Fall, obwohl keiner von ihnen alle Details kennt. Und ich werde die Präsidentin bestimmt nicht in die Gefahrenzone lassen – außer wir haben unsere Verbrecher hinter Gittern.«

»Ich melde mich morgen um acht Uhr fünfzehn, Sir«, sagte Mark.

»Noch etwas, Mark. Ich rate Ihnen dringend, Dr. Dexter

nicht zu treffen. Ich möchte nicht die ganze Operation wegen Ihres Liebeslebens auffliegen lassen. Und das ist nicht als Beleidigung gemeint.«

»Nein, Sir.«

Mark ging und kam sich ziemlich überflüssig vor. Jetzt waren zwanzig Agenten mit dem Fall betraut. Wie lange arbeiteten sie schon daran, ohne dass der Direktor es ihm gesagt hatte? Zwanzig Männer, die herauszufinden suchten, ob es Dexter war oder Harrison, ohne zu wissen, warum. Immer noch wussten nur er und der Direktor die ganze Wahrheit, und Mark fürchtete, dass der Direktor mehr wusste als er. Vielleicht wäre es klüger, Elizabeth bis zum nächsten Abend aus dem Weg zu gehen; aber es war ihm klar, dass er dazu nicht mehr imstande war. Er fuhr mit dem Auto zum Dirksen Building, um die vergessenen Protokollabschriften zu holen, und überdachte die möglichen Folgen eines Telefongesprächs mit Elizabeth. Im Dirksen Building zogen ihn die Telefonzellen magisch an. Er musste sie anrufen, musste wissen, wie es ihr nach dem Unfall ging. Er wählte die Nummer des Woodrow-Wilson-Hospitals.

»Sie ist vor einiger Zeit nach Hause gegangen.«

»Danke«, sagte Mark. Sein Herz klopfte, als er die Nummer in Georgetown wählte.

»Elizabeth?«

»Ja, Mark.«

Ihre Stimme klang – nun, kalt? Ängstlich? Müde? Hundert Fragen schossen ihm durch den Kopf.

»Kann ich jetzt sofort zu dir kommen?«

»Ja.« Sie legte auf.

Mark verließ die Zelle, seine Handflächen waren schweißnass. Er hatte nur noch eine Aufgabe zu erledigen, bevor er zu Elizabeth fuhr; diese verdammten Abschriften der Hearing-Protokolle über das Waffengesetz zu holen.

Er ging auf den Fahrstuhl zu und glaubte, hinter sich Schritte zu hören. Natürlich hörte er Schritte hinter sich – hinter ihm gingen Leute. Als er den Lift erreichte, drückte er auf den »Aufwärts«-Knopf und drehte sich um. In der Menge von Senatsbeamten, Abgeordneten und Touristen waren zwei Männer, die ihn beobachteten – oder beschützten sie ihn? Ein dritter Mann mit einer dunklen Brille starrte ein Medicare-Plakat an – Mark fand, dass er unverwechselbar wie ein Agent aussah, viel mehr als die anderen beiden.

Der Direktor hatte gesagt, dass zwanzig Agenten mit dem Fall beschäftigt seien – drei von ihnen schienen Mark zu beschatten. Sehr bald würden sie ihm zu Elizabeth folgen und ohne Zweifel umgehend den Direktor verständigen. Er beschloss, dass niemand ihm zu Elizabeth folgen würde. Es ging sie einen Dreck an. Er würde alle drei abschütteln und Elizabeth in aller Ruhe sehen – ohne Späher und Schnüffler. Während er wartete, welcher der beiden Lifts zuerst kommen würde, dachte er rasch nach. Zwei der Agenten kamen jetzt auf ihn zu, aber der Mann vor dem Medicare-Plakat rührte sich nicht. Vielleicht war er doch kein Detektiv, aber irgendetwas an ihm schien Mark vertraut. Er hatte die Ausstrahlung eines Agenten; Agenten riechen einander mit geschlossenen Augen.

Mark konzentrierte sich auf den Fahrstuhl. Der Pfeil zu seiner Rechten leuchtete auf, und die Türen öffneten sich. Mark sprang hinein, stand vor den Knöpfen und drehte sich um. Die zwei Detektive folgten ihm in den Fahrstuhl und stellten sich hinter ihn. Der Mann vor dem Medicare-Plakat ging auf den Fahrstuhl zu. Die Türen schlossen sich.

Mark drückte auf den »Auf«-Knopf, und die Türen öffneten sich wieder. Muss ihm die Chance geben einzusteigen, um alle drei beisammenzuhaben, dachte Mark. Aber der dritte Mann reagierte nicht. Er stand da, als wolle er auf den nächsten Aufzug warten. Vielleicht wollte er hinunterfahren und war überhaupt kein Agent. Mark hätte schwören können … Die Türen schlossen sich langsam. Im letzten Moment sprang Mark aus dem Lift. Danebengegangen; O'Malley schaffte es gerade noch, sich durch die Türen zu quetschen, während sein Partner langsam, aber unaufhaltsam dem achten Stockwerk entgegenfuhr. Jetzt hatte Mark nur mehr zwei Beschatter. Der zweite Fahrstuhl kam. Sofort stieg der dritte Agent ein. Sehr klug oder ganz harmlos, überlegte Mark, der draußen wartete.

O'Malley stand hinter ihm – welchen sollte er jetzt abschütteln?

Mark schlenderte in die Kabine und drückte den »Abwärts«-Knopf, aber auch O'Malley konnte noch mühelos einsteigen. Mark drückte den »Auf«-Knopf und stieg wieder aus. O'Malley folgte ihm mit ungerührter Miene. Der dritte Mann stand ruhig in der Kabine. Die beiden mussten zusammenarbeiten. Mark sprang wieder hinein und presste den Daumen gegen den »Zu«-Knopf. Die Türen schlossen sich unendlich langsam, doch O'Malley war zwei Schritte entfernt und erreichte die Kabine nicht mehr. Als die Türen zu waren, lächelte Mark. Zwei waren verschwunden, der eine stand hilflos im Erdgeschoss, der zweite reiste zum Dach, während er mit seinem dritten Verfolger in den Keller fuhr.

O'Malley erreichte Pierce Thompson in der fünften Etage. Beide Männer waren außer Atem.

»Wo ist er?«, schrie O'Malley.

»Was heißt, wo ist er? Ich dachte, er sei bei dir.«

»Nein, ich hab ihn im ersten Stockwerk verloren.«

»Scheiße. Jetzt könnte er überall sein«, sagte Thompson. »Was meint der Esel, auf welcher Seite wir stehen? Wer von uns sagt es dem Direktor?«

»Ich nicht«, erklärte O'Malley. »Du bist der Ältere, du sagst es ihm.«

»Unter keinen Umständen«, sagte Thompson. »Damit dieser Schweinehund Matson alles Lob erntet – du kannst sicher sein, dass er noch bei ihm ist. Nein, wir werden ihn finden. Du übernimmst die ersten vier Stockwerke und ich die anderen vier. Ruf mich sofort per Funk, wenn du ihn siehst.«

Als Mark den Keller erreichte, blieb er im Fahrstuhl. Der dritte Mann stieg aus und schien zu zögern. Wieder drückte Mark den »Zu«-Knopf. Die Türen schlossen sich. Er war allein. Mark wollte am Erdgeschoss vorbeifahren, doch der Lift blieb stehen, jemand wollte einsteigen. Mark betete, dass es keiner seiner Verfolger sein würde. Er musste es riskieren. Die Türen öffneten sich, und Mark stieg sofort aus. Keine Agenten weit und breit, niemand vor dem Medicare-Plakat. Er lief auf die Drehtür am Ende des Korridors zu. Der Dienst habende Wächter schaute ihn misstrauisch an und griff nach der Pistole. Durch die Drehtür und hinaus ins Freie. Rasch laufen. Er blickte um sich. Niemand folgte ihm. Er hatte es geschafft.

Pennsylvania Avenue. Reifen quietschten, und Fahrer fluchten wütend, als Mark zwischen den Autos durchlief. Er erreichte den Parkplatz, sprang in sein Auto und suchte nach Kleingeld. Warum werden Hosen erzeugt, deren

Taschen man nicht im Sitzen erreichen kann? Rasch bezahlte er die Parkgebühr und fuhr in Richtung Georgetown – in Richtung Elizabeth. Ein Blick in den Rückspiegel. Kein Ford Sedan zu sehen. Gelungen. Er war allein. Er lächelte. Diesmal hatte er den Direktor überlistet. Ecke Pennsylvania Avenue und Vierzehnte Straße fuhr er gerade noch über die Kreuzung, bevor die Ampel auf Rot schaltete. Er entspannte sich.

Ein schwarzer Buick fuhr bei Rot durch. Zu seinem Glück war kein Polizist in der Nähe.

Als Mark in Georgetown ankam, kehrte auch seine Nervosität wieder, eine neue Nervosität, die mit Elizabeth und ihrer Welt zu tun hatte, nicht mit dem Direktor und dessen Welt. Als er an ihrer Tür klingelte, konnte er seinen Herzschlag hören. Elizabeth öffnete ihm. Sie sah erschöpft aus und sagte kein Wort. Er folgte ihr ins Wohnzimmer.

»Hast du dich von deinem Unfall erholt?«

»Ja, danke. Woher weißt du, dass ich einen Unfall hatte?«

Mark überlegte rasch. »Ich habe im Hospital angerufen. Dort sagte man es mir.«

»Du lügst, Mark. Ich habe es niemandem im Krankenhaus erzählt, und nach einem Anruf meines Vaters bin ich früher fortgegangen.«

Mark konnte ihr nicht in die Augen schauen. Er setzte sich und starrte auf den Teppich. »Ich ... will dich nicht belügen, Elizabeth. Bitte nicht.«

»Warum verfolgst du meinen Vater?«, wollte sie wissen. »Du bist ihm bekannt vorgekommen, als ihr euch im *Mayflower* gesehen habt. Du warst in seinen Ausschusssitzungen und hast die Debatten im Senat mit angehört.«

Mark antwortete nicht.

»Okay, sag nichts. Ich bin nicht völlig blind, und ich kann meine eigenen Schlüsse ziehen. Ich bin Teil eines FBI-Auftrages. Mein Gott, du hast aber viele Überstunden gemacht, nicht wahr, Agent Andrews? Für einen Mann, der ausgewählt wurde, die Tochter eines Senators weichzukriegen, bist du eine ziemliche Niete. Wie viele Töchter hast du diese Woche schon verführt? Waren ein paar gut im Bett? Warum versuchst du es nicht einmal mit Ehefrauen? Mit deinem jungenhaften Charme wirst du bei ihnen vielleicht mehr Erfolg haben. Obwohl ich zugeben muss, dass ich auf dich reingefallen bin, du gemeiner Lügner.«

Obwohl sie sich bemühte, ihre eisige Selbstbeherrschung nicht zu verlieren, biss sich Elizabeth auf die Lippen. Ihre Stimme brach. Mark wagte nicht, sie anzublicken. Er hörte den Schmerz und die Tränen in ihrer Stimme. Einen Moment später überdeckte wieder schneidende Kälte ihre Emotionen.

»Bitte verschwinde, Mark. Sofort. Ich hoffe, dass du mir nie mehr unter die Augen kommst. Vielleicht kann ich ein wenig von meiner Selbstachtung wiederfinden. Bitte geh; kriech zurück in den Sumpf.«

»Es ist einfach nicht wahr, Elizabeth.«

»Ich weiß, mein armer, missverstandener Agent, du liebst mich um meiner selbst willen. Es gibt keine andere Frau in deinem Leben«, sagte sie bitter. »Zumindest nicht bis zu deinem nächsten Fall. Nun, dieser Fall ist beendet. Such dir eine andere Tochter, um sie mit deinen erlogenen Liebesbeteuerungen zu verführen.«

Er konnte ihren Ausbruch begreifen. Wortlos ging er.

Halb betäubt fuhr er nach Hause. Die Insassen des Wagens, der ihm folgte, waren hellwach. Als er ankam, übergab er Simon die Wagenschlüssel und fuhr mit dem Lift zu seiner Wohnung hinauf.

Der schwarze Buick parkte hundert Schritte vom Haustor entfernt. Die beiden Männer konnten das Licht in Marks Wohnung sehen. Mark wählte die ersten sechs Ziffern von Elizabeths Telefonnummer, dann legte er wieder auf und drehte das Licht aus.

Einer der Männer im Buick zündete eine Zigarette an, sog den Rauch tief ein und schaute auf die Uhr.

Nach Monaten des Feilschens, Einschüchterns, Schöntuns und Drohens sollte der Gesetzesentwurf zur Kontrolle der Handfeuerwaffen endlich dem Repräsentantenhaus zur endgültigen Beschlussfassung vorgelegt werden.

An diesem Tage würde Florentyna Kane der amerikanischen Geschichte unauslöschlich ihren Stempel aufprägen. Und wenn sie während ihrer Amtszeit nichts anderes erreichen sollte – auf diese eine Tat konnte sie ihr Leben lang stolz sein.

Was konnte jetzt noch dazwischenkommen?, fragte sie sich zum tausendsten Mal. Und zum tausendsten Mal schoss ihr derselbe entsetzliche Gedanke durch den Kopf.

Einmal mehr schob sie ihn von sich weg.

# 17

*Donnerstag, 10. März 5 Uhr*

Der Direktor schreckte hoch. Da lag er im Bett und war zutiefst frustriert. Um diese Zeit konnte er nichts tun als zur Decke starren und nachdenken. Und das half nicht viel. Im Geist ließ er noch einmal die Ereignisse der letzten sechs Tage vorüberziehen, wobei er den Gedanken, die ganze Operation abzubrechen, immer wieder aufschob. Es würde vermutlich bedeuten, dass der Senator und seine Bande auch jetzt noch ungeschoren davonkämen. Vielleicht wussten sie bereits etwas und hatten sich zurückgezogen, um den Sturm abzuwarten und sich für einen anderen Tag vorzubereiten. Wie auch immer, es blieb sein Problem.

Schweißgebadet wachte der Senator um fünf Uhr fünfunddreißig morgens auf – nicht, dass er in der Nacht länger als fünf Minuten geschlafen hätte, ohne aufzuwachen. Es war eine böse Nacht gewesen – mit Donner und Blitz und Sirenengeheul. Die Sirenen hatten ihm Angst gemacht. Er war nervöser, als er erwartet hatte. Um drei Uhr morgens hätte er beinahe den Vorsitzenden angerufen, um ihm zu sagen, dass er trotz der Konsequenzen für ihn selbst, die der Vorsitzende zwar vorsichtig, aber so häufig angedeutet hatte, nicht imstande sei, weiterzumachen. Die Vision der toten Präsidentin zu seinen Füßen rief dem Senator ins Gedächtnis, dass sich jeder genau erinnern konnte, wo er bei der Ermordung von John F. Kennedy gestanden war; wenn es diesmal geschah, würde er niemals imstande sein, zu vergessen, wo er war, als Florentyna Kane starb. Doch sogar das erschien ihm weniger furchtbar als die Vorstellung, seinen eigenen Namen in fetten Schlagzeilen zu sehen, seine Karriere ruiniert, sein guter Ruf für immer dahin. Trotzdem hätte er den Vorsitzenden beinahe angerufen, sei es nur, um sich beruhigen zu lassen, obwohl man übereingekommen war, erst Freitag vormittag, wenn der Vorsitzende in Miami sein würde, Verbindung aufzunehmen.

Vier Männer waren bereits umgekommen, aber es hatte wenig Aufsehen erregt. Die Nachricht von Kanes Tod hingegen würde auf der ganzen Welt wie eine Bombe einschlagen.

Lange Zeit starrte der Senator aus dem Fenster, dann wandte er sich ab. Wieder und wieder schaute er auf die Uhr und wünschte, er könnte sie aufhalten. Aber der Sekundenzeiger bewegte sich unbarmherzig auf sechs Uhr zehn zu. Er frühstückte und blätterte in der Zeitung. Die *Post* berichtete, dass viele Gebäude in der Nacht während eines der schlimmsten Stürme in der Geschichte Washingtons Feuer gefangen hatten. Der Lubber Run in Virginia war über die Ufer getreten und hatte schwere Schäden verursacht. Präsidentin Kane wurde kaum erwähnt. Der Senator wünschte, er könnte heute die Zeitung für morgen lesen.

Der erste Anruf, den der Direktor erhielt, war von Elliot, der ihm mitteilte, dass die Aktivitäten der Senatoren Dexter und Harrison nichts Neues ergeben hatten – nicht, dass der anonyme Mann gewusst hätte, worum es eigentlich ging. Der Direktor brummte, aß sein Frühstücksspiegelei auf – und las in der *Post* von dem furchtbaren Unwetter, das über Nacht über Washington niedergegangen war. Er blickte aus dem Fenster; der Tag war sonnig und klar. Ein idealer Tag für einen Mord, dachte er. ›Der helle Tag, der die Natter hervorlockt.‹ Wie lange durfte er warten, bis er alle über alles informierte? Die Präsidentin sollte um zehn Uhr das Weiße Haus verlassen. Der Direktor würde den Leiter des Secret Service, H. Stuart Knight, und wenn nötig, die Präsidentin zwei Stunden vorher informieren müssen. Zum Teufel, er würde bis zur letzten Sekunde warten und nachher eine ausführliche Erklärung abgeben. Der Direktor war bereit, seine Karriere aufs Spiel zu setzen, um diesen niederträchtigen Senator in flagranti zu ertappen. Aber das Leben der Präsidentin riskieren …

Kurz nach sechs Uhr fuhr er in sein Büro. Er wollte schon zwei Stunden vor Andrews dort sein, um alle Berichte zu studieren, die er am Vorabend bestellt hatte. Die wenigsten seiner Mitarbeiter hatten in der letzten Nacht viel Gelegenheit zum Schlafen gehabt, obwohl sie sich vermutlich immer noch fragten, warum. Sie würden es bald genug erfahren. Die ihm unterstellten stellvertretenden Direktoren und Leiter der Untersuchungsabteilungen und der Chef der Kriminalabteilung dieser Sektion – sie alle würden ihm helfen zu entscheiden, ob er weitermachen oder alles abblasen sollte. Sein Ford Sedan hielt auf dem für ihn reservierten Parkplatz.

Elliot erwartete ihn beim Lift – er war immer da, verspätete sich niemals. Er ist unmenschlich, er wird gehen müssen, dachte der Direktor – wenn ich nicht zuerst gehen muss. Auf einmal wurde ihm klar, dass er vielleicht schon heute Abend dem Staatsoberhaupt sein Rücktrittsgesuch übergeben würde. Welchem Staatsoberhaupt? Er wollte nicht daran denken – das würde sich zu gegebener Zeit entscheiden, er musste für die nächsten fünf Stunden Entscheidungen treffen.

Elliot hatte nichts Brauchbares zu berichten. Dexter und Harrison hatten beide in der Nacht und am frühen Morgen telefoniert, aber man hatte nichts Belastendes erfahren. Keine weiteren Informationen. Der Direktor erkundigte sich, wo sich die Senatoren im Augenblick aufhielten.

»Beide frühstücken zu Hause; Dexter in Kensington, Harrison in Alexandria. Sechs Agenten beobachten sie seit fünf Uhr morgens und werden die Beschattung den ganzen Tag fortsetzen.«

»Gut, melden Sie sich sofort, wenn etwas los ist.«

»Natürlich, Sir.«

Als Nächstes kam der Leiter der Spurensicherungsabteilung. Der Direktor entschuldigte sich, dass er ihn die ganze Nacht wach gehalten habe. Das Gesicht des Mannes war allerdings frischer und munterer als jenes, das dem Direktor beim Rasieren im Spiegel entgegengeblickt hatte.

Daniel Sommerton, ein Meter achtundfünfzig groß, schmächtig und blass, berichtete von seinen Ergebnissen. Er war wie ein Kind mit einem neuen Spielzeug. Für ihn war die Arbeit mit Fingerabdrücken weniger ein Job als eine Leidenschaft. Der Direktor blieb sitzen, während Sommerton stand. Wäre der Direktor auch gestanden, hätte Sommerton ihm kaum bis an die Schultern gereicht.

»Wir fanden siebzehn verschiedene Finger und drei verschiedene Daumen«, sagte Sommerton glücklich. »Wir untersuchten sie nicht mit Joddampf, sondern mit Ninhydrin, da wir sie aus technischen Gründen, mit denen ich Sie nicht belästigen will, nicht nacheinander prüfen konnten.«

Er machte eine wegwerfende Bewegung mit dem Arm, um anzudeuten, dass er den Direktor nicht mit wissenschaftlichen Erklärungen langweilen wolle, die dieser, wie er selbst zugab, absolut nicht verstand.

»Wir glauben zwei Abdrücke zu haben, die wir identifizieren könnten«, fuhr Sommerton fort. »In zwei, längstens drei Stunden werden wir Ihnen einen vollständigen Bericht geben.«

Der Direktor schaute auf die Uhr – bereits sechs Uhr fünfundvierzig.

»Gute Arbeit. Es wird keine Minute zu früh sein. Bringen Sie mir so rasch wie möglich die Resultate, auch wenn sie negativ sind, und danken Sie Ihren Mitarbeitern, dass sie die ganze Nacht durchgearbeitet haben.«

Der Experte verließ das Büro, begierig, zu seinen siebzehn Fingern, drei Daumen und zwei nicht identifizierten Abdrücken zurückzukehren. Der Direktor bat Mrs. McGregor, den stellvertretenden Direktor für Planung und Beurteilung zu ihm zu bitten. Zwei Minuten später stand Walter Williams vor ihm.

Williams war einen Meter fünfundsechzig groß und blond. Er hatte ein blasses Gesicht, darüber eine edel gewölbte Stirn mit Falten, die nicht Sorgen ausdrückten, sondern Heiterkeit, und war im Bureau als »das Gehirn« oder »W. W.« bekannt. Er war Leiter der »Denkabteilung« des FBI, der auch sechs Männer mit nicht ganz so brillantem, aber immer noch höchst beachtlichem Verstand angehörten. Der Direktor stellte ihm von Zeit zu Zeit hypothetische Fragen, auf die W. W. eine Antwort fand, die sich später, im Rückblick, zumeist als richtig erwies. Der Direktor setzte großes Vertrauen in sein Urteil, aber heute durfte er nichts riskieren. W. W. musste seine hypothetische Frage vom Vorabend sehr überzeugend beantworten, sonst würde Tyson sofort die Präsidentin anrufen.

»Guten Morgen, Direktor.«

»Guten Morgen, W. W. Wie haben Sie mein kleines Problem gelöst?«

»Sehr interessant … um die Wahrheit zu sagen, die Antwort ist einfach, selbst wenn man die Situation unter allen Gesichtswinkeln betrachtet.«

Zum ersten Mal an diesem Morgen lächelte der Direktor ein wenig.

»Vorausgesetzt, ich habe Sie nicht missverstanden, Direktor.«

Wieder lächelte der Direktor. W. W. missverstand nie etwas und überhörte nie etwas und war so förmlich, dass er den Direktor nicht einmal privat mit Halt ansprach. W. W. fuhr fort, während seine Augenbrauen sich auf- und abbewegten wie der Dow-Jones-Index in einem Wahljahr.

»Ich sollte davon ausgehen, dass die Präsidentin um Punkt X Uhr das Weiße Haus verlassen und zum Kapitol fahren werde. Das dauert sechs Minuten. Ich nehme an, sie benützt ein kugelsicheres Auto und wird vom Secret Service begleitet. Ist es unter diesen Umständen möglich, sie zu ermorden? Die Antwort lautet: Es ist möglich, aber sehr schwierig. Wenn wir die Hypothese weiter verfolgen, ergeben sich drei Möglichkeiten für ein Attentat: a) Sprengstoff, b) eine Handfeuerwaffe aus geringer Entfernung, c) ein Gewehr.«

W. W. sprach immer wie ein Lehrbuch. »Eine Bombe kann überall auf der Route geworfen werden, aber Professionelle verwenden nie eine Bombe, weil sie für Resultate und nicht für Versuche bezahlt werden. Wenn man Bomben als Methode zur Beseitigung von Präsidenten untersucht, stellt man fest, dass es noch nie ein erfolgreiches Bombenattentat gegeben hat, obwohl vier Präsidenten im Amt ermordet wurden. Bomben töten immer unschuldige Menschen und sehr oft auch den Attentäter selbst. Da Sie angedeutet haben, dass es sich um Professionelle handelt, müssen sich die Leute meiner Meinung nach auf eine Handfeuerwaffe oder auf ein Gewehr verlassen. Eine Handfeuerwaffe ist ungeeignet, wenn man während der Fahrt einen Anschlag verüben will. Es ist unwahrscheinlich, dass sich ein Profi dem Präsidenten nähert und ihn aus geringer Entfernung erschießt, weil er damit sein eigenes Leben riskiert. Es würde einer Elefantenbüchse oder eines Panzerabwehrrohrs bedürfen, um die Limousine der Präsidentin zu durchlöchern, und so etwas kann man in Washington nicht ohne Erlaubnis mit sich herumtragen.«

Bei W. W. war der Direktor nie ganz sicher, ob er einen Scherz machte oder von Fakten sprach. Die Augenbrauen bewegten sich immer noch auf und nieder, ein sicheres Zeichen, dass er nicht von törichten Fragen unterbrochen werden wollte.

»Wenn die Präsidentin die Stufen des Kapitols erreicht, ist die Menschenmenge zu weit von ihr entfernt, als dass man a) mit einer Handfeuerwaffe genau zielen könnte und b) der Attentäter eine Chance zur Flucht hätte. Wir müssen daher die für die Ermordung eines Staatsoberhauptes bewährteste und erfolgreichste Methode annehmen – das Gewehr mit Zielfernrohr. Daraus ergibt sich, dass sich dem Mörder die einzige Chance beim Kapitol bietet. Ins Weiße Haus kann er nicht hineinsehen, und außerdem ist das Fensterglas zehn Zentimeter dick. Er muss also warten, bis die Präsidentin vor der Treppe des Kapitols ihre Limousine verlässt. Heute morgen stellten wir fest, wie lange es dauert, die Treppe hinaufzugehen: etwa fünfzig Sekunden. Es gibt nicht viele günstige Stellen, von denen aus ein Mordversuch unternommen werden kann; wir haben die Umgebung sorgfältig studiert, und Sie werden diese Punkte in meinem Bericht angeführt finden. Auch müssen die Verschwörer überzeugt sein, dass wir nichts von ihrem Komplott ahnen, sie sind sich bestimmt im Klaren, dass wir jeden Punkt, von dem aus es eine Schussmöglichkeit gibt, sichern können. Wir halten einen Mord im Herzen von Washington für unwahrscheinlich, aber doch für möglich, wenn er von einem waghalsigen Profi ausgeführt wird.«

»Danke, W. W. Ich bin überzeugt, dass Sie Recht haben.«

»Gern geschehen, Sir. Ich hoffe, es ist nur eine hypothetische Frage.«

»Ja, W. W.«

W. W. lachte wie ein Schuljunge, der die Fragen des Lehrers beantworten kann. »Das Gehirn« verließ das Büro und wandte sich anderen Fragen zu. Der Direktor ließ seinen zweiten stellvertretenden Direktor rufen.

Matthew Rogers klopfte, trat ein und wartete, bis Tyson ihm einen Stuhl anbot. Er schätzte Autorität. Wie W. W. würde er nie Direktor werden, aber kein Direktor würde ihn missen wollen.

»Nun, Matt?«, fragte der Direktor und wies auf den Lederfauteuil. »Ich las gestern Abend Andrews' letzten Bericht, und ich glaube, dass es an der Zeit ist, den Secret Service zu informieren.«

»Das werde ich in einer Stunde tun«, sagte der Direktor. »Keine Angst. Haben Sie entschieden, wie Sie Ihre Männer verteilen wollen?«

»Es hängt davon ab, wo das Risiko am größten ist, Sir.«

»Nehmen wir an, der Punkt des größten Risikos ist die Treppe des Kapitols um zehn Uhr sechs, wie sieht die Sache dann aus?«

»Als Erstes werde ich den Ort in einem Umkreis von vierhundert Metern überwachen lassen. Ich werde die U-Bahn schließen und den gesamten Verkehr, privat wie öffentlich, umleiten. Jeden festnehmen und verhören, von dem wir wissen, dass er Drohungen geäußert hat oder als Sicherheitsrisiko gilt. Für die Absperrung würde ich von der Stadtpolizei Unterstützung anfordern. Wir werden möglichst viele Augen und Ohren in der Gefahrenzone brauchen. Vom Luftwaffenstützpunkt Andrews könnten wir uns zwei bis vier Hubschrauber zur Luftraumüberwachung holen. In der unmittelbaren Nähe der Präsidentin würde ich die gesamte Secret-Service-Abteilung zum Schutz der Präsidentin einsetzen.«

»Sehr gut, Matt. Wie viele Leute brauchen Sie für eine solche Operation, und wie lange dauert es, bis sie einsatzbereit sind, wenn ich eine solche Operation jetzt anordne?«

Der stellvertretende Direktor schaute auf die Uhr – kurz nach sieben. Er überlegte einen Moment. »Ich brauche dreihundert Spezialagenten, die in zwei Stunden genau instruiert und einsatzbereit sein müssen.«

»Gut. Los!«, sagte der Direktor kurz. »Melden Sie mir, sobald die Leute bereit sind, aber warten Sie mit den Instruktionen bis zum letzten Moment. Und ich will keine Hubschrauber vor zehn Uhr fünf, Matt. Es darf kein Wort durchsickern. Nur so können wir hoffen, den Mörder zu fangen.«

»Warum sagen Sie nicht einfach die Fahrt der Präsidentin ab, Sir? Wir haben mehr als genug Schwierigkeiten, und eigentlich ist es nicht Ihre Verantwortung.«

»Wenn wir uns jetzt zurückziehen, können wir morgen wieder von vorne anfangen«, sagte der Direktor, »und vielleicht bietet sich nie mehr eine solche Gelegenheit.«

»Ja, Sir.«

»Enttäuschen Sie mich nicht, ich überlasse Ihnen die Bodenoperationen.«

»Danke, Sir.«

Rogers ging. Der Direktor wusste, dass er seine Aufgabe so effizient und gewissenhaft ausführen würde wie kaum ein anderer Sicherheitsbeamter im Land.

»Mrs. McGregor.«

»Ja, Sir.«

»Verbinden Sie mich mit dem Leiter des Secret Service im Weißen Haus.«

»Ja, Sir.«

Der Direktor schaute auf die Uhr: sieben Uhr zehn. In fünfzig Minuten würde Andrews kommen. Das Telefon schellte.

»Mr. Knight, Sir.«

»Stuart, können Sie mich unter meiner Geheimnummer anrufen und sich vergewissern, dass Ihnen niemand zuhört?«

H. Stuart Knight kannte Halt gut genug, um zu wissen, dass dieser es ernst meinte. Er rief sofort zurück. Die Verwürfelungsvorrichtung war eingeschaltet.

»Stuart, ich möchte Sie sofort sprechen. Am üblichen Ort. Dauert nicht länger als dreißig Minuten. Höchste Dringlichkeit.«

Kommt verdammt ungelegen, dachte Knight, jetzt, da die Präsidentin in zwei Stunden zum Kapitol fährt. Aber Halt äußerte eine solche Bitte nur zwei- oder dreimal im

Jahr, und da musste man alles liegen- und stehen lassen. Nur die Präsidentin und die Justizministerin hatten Priorität vor Halt.

Der Direktor des FBI und der Leiter des Secret Service trafen einander zehn Minuten später an einem Taxistand vor der Union Station. Sie stiegen nicht in das erste wartende Taxi der Reihe, sondern in das siebente. Ohne einander zu grüßen oder zu sprechen, setzten sie sich auf die Rücksitze. Elliot lenkte das gelbe Taxi in einem großen Bogen um das Kapitol. Der Direktor sprach, und der Leiter des Secret Service hörte zu.

Marks Wecker läutete um sechs Uhr fünfundvierzig. Mark duschte und rasierte sich und dachte an die Protokolle, die er im Senat gelassen hatte, wobei er sich einzureden versuchte, dass sie kein Licht darauf geworfen hätten, ob es Dexter oder Harrison war. Im Stillen dankte er Senator Stevenson, dass er indirekt geholfen hatte, die Senatoren Brooks, Byrd und Thornton von der Liste zu streichen. Er würde jedem dankbar sein, der helfen würde, Senator Dexter zu entlasten. Allmählich musste Mark dem Direktor Recht geben – alles wies auf Dexter hin. Sein Motiv war besonders zwingend, aber … Mark schaute auf die Uhr; er war ein wenig zu früh dran. Auf der Bettkante sitzend, kratzte er sich am Bein, das juckte. Etwas musste ihn in der Nacht gebissen haben. Er dachte weiter nach, ob er irgendetwas nicht bedacht hatte.

Der Vorsitzende stand um sieben Uhr zwanzig auf und zündete sich die erste Zigarette an. Er konnte sich nicht genau erinnern, wann er erwacht war. Um sechs Uhr zehn telefonierte er mit Tony, der bereits munter war und seinen Anruf erwartet hatte. Sie würden sich heute nicht treffen, außer der Vorsitzende brauchte das Auto, falls etwas nicht programmgemäß verlief. Um punkt neun Uhr dreißig würden sie per Funk Kontakt aufnehmen, um sich zu vergewissern, dass jeder an seinem Platz war.

Nachdem der Vorsitzende mit Tony gesprochen hatte, bestellte er ein großes Frühstück; was er heute vorhatte, war etwas, das man nicht mit leerem Magen tun sollte. Matson würde ihn nach sieben Uhr dreißig anrufen. Vielleicht schlief er noch. Nach den Anstrengungen der letzten Nacht hatte er etwas Ruhe verdient. Der Vorsitzende lächelte. Er ging ins Badezimmer und drehte die Dusche auf; kaltes Wasser tröpfelte auf ihn herab. Verdammte Hotels. Hundert Dollar pro Nacht, und kein heißes Wasser. Er spritzte verärgert herum, während er an die kommenden fünf Stunden dachte. Er überlegte nochmals den ganzen Plan und bemühte sich, kein einziges Detail auszulassen. Heute Abend würde Kane tot sein, und auf seinem Konto AZL 376921 B bei der Schweizerischen Bankgesellschaft in Zürich würden zwei Millionen Dollar liegen – eine kleine Belohnung von Seiten seiner dankbaren Freunde im Waffengeschäft. Und Onkel Sam würde nicht einmal die Steuern bekommen.

Das Telefon schrillte. Verdammt. Triefnass tappte er hin. Sein Herz schlug schneller; es war Matson.

Matson und der Vorsitzende waren nach beendigter Arbeit morgens um zwei Uhr fünfunddreißig von Marks Apartment nach Hause gefahren. Matson hatte um eine halbe Stunde verschlafen; die Leute in dem verdammten Hotel hatten vergessen, ihn zu wecken. Heutzutage war auf nichts mehr Verlass.

Xan lag bereits sicher auf der Plattform des Krans – vermutlich der Einzige von ihnen, der noch schlief.

Der triefende Vorsitzende war zufrieden. Er legte auf und kehrte unter die Dusche zurück. Das Wasser war immer noch kalt. Verdammt.

Matson onanierte. Das tat er immer, wenn er nervös war und die Zeit totschlagen wollte.

Florentyna Kane erwachte erst um sieben Uhr fünfunddreißig. Sie drehte sich um und versuchte, sich an ihren Traum zu erinnern, aber der wollte nicht zurückkehren. Ihre Gedanken wanderten. Heute würde sie ins Kapitol gehen, um vor einer Sondersitzung des Senats zum letzten Mal für das Waffenkontrollgesetz einzutreten, dann würde sie mit den wichtigsten Befürwortern und Gegnern der Vorlage zu Mittag essen. Seit die Vorlage, wie erwartet, im Ausschuss approbiert worden war, hatte sie sich auf diese letzte Senatsdebatte konzentriert. Die Dinge lagen günstig. Sie lächelte zu Edward hinüber, obwohl er ihr den Rücken zudrehte. Es war eine mühsame Sitzungsperiode gewesen, und sie freute sich auf Camp David und ein wenig Zeit mit ihrer Familie. Sie sollte aufstehen; halb Amerika ist bereits auf, dachte sie, und ich liege noch im Bett ... Doch die wache Hälfte Amerikas hatte nicht gestern Abend mit dem König von Tonga speisen müssen, einem Zweihundertkilomann, der erst dann Anstalten machte, das Weiße Haus zu verlassen, als man ihn praktisch hinauswarf. Die Präsidentin war sich nicht ganz sicher, ob sie Tonga auf der Landkarte finden würde. Bestimmt lag es im Pazifik. Sie hatte die Konversation ihrem Außenminister Abe Chayes überlassen, der wenigstens genau wusste, wo Tonga lag.

Sie hörte auf, darüber nachzudenken, und stellte die Füße auf den Boden – genauer gesagt, auf das Wappen des Präsidenten. Das verdammte Ding war überall, außer auf dem Toilettenpapier. Wenn sie ins Frühstückszimmer auf der anderen Seite der Halle ging, würde sie bereits die dritte Ausgabe der *New York Times* und die erste Ausgabe von *Los Angeles Times* und *Boston Globe* vorfinden; jeder Artikel, in dem ihr Name vorkam, würde rot angezeichnet sein; zusätzlich würde eine kurze Zusammenfassung der Nachrichten vom Vortag bereitliegen. Wie bringen sie das nur fertig, bevor ich überhaupt angezogen bin, fragte sie sich. Sie ging ins Badezimmer und drehte die Dusche auf; die Temperatur war gerade richtig. Sie überlegte sich nochmals, was sie vorbringen könnte, um die noch unentschlossenen Senatoren zu überzeugen, dass das Gesetz durchgehen müsse. Ihr Gedankengang wurde durch die Anstrengung unterbrochen, sich den Rücken auch in der Mitte einzuseifen. Etwas, das auch Präsidenten noch allein tun müssen, überlegte sie.

Mark sollte in zwanzig Minuten beim Direktor sein. Er sah seine Post durch – es war nur ein Brief von American Express, den er ungeöffnet auf dem Küchentisch liegen ließ.

Ein gähnender O'Malley saß hundert Meter entfernt in dem Ford Sedan. Er war erleichtert, melden zu können, dass Mark eben das Haus verlassen hatte und sich mit dem schwarzen Garagenaufseher unterhielt. Weder O'Malley noch Thompson hatten jemandem gesagt, dass sie Mark am Vorabend ein paar Stunden lang aus den Augen verloren hatten.

Mark ging um die Hausecke und verschwand aus der

Sicht des Mannes im blauen Ford. Es störte O'Malley nicht, er hatte vor einer Stunde den Standort des Mercedes überprüft – es gab für Mark nur eine Ausfahrtsmöglichkeit.

Als Mark um die Ecke bog, erblickte er einen roten Fiat. Abgesehen von der verbeulten Stoßstange sieht er aus wie Elizabeths Wagen, dachte er. Er schaute nochmals hin – es war ihr Auto. Sie saß drin und starrte ihn an. Er öffnete die Tür. Auch wenn er Ragani sein sollte und sie Mata Hari – es war ihm gleichgültig. Er stieg zu ihr ein. Keiner von ihnen sagte ein Wort, dann sprachen beide zugleich. Sie lachten verlegen. Elizabeth fing nochmals an. Mark schwieg.

»Ich bin gekommen, um dir zu sagen, dass es mir Leid tut wegen gestern Abend. Ich hätte dir eine Chance geben sollen. Ich möchte wirklich nicht, dass du mit der Tochter eines anderen Senators schläfst«, sagte sie und versuchte zu lächeln.

»Ich bin derjenige, der sich entschuldigen sollte, Liz. Bitte vertrau mir noch ein wenig länger, wie man in Hollywood sagt, und dann will ich dir alles erklären. Bis dahin frag mich bitte nichts, und versprich mir, dass wir uns – was immer auch geschieht – am Abend sehen. Wenn du mich dann auch noch los sein willst, dann werde ich still aus deinem Leben verschwinden – das verspreche ich dir.«

Elizabeth nickte zustimmend. »Aber nicht so plötzlich wie beim letzten Mal, hoffe ich.«

Mark nahm sie in die Arme und küsste sie rasch. »Keine hämischen Bemerkungen mehr über diesen Abend. Ich habe nicht aufgehört seither, auf eine zweite Chance zu hoffen.«

Beide lachten. Er stieg wieder aus.

»Warum fährst du nicht mit mir, Mark. Das FBI-Büro liegt auf meinem Weg ins Krankenhaus, und am Abend haben wir mit einem Auto weniger Schwierigkeiten beim Parkplatzsuchen.«

Mark zögerte. »Warum nicht?«

Er fragte sich, ob das die große Falle war. Als sie um die Ecke fuhren, winkte Simon ihnen zu. »Das Auto von Apartment 7 wird erst spät zurück sein, Mark. Ich muss Ihren Mercedes auf der Straße abstellen. Aber seien Sie unbesorgt, ich behalte ihn im Auge.« Simon schaute Elizabeth an und grinste. »Mann, jetzt brauchen Sie meine Schwester doch nicht mehr.«

Elizabeth ordnete sich in den Verkehr auf der Sechsten Straße ein. Hundert Meter entfernt kaute O'Malley einen Kaugummi.

»Wo wollen wir heute Abend essen?«

»Gehen wir wieder in das französische Restaurant und versuchen wir, den ganzen Abend zu wiederholen. Und diesmal spielen wir auch den letzten Akt des Stückes.«

Ich hoffe, es beginnt mit: »Dies war der beste Römer unter allen: Denn jeder der Verschworenen, bis auf ihn …«, dachte Mark.

»Heute Abend bezahle ich«, sagte Elizabeth.

Mark nahm die Einladung dankbar an, als er an den ungeöffneten Brief von American Express dachte. An der Ecke der G-Street sprang die Ampel auf Rot. Wieder kratzte sich Mark am Bein; jetzt schmerzte es wirklich.

Das Taxi fuhr immer noch um das Kapitol, und Halt gab H. Stuart Knight die letzten Informationen.

»Wir glauben, dass der Anschlag stattfinden wird, wenn die Präsidentin vor dem Kapitol aus dem Auto steigt. Wir übernehmen ihren Schutz im Kapitol, wenn Sie sie ins Gebäude bringen. Meine Leute werden alle Gebäude und Dächer und alle Punkte, von denen aus eine Schussmöglichkeit besteht, bewachen.«

»Es würde unsere Arbeit erleichtern, wenn die Präsidentin nicht darauf bestünde, die Treppe hinaufzugehen. Seit Carter 1977 seinen kleinen Spaziergang auf der Pennsylvania Avenue machte ...« Die Stimme versagte ihm vor Ärger. »Übrigens, Halt, warum haben Sie mich nicht schon früher über die ganze Sache informiert?«

»Die Sache hat ein bizarres Detail, Stuart. Ich kann Ihnen immer noch nicht alle Einzelheiten sagen, aber sie sind auch für die Aufgabe, die Präsidentin zu schützen, nicht wichtig.«

»Okay, damit muss ich mich wohl abfinden. Sind Sie sicher, dass meine Leute Sie nicht unterstützen sollen?«

»Nein, solange ich weiß, dass Sie die Präsidentin beschützen, bin ich zufrieden. Es wird mir mehr Möglichkeiten geben, die Schweinehunde auf frischer Tat zu ertappen. Die Kerle dürfen keinen Verdacht schöpfen. Ich will den Mörder an Ort und Stelle, mit der Waffe in der Hand, erwischen.«

»Soll ich es der Präsidentin sagen?«, fragte Knight.

»Nein, ich möchte nicht, dass Sie das tun. Sagen sie ihr nur, es handle sich um neue Sicherheitsvorkehrungen, die wir von Zeit zu Zeit in der Praxis erproben wollen.«

»Sie hat schon so viele mitgemacht, dass sie mir bestimmt glauben wird«, sagte Knight.

»Halten Sie sich an das vorgesehene Programm und die vorgesehene Route, die Einzelheiten überlasse ich Ihnen. Auf keinen Fall darf etwas durchsickern. Wir treffen uns nach dem Lunch der Präsidentin, dann werden wir einander über den Stand der Dinge informieren. Übrigens, wie lautet der heutige Code-Name für die Präsidentin?«

»Julius«, sagte H. Stuart Knight.

»Du lieber Himmel, das kann doch nicht wahr sein!«

»Sie sagen mir doch alles, was ich wissen muss, nicht wahr, Halt?«

»Das tue ich sicherlich nicht, Stuart. Sie kennen mich, ich bin Machiavellis jüngerer Bruder.«

Der Direktor klopfte Elliot auf die Schulter, und das Taxi reihte sich wieder als siebentes auf dem Standplatz ein. Knight und Tyson stiegen aus und gingen in entgegengesetzte Richtungen davon – Knight fuhr mit der U-Bahn zum Weißen Haus, der Direktor kehrte ins Büro zurück. Keiner drehte sich um.

Glücklicher Stuart Knight, dachte der Direktor, er verbrachte die letzten sieben Tage ohne die Informationen, die ich habe. Jetzt, nach der Besprechung, fasste der Direktor wieder Zutrauen zu seinem Plan. Er war fest entschlossen, dass nur er und Andrews jemals die ganze Geschichte kennen sollten – außer er hatte genügend Beweise, um den Senator überführen zu können. Er musste die Verschwörer lebend erwischen, damit sie gegen den Senator aussagen konnten. Der Direktor verglich seine Uhr mit einer Turmuhr. Es war sieben Uhr achtundfünfzig. In zwei Minuten würde Andrews erscheinen. Die Wache salutierte, als Tyson durch die Drehtür des FBI-Hauptquartiers ging. Mrs. McGregor stand, sichtlich aufgeregt, vor seinem Büro.

»Ein dringendes Gespräch auf Kanal vier, Sir.«

»Verbinden Sie mich.« Rasch ging der Direktor in sein Büro und nahm den Hörer.

»Hier Spezialagent O'Malley im Streifenwagen, Sir.«

»Ja, O'Malley?«

»Andrews wurde getötet, und es muss noch eine zweite Person in dem Auto gewesen sein.«

Tyson brachte kein Wort hervor.

»Sind Sie noch da, Sir?« O'Malley wartete. »Ich wiederhole, sind Sie noch da, Sir?«

Schließlich sagte der Direktor: »Kommen Sie sofort.« Er legte den Hörer nieder, und seine großen Hände umklammerten den Queen-Anne-Schreibtisch, als wolle er jemanden erwürgen. Die Finger verkrampften sich, ballten sich zu Fäusten, die Nägel gruben sich ins Fleisch, Blut tropfte langsam auf den Lederbezug des Tisches und hinterließ dunkle kleine Flecken. So saß Tyson ein paar Minuten lang allein da. Dann bat er Mrs. McGregor, ihn mit der Präsidentin im Weißen Haus zu verbinden. Er würde die ganze verdammte Angelegenheit abblasen; er war bereits zu weit gegangen. Schweigend wartete er. Die Schweinehunde hatten ihn besiegt. Sie wussten alles.

Spezialagent O'Malley brauchte zehn Minuten, um das Bureau zu erreichen. Er wurde sofort zum Direktor geführt.

Mein Gott, er schaut aus wie ein Achtzigjähriger, dachte O'Malley.

Der Direktor starrte ihn an. »Wie ist das passiert?«, fragte er leise.

»Er wurde mit einem Auto in die Luft gejagt. Wir glauben, dass noch jemand bei ihm war.«

»Wie? Warum?«

»Es muss eine Bombe gewesen sein, die an die Zündung angeschlossen war. Er flog genau vor mir in die Luft. Es gab eine scheußliche Schweinerei.«

»Die Schweinerei ist mir scheißegal«, begann der Direktor mit immer lauter werdender Stimme, als sich die Tür öffnete.

Mark Andrews kam herein. »Guten Morgen, Sir. Ich

hoffe, ich störe Sie nicht. Ich dachte, Sie sagten acht Uhr fünfzehn.«

Die beiden Männer starrten ihn an.

»Sie sind tot.«

»Wie bitte?«

»Wer, zum Teufel«, fragte O'Malley, »fuhr Ihren Mercedes?«

Mark starrte ihn verständnislos an.

»Meinen Mercedes?» fragte er rasch. »Wovon sprechen Sie eigentlich?«

»Ihr Mercedes wurde in die Luft gesprengt. Ich habe es mit eigenen Augen gesehen. Mein Kollege ist noch an Ort und Stelle und untersucht die Überreste. Die Hand eines schwarzen Mannes wurde bereits gefunden.«

Mark lehnte sich an die Wand. »Die Schweine haben Simon ermordet«, schrie er wütend. »Jetzt brauchen wir nicht mehr Grant Nanna, um ihnen die Eier zu zerquetschen. Ich mache das selbst!«

»Bitte erklären Sie mir das alles«, sagte der Direktor.

Mark riss sich zusammen, wandte sich um und schaute die beiden Männer an. »Elizabeth Dexter brachte mich her. Sie holte mich ab. Sie brachte mich her«, stammelte er.

»Simon fuhr mein Auto auf die Straße, weil es auf einem tagsüber reservierten Parkplatz gestanden war. Die Hundesöhne haben ihn umgebracht.«

»Setzen Sie sich, Andrews. Und Sie auch, O'Malley.«

Das Telefon schrillte. »Der Stabschef der Präsidentin, Sir. Die Präsidentin kommt in zwei Minuten ans Telefon«, meldete sich Mrs. McGregor.

»Entschuldigen Sie mich, und sagen Sie Mr. Martin, es sei nichts Wichtiges gewesen. Ich wollte der Präsidentin nur Glück für die heutige Sitzung wünschen.«

»Ja, Sir.«

»Die Leute glauben also, dass Sie tot sind, Andrews, und sie haben ihre letzte Karte ausgespielt. Also müssen wir unsere Chance wahren. Sie werden tot bleiben – wenigstens noch eine Weile.«

Mark und O'Malley schauten einander verwirrt an.

»O'Malley, Sie gehen zu Ihrem Auto zurück. Sie sagen kein Wort, nicht einmal zu Ihrem Kollegen. Sie haben Andrews nicht gesehen. Verstanden?«

»Ja, Sir.«

»Los, gehen Sie.«

»Mrs. McGregor, schicken Sie mir unseren Pressesprecher.«

Der Direktor schaute Mark an. »Ich habe begonnen, Sie zu vermissen.«

»Danke, Sir.«

»Danken Sie mir nicht, ich bin eben dabei, Sie wieder umzubringen.«

Es klopfte, und Bill Gunn trat ein. Er war der Inbegriff eines Public-Relation-Mannes, besser angezogen als irgendjemand sonst im Gebäude, mit einem breiten Lächeln und einem blonden Haarschopf, den er jeden zweiten Tag wusch. Als er eintrat, war sein Gesicht ungewöhnlich ernst.

»Haben Sie vom Tod eines Ihrer jungen Agenten gehört, Sir?«

»Ja, Bill. Geben Sie sofort eine Erklärung ab, dass ein Spezialagent heute Morgen getötet wurde und dass Sie um elf Uhr die Presse ausführlich informieren werden.«

»Die Zeitungsleute werden mich schon wesentlich früher belagern, Sir.«

»Lassen Sie sich belagern«, sagte der Direktor kurz.

»Ja, Sir.«

»Um elf Uhr werden Sie eine andere Erklärung abgeben und mitteilen, dass der Agent am Leben ist ...«

Bill Gunns Gesicht zeigte Erstaunen.

»... dass man sich geirrt habe und dass der tote Mann ein Garagenaufseher ist, der keinerlei Verbindung zum FBI hat.«

»Aber, Sir, unser Agent?«

»Sicherlich wollen Sie den Agenten kennen lernen, der angeblich tot ist. Bill Gunn – das ist Spezialagent Andrews. Jetzt kein Wort mehr, Bill. Dieser Mann ist für die nächsten drei Stunden tot, und wenn ich eine undichte Stelle finde, können Sie sich einen neuen Job suchen.«

Bill Gunn zeigte sich gebührend eingeschüchtert.

»Ja, Sir.«

»Rufen Sie mich an, sobald Sie die Erklärung an die Presse aufgesetzt haben, und lesen Sie mir den Text vor.«

»Ja, Sir.«

Bill Gunn verließ halb betäubt das Büro. Er war ein sanfter, fröhlicher Mensch, und er kannte sich überhaupt nicht aus, aber wie so viele andere vertraute er dem Direktor.

Der Direktor wusste, wie viele Menschen ihm vertrauten und wie viel er auf sich genommen hatte. Er schaute Mark an, der sich noch nicht von dem Schock erholt hatte, dass Simon an seiner Stelle gestorben war – der zweite Mann innerhalb von acht Tagen.

»Gut, Mark. Wir haben noch knapp zwei Stunden Zeit, also werden wir die Toten später betrauern. Haben Sie Ihrem gestrigen Bericht etwas hinzuzufügen?«

»Ja, Sir. Ich bin froh, am Leben zu sein.«

»Wenn Sie nach elf Uhr immer noch leben, junger Mann, haben Sie gute Aussichten, ein langes, erfreuliches Leben zu führen, glaube ich. Wir wissen immer noch nicht, ob es Dexter oder Harrison ist. Sie wissen, dass ich auf Dexter tippe.« Wieder schaute der Direktor auf seine Uhr – acht Uhr neunundzwanzig, noch siebenundneunzig Minuten. »Irgendwelche neue Ideen?«

»Sir, Elizabeth kann nichts damit zu tun haben. Dadurch, dass sie mich abholte, hat sie mir das Leben gerettet. Wenn sie mich tot sehen wollte, hätte sie das vermutlich nicht getan.«

»Das leuchtet mir ein«, sagte der Direktor, »aber es spricht ihren Vater nicht frei.«

»Bestimmt würde er nicht den Mann töten, der vielleicht seine Tochter heiraten wird«, sagte Mark.

»Mark, Sie sind sentimental. Ein Mann, der plant, einen Präsidenten zu ermorden, dem sind die Freunde seiner Tochter ziemlich egal.«

Das Telefon schrillte. Es war Bill Gunn.

»Gut, lesen Sie vor.« Der Direktor hörte genau zu. »In Ordnung. Geben Sie es sofort an den Rundfunk, Fernsehen und die Presse weiter. Die zweite Erklärung geben Sie um elf Uhr ab, nicht früher. Danke, Bill.« Der Direktor legte auf.

»Ich gratuliere Ihnen, Mark. Sie sind der einzige lebende Tote und werden wie Mark Twain Ihren eigenen Nachruf lesen können. Jetzt will ich Sie rasch informieren. Dreihundert Agenten bewachen das Kapitol und seine unmittelbare Umgebung. In dem Augenblick, in dem das Auto der Präsidentin ankommt, wird alles hermetisch abgeriegelt.«

»Sie lassen sie zum Kapitol fahren?« Mark war sprachlos.

»Hören Sie gut zu, Mark. Ab neun Uhr werde ich über jeden Schritt der beiden Senatoren informiert; je sechs Mann beschatten sie. Um neun Uhr fünfzehn verlassen wir selbst das Büro. Wenn es geschieht, werden wir dabei sein. Wenn ich schon die ganze Verantwortung trage, dann kann ich auch persönlich anwesend sein.«

»Ja, Sir.«

Die Sprechanlage summte.

»Es ist Mr. Sommerton. Er möchte Sie dringend sprechen, Sir.«

Der Direktor schaute auf die Uhr: acht Uhr fünfundvierzig. Sommerton war auf die Minute pünktlich, wie versprochen.

Der Spurensicherungsmann stürzte herein; er sah sehr selbstzufrieden aus und kam sofort zur Sache. »Einen der Abdrücke gibt es in der Verbrecherkartei, es ist ein Daumen. Der dazugehörige Name ist Matson – Ralph Matson.«

Sommerton zog eine Photographie von Matson, eine Phantomzeichnung und einen vergrößerten Daumenabdruck hervor.

»Und jetzt kommt etwas, das Ihnen nicht gefallen wird, Sir. Er ist ein ehemaliger FBI-Agent.« Er reichte dem Direktor Matsons Karteikarte, Mark schaute das Photo an. Es war der griechisch-orthodoxe Priester. Große Nase, breites Kinn.

»Er hat etwas Professionelles an sich«, sagten der Direktor und Mark wie aus einem Mund.

»Gute Arbeit, Sommerton. Machen Sie sofort dreihundert Abzüge von diesem Photo und übergeben Sie es dem stellvertretenden Direktor der Untersuchungssektion – und ich meine sofort.«

»Ja, Sir.« Der Fingerabdruck-Experte eilte davon. Er war mit sich zufrieden. Sie wollten seinen Daumen.

»Mrs. McGregor, verbinden Sie mich mit Mr. Rogers.«

Der stellvertretende Direktor meldete sich; der Direktor informierte ihn.

»Sollen wir ihn sofort verhaften?«

»Nein, Matt. Beobachten Sie ihn nur. Ihre Leute sollen sich nicht blicken lassen. Wenn er misstrauisch wird, kann er immer noch alles abblasen. Halten Sie mich auf dem Laufenden. Verhaften Sie ihn um zehn Uhr sechs. Wenn sich etwas ändern sollte, sage ich Ihnen sofort Bescheid.«

»Ja, Sir. Haben Sie den Secret Service informiert?«

»Ja.« Der Direktor legte auf.

Er schaute wieder auf die Uhr – neun Uhr fünf. Er drückte auf einen Knopf, und Elliot erschien. »Wo sind die beiden Senatoren?«

»Harrison ist immer noch in seinem Haus in Alexandria, Dexter hat Kensington verlassen und ist auf dem Weg zum Kapitol.«

»Sie bleiben hier im Büro, Elliot. Der stellvertretende Direktor und ich gehen hinaus. Wir bleiben in ständiger Funkverbindung mit Ihnen. Sie verlassen dieses Haus unter keinen Umständen, verstanden?«

»Ja, Sir.«

»Ich werde mein Walkie-Talkie auf Kanal vier benutzen. Gehen wir, Andrews. Mrs. McGregor, wenn mich jemand anruft, verbinden Sie ihn mit Spezialagent Elliot in meinem Büro. Er weiß, wo er mich finden kann.«

»Ja, Sir.«

Ein paar Minuten später gingen Mark und der Direktor über die Pennsylvania Avenue zum Kapitol. Mark setzte eine Sonnenbrille auf und schlug den Mantelkragen hoch. Sie begegneten einigen Spezialagenten; keiner von ihnen grüßte den Direktor.

Ecke Pennsylvania Avenue und Neunte Straße wanderten sie an dem Vorsitzenden vorüber, der eine Zigarette anzündete und auf die Uhr blickte: neun Uhr dreißig. Er trat an den Gehsteigrand und ließ einen kleinen Berg Zigarettenstummel zurück. Der Direktor warf einen flüchtigen Blick auf die Stummel; der Umweltverschmutzer sollte hundert Dollar Strafe zahlen, dachte er. Sie eilten weiter.

«Melden, Tony. Melden, Tony.«

»Hier Tony, Boss. Der Buick steht bereit, und ich hörte eben im Autoradio, dass der hübsche Andrews ins Gras gebissen hat.«

Der Vorsitzende lächelte.

»Melden, Xan.«

»Bereit. Erwarte Ihr Signal.«

»Melden, Matson.«

»Alles in Ordnung. Ziemlich viele Agenten auf der Straße.«

»Wenn die Präsidentin irgendwohin fährt, ist immer ein Rudel Secret-Service-Leute um sie herum. Rufen Sie mich nur, wenn es echte Probleme gibt. Bleibt alle drei auf Empfang. Wenn ich das nächste Mal rufe, werde ich nur die Vibratoren an euren Uhren aktivieren. Dann bleiben noch drei Minuten fünfundvierzig Sekunden, weil Kane im selben Moment an mir vorüberfährt. Verstanden?«

»Ja.«

»Ja.«

»Ja.«

Der Vorsitzende schaltete ab und zündete eine Zigarette an. Neun Uhr vierzig.

Der Direktor entdeckte Matthew Rogers in einem Einsatzwagen und ging rasch zu ihm. »Alles unter Kontrolle, Matt?«

»Ja, Sir. Sobald jemand was versuchen sollte, wird sich im Umkreis von einem Kilometer niemand rühren können.«

»Gut, wie spät haben Sie?«

»Neun Uhr fünfundvierzig.«

»Okay! Sie überwachen die Aktion von hier aus, ich gehe zum Kapitol.«

Halt und Mark wandten sich ab und gingen weiter.

»Hier Elliot. Direktor bitte melden.«

»Sprechen Sie, Elliot.«

»Unsere Leute haben Matson an der Kreuzung von Maryland Avenue und First Street bei der Garfieldstatue entdeckt. Südwestecke des Kapitolparks, in der Nähe der Baustelle an der Westfront.«

»Gut. Beobachten und den Platz von fünfzig Leuten umstellen lassen. Noch nicht verhaften. Informieren Sie Mr. Rogers und sagen Sie ihm, dass Matson seine Leute nicht sehen darf.«

»Ja, Sir.«

»Was, zum Teufel, macht er auf dieser Seite des Kapitols?«, fragte Mark nachdenklich. »Von der Nordwestseite kann man niemanden auf den Stufen des Kapitols erschießen, außer man sitzt in einem Hubschrauber.«

»Ja, es ist merkwürdig«, pflichtete ihm der Direktor bei.

Sie erreichten den Polizeikordon, der das Kapitol sicherte. Der Direktor zeigte seinen Ausweis, um mit Andrews passieren zu können. Der junge Polizist prüfte den Ausweis zweimal. Er konnte es einfach nicht fassen, vor ihm stand höchstpersönlich – ja, es war der berühmte Direktor des FBI, H. A. L. Tyson.

»Entschuldigen Sie, Sir. Bitte gehen Sie durch.«

»Elliot ruft den Direktor.«

»Ja, Elliot?«

»Der Leiter des Secret Service möchte Sie sprechen, Sir.«

»Ja, Stuart.«

»Die Vorhut fährt soeben durch das vordere Tor. Julius wird in fünf Minuten folgen.«

»Danke, Stuart. Halten Sie die Ohren steif.«

»Keine Sorge, Halt.«

Fünf Minuten später passierte der Wagen der Präsidentin die Südeinfahrt und bog nach links in die E-Street. Die Vorhut fuhr an der Ecke Pennsylvania Avenue – Neunte Straße am Vorsitzenden vorbei. Er lächelte, zündete eine Zigarette an und wartete. Fünf Minuten später glitt ein großer Lincoln mit Flaggen auf beiden Kotflügeln und dem Wappen des Präsidenten an den Türen an ihm vorüber. Durch die grau getönten Fensterscheiben konnte er auf den Rücksitzen drei Personen sehen. Eine Limousine mit Agenten des Secret Service und dem Leibarzt der Präsidentin, der *Gun Car* folgte knapp dahinter. Der Vorsitzende drückte auf einen Knopf an seiner Uhr. Der Vibrator summte und kitzelte an seinem Handgelenk. Nach zehn Sekunden stoppte er das Ding, ging weiter und hielt ein Taxi auf.

Der Vibrator an Matsons Uhr bebte auf der Haut. Nach zehn Sekunden hörte er auf. Matson ging zu der Baustelle, bückte sich und knüpfte sein Schuhband fester.

Xan nahm den Klebestreifen ab. Nachdem er die ganze Nacht in zusammengekrümmter Stellung verbracht hatte, war er froh, sich bewegen zu können. Er verschraubte den Lauf mit der Zielvorrichtung.

»Rogers an Direktor. Matson nähert sich der Baustelle. Jetzt bleibt er stehen, um die Schnürsenkel zu binden. Sonst ist niemand an der Baustelle, aber ich lasse das noch von einem Hubschrauber überprüfen. Ein riesiger verlassener Kran steht da.«

»Gut. Warten Sie bis zur letzten Minute. Wir müssen unsere Aktionen genau abstimmen, sobald das Auto der Präsidentin ankommt. Sie müssen die Verbrecher in flagranti erwischen. Alarmieren Sie sofort die Agenten auf dem Dach des Kapitols.«

Der Direktor wandte sich an Mark. Er wirkte jetzt gelöst. »Ich glaube, es wird klappen.«

Marks Blick ruhte auf der Treppe des Kapitols. »Haben Sie bemerkt, dass sowohl Senator Dexter als auch Senator Harrison zum Empfangskomitee der Präsidentin gehören?«

»Ja«, sagte der Direktor. »Das Auto muss in zwei Minuten hier sein. Selbst wenn wir nicht herausbekommen, welcher Senator es ist, werden wir die anderen Verschwörer fassen. Mit der Zeit werden wir sie zum Reden bringen. Einen Moment – da fällt mir etwas Merkwürdiges ein.«

Der Direktor nahm ein paar engbeschriebene Bogen aus der Tasche und überflog sie.

»Ja, es ist so, wie ich dachte. Das Programm besagt, dass Dexter zwar bei der Ansprache anwesend sei, aber am Lunch mit der Präsidentin nicht teilnehmen wird. Sehr merkwürdig. Sicherlich wurden alle wichtigen Führer der Opposition eingeladen.«

»Das ist nicht merkwürdig, Sir. Donnerstag mittag isst Dexter immer zusammen mit seiner Tochter. Großer Gott. Donnerstag mittag esse ich immer mit meinem Vater.«

»Schon gut, Mark, ich habe Sie beim ersten Mal verstanden.«

»Nein, Sir. Am Donnerstag esse ich immer mit meinem Vater!«

»Mark, in einer Minute kommt das Auto der Präsidentin.«

»Es ist Harrison, Sir. Es ist Harrison! Ich bin ein Esel – Donnerstag, 24. Februar, in Georgetown. Ich dachte immer nur an den 24. Februar, nicht an den Donnerstag. Dexter ging mit Elizabeth Mittag essen. ›Donnerstag Mittag esse ich immer mit meinem Vater.‹ Deshalb wurde er an diesem Tag in Georgetown gesehen. Es muss so sein. Die beiden halten diese Donnerstagsverabredungen immer ein.«

»Sind Sie sicher, ganz sicher? Es hängt jetzt eine Menge davon ab!«

»Es ist Harrison, Sir. Dexter kann es nicht sein. Ich hätte es bereits am ersten Tag wissen müssen. Mein Gott, bin ich dumm.«

»Gut, Mark. Rasch auf die Stufen. Beobachten Sie jede von Harrisons Bewegungen, und halten Sie sich bereit, ihn zu verhaften, was immer die Folgen sein mögen.«

»Ja, Sir.«

»Rogers.«

Der stellvertretende Direktor meldete sich. »Sir?«

»Das Auto der Präsidentin fährt eben vor. Verhaften Sie sofort Matson. Kontrollieren Sie das Dach des Kapitols.« Der Direktor starrte zum Himmel. »Oh, mein Gott, es ist kein Hubschrauber! Es ist dieser verdammte Kran.«

Xan legte den Kolben des gelben Gewehres an die Schulter und beobachtete das Auto der Präsidentin. Am Ende des Gewehrlaufes hatte er an einem Faden eine Feder befestigt; das war ein Trick, den er beim Training für die Olympischen Spiele gelernt hatte – es war windstill. Die Stunden des Wartens gingen zu Ende. Auf der Treppe des

Kapitols stand Senator Harrison. Durch das Redfield-Zielfernrohr konnte Xan die Schweißperlen auf der Stirn des Politikers sehen.

Der Wagen der Präsidentin hielt an der Nordseite des Kapitols. Alles lief ab wie geplant. Xan visierte den Wagenschlag an und wartete auf Kane. Zwei Männer vom Secret Service stiegen aus, spähten in die Menge und warteten auf den dritten Insassen. Nichts geschah, Xan blickte auf Harrison, der ängstlich und verwirrt aussah. Zurück zum Auto. Immer noch keine Kane. Wo, zum Teufel, war sie? Was war los? Er prüfte die Feder. Immer noch kein Wind. Er richtete das Zielfernrohr auf das Auto der Präsidentin. Guter Gott, der Kran bewegte sich und Kane saß nicht im Auto. Matson hatte Recht gehabt, sie wussten alles. Xan musste sich jetzt auf den Plan für den Notfall konzentrieren: Nur ein Mann konnte sie verraten, und er würde es auch sicherlich tun. Er richtete die Waffe auf die Treppe des Kapitols. Dreieinhalb Zentimeter über der Stirn. Er zögerte kurz, drückte einmal ab – ein zweites Mal, doch beim zweiten Schuss konnte er nicht genau zielen, und eine Sekunde später verschwand die Treppe des Kapitols aus seinem Blickfeld. Er schaute von dem schwankenden Kran hinunter. Der Kran war von fünfzig Männern in dunklen Anzügen umstellt, fünfzig Revolvermündungen waren auf ihn gerichtet.

Mark stand etwa einen Meter von Senator Harrison entfernt, als er einen Aufschrei hörte und den Senator zu Boden stürzen sah. Mark warf sich über ihn, und die zweite Kugel streifte seine Schulter. Unter den Senatoren und Beamten auf den oberen Stufen brach Panik aus. Das Empfangskomitee drängte ins Gebäude. Dreißig FBI-Leute eilten herbei. Der Direktor war der Einzige auf der Treppe des Kapitols, der zurückblieb. Er stand bewegungslos da und starrte den Kran an.

»Darf ich fragen, wo wir hinfahren, Stuart?«

»Ja, Madam President. Zum Kapitol.«

»Aber das ist nicht die normale Route zum Kapitol.«

»Nein, Madam. Wir fahren über die Constitution Avenue zum Russell Building. Vor dem Kapitol gab es einen kleinen Zwischenfall. Irgendeine Demonstration der *National-Rifle-Association.*«

»Und ich gehe ihr aus dem Weg wie ein Feigling?«

»Nein, Madam, wir bringen Sie durch den Kellertunnel hinein. Es ist sicherer für Sie und auch bequemer.«

»Das heißt, dass ich mit dieser verdammten U-Bahn fahren muss. Selbst als Senator bin ich lieber außen herum zu Fuß gegangen.«

»Es ist alles vorbereitet, Madam. Sie werden zeitgerecht im Kapitol eintreffen.«

Die Präsidentin murrte und schaute aus dem Fenster, als eine Ambulanz in entgegengesetzter Richtung vorbeiraste.

Senator Harrison starb, bevor er das Hospital erreichte, und Marks Wunde wurde von einem Dienst habenden Arzt versorgt. Mark schaute auf die Uhr und lachte. Vier Minuten nach elf. Er würde leben.

»Ein Gespräch für Sie, Mr. Andrews.«

»Mark.«

»Ja, Sir.«

»Ich höre, dass es Ihnen gut geht. Fein. Leider hat sich der Senat im Hinblick auf Harrisons Tod vertagt. Die Präsidentin ist erschüttert, meint jedoch, dass dies genau der richtige Moment ist, um auf die Wichtigkeit des Waffenkontrollgesetzes hinzuweisen. Wir gehen alle zu einem verfrühten Mittagessen. Tut mir Leid, dass Sie nicht dabei sein können. Wir haben drei von ihnen erwischt – Matson, einen vietnamesischen Scharfschützen und einen kleinen Gauner namens Tony Loraido. Vielleicht gibt es noch mehr, ich halte Sie jedenfalls auf dem Laufenden. Danke, Mark.«

Das Telefon klickte, bevor Mark antworten konnte.

# 18

*Donnerstag, 10. März* *19 Uhr*

Mark kam um sieben Uhr abends nach Georgetown. Am Nachmittag hatte er Simons trauernde und verstörte Eltern besucht und ihnen sein Beileid ausgesprochen. Sie hatten noch fünf Kinder, aber das konnte sie nicht trösten. Ihr Schmerz weckte in Mark Sehnsucht nach der Wärme der Lebenden.

Elizabeth trug die rote Seidenbluse und den schwarzen Rock, die sie bei ihrer ersten Begegnung angehabt hatte. Sie begrüßte ihn mit einem Wortschwall.

»Ich verstehe nicht, was vorgeht. Vorhin rief mich mein Vater an und sagte, du hättest versucht, Senator Harrisons Leben zu retten. Was hast du dort überhaupt gemacht? Mein Vater ist sehr bestürzt wegen des Attentats. Warum hast du ihn eigentlich beschattet? War er in Gefahr?«

Mark schaute ihr in die Augen. »Nein, er hatte überhaupt nichts damit zu tun. Lass uns aufbrechen und alles von vorne anfangen.«

Sie kannte sich überhaupt nicht aus.

Als sie im *Rive Gauche* ankamen, wurden sie vom Oberkellner mit offenen Armen empfangen.

»Guten Abend, Mr. Andrews, ich freue mich, Sie wieder

zu sehen. – Leider erinnere ich mich nicht, ob Sie einen Tisch reserviert haben.«

»Nein, ich habe einen Tisch bestellt – Dr. Dexter«, sagte Elizabeth.

»O ja, Frau Doktor, natürlich. Wollen Sie mir bitte folgen?«

Sie aßen gebackene Muscheln und danach ein Steak, ohne irgendwelche ausgefallenen Beilagen, und tranken zwei Flaschen Wein, und auf dem Heimweg sang Mark beinahe die ganze Zeit.

Als sie ankamen, nahm er sie energisch bei der Hand und führte sie in das verdunkelte Wohnzimmer.

»Jetzt werde ich dich verführen. Kein Kaffee, kein Brandy, keine Musik. Nur direkte und unkomplizierte Verführung.«

»Es wird mir ein Vergnügen sein.«

Sie fielen auf die Couch.

»Du hast zu viel getrunken.«

»Wart ab.« Er küsste sie lang auf die Lippen und öffnete die Knöpfe ihrer Bluse.

»Willst du bestimmt keinen Kaffee?«, fragte sie.

»Bestimmt nicht.« Langsam zog er ihr die Bluse aus dem Rock, strich über ihren Rücken, berührte ihre Beine.

Sie lachte. »Wie wäre es mit Musik? Etwas Besonderes?« Sie drückte einen Knopf an der Stereoanlage. Es war wieder Sinatra, aber diesmal ein passender Song:

*Is it an earthquake or simply a shock*
*Is it the real turtle soup or merely the mock,*
*Is it the cocktail, this feeling of joy,*
*Or is what I feel – the real McCoy?*

*Is it for all time or simply a lark*
*Is it Granada I see or only Asbury Park,*
*Is it a fancy not worth thinking of,*
*Or is it at … long … last … love?*

Sie schmiegte sich wieder in Marks Arme.

Er öffnete den Reißverschluss ihres Rockes.

Ihre Beine waren schlank und schön in dem gedämpften Licht. Er streichelte sie sehr zärtlich.

»Wirst du mir die Wahrheit über heute sagen, Mark?«

»Nachher, Liebling.«

»Wenn du mich vernascht hast.«

Er zog sein Hemd aus. Elizabeth starrte den Verband an seiner Schulter an.

»Bist du in Ausübung deines Dienstes verwundet worden?«

»Nein, meine letzte Geliebte hat mich gebissen.«

»Sie hatte offensichtlich mehr Zeit als ich.«

Sie schmiegten sich eng aneinander.

Er hob den Telefonhörer vom Apparat. Nicht heute Nacht, Julius.

»Ich bekomme keine Verbindung, Sir«, sagte Elliot. »Nur das ›Besetzt‹-Zeichen.«

»Versuchen Sie es nochmals. Ich bin sicher, dass er dort ist.«

»Soll ich die Vermittlung verlangen?«

»Ja, ja«, antwortete der Direktor ungeduldig.

Der Direktor wartete, trommelte mit den Fingern auf den Queen-Anne-Schreibtisch, sah die Blutflecken und fragte sich, wie sie dorthin gekommen waren.

»Die Vermittlung sagt, dass der Hörer abgehoben ist. Soll

ich sie bitten, ein Signal durchzugeben? Das wird ihn bestimmt aufmerksam machen.«

»Nein, Elliot. Lassen Sie es, und gehen Sie nach Hause. Ich rufe ihn morgen an.«

»Ja, Sir. Gute Nacht, Sir.«

Er muss versetzt werden – zurück nach Idaho oder wo immer er herkommt, dachte der Direktor, während er das Licht ausmachte und das Büro verließ.

# 19

*Freitag, 11. März* *7 Uhr*

Mark erwachte als Erster, vielleicht, weil er in einem fremden Bett lag. Er drehte sich um und schaute Elizabeth an. Sie schminkte sich nicht und war jetzt am Morgen genauso schön wie abends, wenn sie ihm beim Essen gegenübersaß. Das dunkle Haar fiel ihr in den Nacken, und Mark streichelte die weichen Strähnen. Sie bewegte sich, drehte sich um und küsste ihn.

»Geh dir die Zähne putzen.«

»Was für eine romantische Art, den Tag zu beginnen.«

»Wenn du zurückkommst, werde ich wach sein.« Sie brummte ein wenig und streckte sich.

Mark nahm die Zahnpastatube – das würde er ändern, er bevorzugte eine andere Marke – und überlegte, in welchem Teil des Badezimmers er seine Sachen unterbringen würde. Als er zurückkam, sah er, dass der Telefonhörer noch immer neben dem Apparat lag. Er schaute auf die Uhr – sieben Uhr fünf. Er kletterte ins Bett zurück. Elizabeth stand auf.

»Bin gleich wieder da«, sagte sie. Im Kino war das ganz anders, fand Mark.

Sie kam zurück und legte sich zu ihm. Nach einer Weile

sagte sie: »Dein Kinn kratzt mich. Du bist nicht so gut rasiert wie beim ersten Mal.«

»Für jenen Abend hatte ich mich sehr sorgfältig rasiert«, sagte Mark. »Komisch, ich war selten einer Sache so sicher. Aber es lief nicht ganz so, wie ich es geplant hatte.«

»Was hattest du geplant?«

Er sagte es laut. »Im Kino ist es immer ganz anders. Weißt du übrigens, was der Franzose erklärte, als man ihn anklagte, eine tote Frau vergewaltigt zu haben?«

»Nein.«

»Ich hab nicht gemerkt, dass sie tot ist; ich dachte, sie wäre Engländerin.«

Nachdem Elizabeth bewiesen hatte, dass sie eine Vollblutamerikanerin war, fragte sie Mark, was er zum Frühstück haben wolle.

Mark sagte es ihr und verschwand im Badezimmer. Er drehte die Dusche auf und regulierte die Temperatur.

»Traurig, ich dachte, wir würden ein gemeinsames Bad nehmen«, sagte Elizabeth.

»Ich bade nie mit Hausangestellten. Ruf mich, sobald das Frühstück fertig ist«, rief Mark aus der Duschkabine und sang »At Long Last Love« in den verschiedensten Tonarten.

Ein schlanker Arm erschien unter der Dusche und drehte das heiße Wasser ab. Das Singen hörte abrupt auf, doch Elizabeth war schon wieder weg.

Mark zog sich rasch an und legte den Telefonhörer zurück auf die Gabel. Kurz darauf klingelte es. Elizabeth erschien, nur mit einem winzigen Höschen bekleidet.

Mark wollte ins Bett zurück.

Sie griff zum Telefon. »Guten Morgen. Ja, er ist hier. Es ist für dich. Vermutlich eine eifersüchtige Geliebte.«

Sie zog ein Kleid an und kehrte in die Küche zurück.

»Hier Mark Andrews.«

»Guten Morgen, Mark.«

»Oh, guten Morgen, Sir.«

»Ich versuche Sie seit gestern Abend um acht zu erreichen.«

»Ach wirklich. Ich dachte, ich hätte Urlaub. Sie können im Personalbuch im Field Office nachprüfen, dass ich mich abgemeldet habe.«

»Ja, Mark. Aber Sie werden Ihren Urlaub unterbrechen müssen. Die Präsidentin möchte Sie sehen.«

»Die Präsidentin?«

»Der Vereinigten Staaten.«

»Warum sollte sie mich sehen wollen, Sir?«

»Gestern habe ich Sie für tot erklärt, aber heute habe ich Sie zum Helden gemacht. Die Präsidentin möchte Ihnen persönlich gratulieren, weil Sie versucht haben, Senator Harrison zu retten.«

»Wie bitte?«

»Lesen Sie die Morgenzeitungen. Sagen Sie vorläufig nichts; ich werde Ihnen später alles erklären.«

»Wohin soll ich kommen und wann, Sir?«

»Das werden Sie noch erfahren.« Der Direktor legte auf. Mark legte ebenfalls den Hörer auf und dachte über das Gespräch nach. Eben wollte er Elizabeth fragen, ob die Morgenzeitung schon da sei, als das Telefon wieder schrillte.

»Bitte geh zum Telefon, Mark, Lieber. Jetzt, da deine Geliebten wissen, dass du hier bist, ist es bestimmt für dich.«

Mark hob ab.

»Mr. Andrews?«

»Am Apparat.«

»Bitte warten Sie einen Augenblick. Die Präsidentin möchte mit Ihnen sprechen.«

»Guten Morgen. Hier Florentyna Kane. Ich wüsste gern, ob Sie Zeit haben, heute gegen zehn Uhr im Weißen Haus vorbeizukommen. Ich möchte Sie kennen lernen und mit Ihnen plaudern.«

»Das ist eine große Ehre für mich, Madam.«

»Ich freue mich, Sie kennen zu lernen und Ihnen persönlich gratulieren zu können, Mr. Andrews. Miss Brown wird Sie am Westeingang erwarten.«

»Danke, Madam.«

Die legendären Anrufe, über die die Presse so oft berichtete. Der Direktor wollte sich nur vergewissern, wo er war. Hatte die Präsidentin seit gestern Abend um acht versucht, ihn zu erreichen?

»Wer war es, Liebling?«

»Die Präsidentin der Vereinigten Staaten.«

»Sag ihr, dass du zurückrufst, sie führt am liebsten R-Gespräche.«

»Nein, ich meine es im Ernst.«

»Ja, mein Schatz.«

»Sie will mich sehen.«

»Bei sich oder bei dir zu Hause?«

Mark ging in die Küche und machte sich über die Cornflakes her. Elizabeth kam herein und schwenkte die *Post.*

»Schau«, sagte sie. »Es ist amtlich. Du bist kein Bösewicht, du bist ein Held.«

Die Schlagzeile lautete: JUNGER FBI-AGENT VERSUCHT DAS LEBEN VON SENATOR HARRISON ZU RETTEN!

»Es war die Präsidentin, nicht wahr?«, fragte sie.

»Ja.«

»Warum hast du es mir nicht gesagt?«

»Ich habe es dir gesagt. Aber du hast nicht zugehört.«

»Entschuldige«, sagte Elizabeth.

»Ich liebe dich.«

»Ich liebe dich auch, aber jede Woche wollen wir so etwas nicht durchmachen.«

Mark löffelte seine Cornflakes, während sie weiterlas.

»Warum wollte jemand Senator Harrison umbringen, Mark?«

»Ich weiß es nicht. Was sagt die *Post* dazu?«

»Sie wissen noch kein Motiv. Sie sagen, es sei bekannt, dass er hier und im Ausland viele Feinde hatte.« Sie las laut vor:

»Senator Robert Harrison von South Carolina wurde gestern von einem Attentäter um zehn Uhr sechs auf der Treppe des Kapitols erschossen. Der Mord geschah, wenige Sekunden bevor die Präsidentin eintreffen und eine letzte Rede über das Gesetz zur Waffenkontrolle halten sollte; die Abstimmung über diese Vorlage war für den Nachmittag angesetzt. Der Secret Service, der offenbar eine Demonstration vor dem Kapitol erwartete, dirigierte das Auto der Präsidentin zum Russell Senate Office Building um.

Senator Harrison erlitt einen Kopfschuss und war bei der Ankunft im Woodrow-Wilson-Hospital bereits tot. Eine zweite Kugel streifte die Schulter eines jungen FBI-Agenten, Mark Andrews, 28, der sich über den Senator warf, um ihn zu schützen. Andrews konnte wenig später in häusliche Pflege entlassen werden.

Es gibt noch keine Erklärung für die Tatsache, dass Minuten vor dem Mordanschlag eine zweite Autokolonne ohne Präsidentin vor dem Kapitol eintraf.

In Anbetracht der Ereignisse ordnete Vizepräsident Bradley eine sofortige Vertagung des Senats an. Auch im

Repräsentantenhaus wurde eine Unterbrechung von sieben Tagen einstimmig beschlossen.

Die Präsidentin, die das Kapitol mit dem unterirdischen Zubringer erreichte, hörte von Harrisons Ermordung, als sie den Senat betrat. Sichtlich erschüttert erklärte sie, dass das Mittagessen mit der Debatte über die Waffenkontrolle wie geplant stattfinden würde, bat aber die versammelten Senatoren im Gedenken an ihren toten Kollegen um eine Schweigeminute.

Die Präsidentin fuhr fort: ›Ich weiß, wir alle sind betroffen und entsetzt über das schreckliche und tragische Ereignis. Der sinnlose Mord an einem anständigen, tüchtigen Menschen muss uns in unserer Entschlossenheit bestärken, zusammenzuarbeiten, um den unkontrollierten Verkauf von Waffen in unserem Land zu unterbinden.‹ Die Präsidentin wird heute Abend um neun Uhr zum amerikanischen Volk sprechen.«

»Jetzt weißt du alles, Liz.«

»Ich weiß gar nichts.«

»Ich selbst wusste davon auch nicht viel«, musste Mark zugeben.

»Das Leben mit dir wird nicht einfach werden.«

»Wer sagt, dass ich mit dir leben werde?«

»Da du so selbstverständlich meine Cornflakes isst, nahm ich es als sicher an.«

Im Fontainbleau-Hotel saß ein Mann neben dem Schwimmbecken, las den *Miami Herald* und trank Kaffee. Wenigstens war Senator Harrison tot, das gab ihm ein besseres Gefühl. Xan hatte die Vereinbarung eingehalten.

Er nippte am Kaffee; noch zu heiß. Es machte nichts, er

war nicht in Eile. Die neuen Befehle waren bereits übermittelt; er durfte nichts mehr riskieren. Heute Abend würde Xan tot sein; dafür war vorgesorgt worden. Wie ihm sein Anwalt, der ihn noch nie enttäuscht hatte, versicherte, würden Matson und Tony wegen mangelnder Beweise freigelassen werden. Er selbst würde Washington in der nächsten Zeit nicht besuchen. Er entspannte sich und lehnte sich in den Strandsessel zurück, um sich von der Sonne von Florida bräunen zu lassen.

Er zündete eine Zigarette an.

Janet Brown, die Pressesprecherin der Präsidentin, empfing den Direktor um neun Uhr fünfundvierzig vor dem Weißen Haus. Sie warteten und plauderten. Der Direktor teilte ihr die Personalien von Spezialagent Andrews mit. Miss Brown machte sich genaue Notizen.

Mark kam kurz vor zehn. Er hatte gerade noch Zeit gehabt, nach Hause zu fahren und sich umzuziehen.

»Guten Morgen, Direktor«, sagte er lässig.

»Guten Morgen, Mark. Ich bin froh, dass Sie kommen konnten.« Es klang ein wenig spöttisch, aber nicht missbilligend, »Das ist Miss Janet Brown, die Pressesprecherin der Präsidentin.«

»Guten Morgen Ma'am«, sagte Mark.

»Würden Sie so freundlich sein, in mein Büro zu kommen«, sagte Janet Brown. »Dort werden wir warten. Die Ansprache der Präsidentin, die heute Abend vom Fernsehen ausgestrahlt wird, wird soeben aufgezeichnet, damit die Präsidentin um elf Uhr fünfzehn nach Camp David fliegen kann. Ich nehme an, dass Sie und der Direktor etwa fünfzehn Minuten bei ihr sein werden.«

Janet Brown führte sie in ihr Büro, ein großes Zimmer

im Westflügel. Durch ein breites Bogenfenster hatte man eine schöne Aussicht auf den Rosengarten.

»Ich werde Kaffee für uns bestellen«, sagte sie.

»Das ist aber eine Abwechslung«, murmelte Mark.

»Wie bitte?«, fragte Miss Brown.

»Nichts.«

Der Direktor und Mark ließen sich in bequeme Sessel fallen, von denen aus sie auf einem großen Monitor das Kommen und Gehen im Oval Office beobachten konnten.

Die Präsidentin wurde für ihre Ansprache zurechtgemacht, ihre Nase wurde gepudert. Rund um sie arbeiteten Kameraleute, Janet Brown telefonierte.

»CBS und NBC sind fertig, Janet, aber ABC bespricht noch etwas mit dem Übertragungsteam«, sagte eine aufgeregte Frau. Janet Brown rief über eine zweite Leitung den Produktionsleiter von ABC an.

»Beeil dich, Harry, die Präsidentin kann nicht den ganzen Tag warten.«

»Janet.«

Florentyna Kane füllte den Schirm aus.

Janet blickte auf. »Ja, Madam President?«

»Wo bleibt ABC?«

»Ich treibe sie eben zur Eile an, Madam President.«

»Antreiben? Sie hatten vier Stunden Zeit, und jetzt fehlt eine Kamera.«

»Ja, Madam. Sie ist schon unterwegs.«

Harry Nathan, der Produktionsleiter von ABC, erschien auf dem Bildschirm. »Wir sind bereit, Madam. In fünf Minuten können wir aufnehmen.«

»Gut«, sagte Florentyna Kane und schaute auf ihre Uhr. Es war zehn Uhr elf. Die Ziffern wechselten – jetzt zeigte die Uhr ihren Herzschlag – 72, also normal. Abermals sprangen die Ziffern, die Blutdruckwerte wurden angezeigt: 140/90, ein wenig hoch. Sie würde den Blutdruck am Wochenende von ihrem Leibarzt kontrollieren lassen. Florentyna Kane drückte einen Knopf, und die Uhr zeigte den Dow-Jones-Index: er war um 1,5 auf 1290 gefallen. Die Ziffern verschwanden, und die Uhr zeigte wieder zehn Uhr zwölf. Ein letztes Mal probte die Präsidentin die ersten Sätze ihrer Rede. Heute morgen hatte sie die Ansprache mit Edward nochmals gelesen, und sie war damit zufrieden.

»Mark.«

»Ja, Sir.«

»Ich möchte, dass Sie sich heute Nachmittag im Field Office bei Grant Nanna melden.«

»Ja, Sir.«

»Dann werden Sie Urlaub nehmen. Ich meine, einen richtigen Urlaub. Irgendwann im Mai. Mr. Elliot verlässt mich Ende Mai, um das Columbus Field Office zu übernehmen. Ich möchte Ihnen seinen Job anbieten und die Stellung ausbauen, sodass Sie mein persönlicher Berater sein werden.«

Mark war sprachlos. »Vielen Dank, Sir.« Sein Fünfjahresplan war im Eimer.

»Haben Sie etwas gesagt, Mark?«

»Nein, Sir.«

»Etwas Privates, Mark. Hören Sie auf, mich ›Sir‹ zu nennen, wenn wir zusammenarbeiten. Das halte ich nicht aus. Sie können mich Halt oder Horatio nennen – das ist mir egal.«

Mark konnte ein Lachen nicht unterdrücken.

»Finden Sie meinen Namen komisch, Mark?«

»Nein, Sir. Aber ich habe soeben 3.516 Dollar gewonnen.«

»Sprechprobe: eins, zwei, drei. Laut und klar. Würden Sie uns eine Stimmprobe geben, Madam President?«, fragte die Produktionsleiterin, jetzt etwas weniger aufgeregt. »Was haben Sie heute zum Frühstück gehabt?«

»Toast und Kaffee«, sagte die Präsidentin laut und deutlich.

»Danke, Madam. Alles bestens, fertig.«

Sämtliche Kameras richteten sich auf die Präsidentin, die mit ernster Miene hinter ihrem Schreibtisch saß.

»Wenn Sie bereit sind, Madam President, können wir anfangen.«

Die Präsidentin blickte in das Objektiv von Kamera eins.

»Liebe Mitbürger! Nach der Ermordung von Senator Harrison auf der Treppe des Kapitols spreche ich heute Abend aus dem Oval Office zu Ihnen. Robert Everard Harrison war mein Freund und Kollege, und ich weiß, wie sehr wir ihn alle vermissen werden. Unser Mitgefühl gehört seiner schmerzgebeugten Familie. Diese hinterhältige Tat bestärkt mich nur in meinem Entschluss, zu Beginn der neuen Legislaturperiode ein Gesetz durchzubringen, das den Verkauf und den Besitz von Feuerwaffen streng limitiert. Ich werde dies im Gedenken an Senator Robert Harrison tun, sodass er nicht umsonst gestorben ist.«

Der Direktor schaute Mark an; keiner von ihnen sagte ein Wort.

Die Präsidentin erklärte die Bedeutung der Waffenkontrolle und warum die Maßnahme die Unterstützung des amerikanischen Volkes verdiente.

»Und so verabschiede ich mich von Ihnen, meine Mitbürger, und danke Gott, dass Amerika noch Menschen hervorbringt, die bereit sind, ihr Leben aufs Spiel zu setzen, um dem Staat zu dienen. Danke und gute Nacht.«

Die Kamera schwenkte auf das Wappen der Präsidentin. Dann übernahmen die Außenkameras und zeigten die Frontansicht des Weißen Hauses mit der auf halbmast gesetzten Flagge.

»Okay, Harry, pack alles ein«, sagte die Produktionsleiterin. »Lassen wir es nochmals durchlaufen.«

Die Präsidentin im Oval Office und der Direktor und Mark in Janet Browns Büro schauten sich die Wiederholung an. Sie war sehr gut. Das Waffengesetz wird ohne Schwierigkeiten durchgehen, dachte Mark.

Ein Protokollbeamter erschien in der Tür. Er wandte sich an den Direktor. »Die Präsidentin lässt fragen, ob Sie und Mr. Andrews die Freundlichkeit hätten, ins Oval Office zu kommen.«

Sie erhoben sich und folgten ihm schweigend durch den langen Marmorkorridor des Westflügels, vorbei an Bildern ehemaliger Präsidenten und anderen Bildern, die wichtige Ereignisse der amerikanischen Geschichte zeigten. Vorbei an der Bronzebüste von Lincoln. Als sie den Vorraum zum Oval Office im Ostflügel erreichten, blieben sie vor den schweren, weißen halbrunden Türen mit dem großen Präsidentenwappen stehen. Hinter einem Schreibtisch saß ein Secret-Service-Mann. Er schaute den Protokollbeamten wortlos an. Mark sah, wie der Secret-Service-Agent unter den Tisch griff. Es klickte. Das Wappen teilte sich, als sich die Türen öffneten. Der Beamte blieb am Eingang stehen.

Jemand löste ein winziges Mikrofon vom Kragen der Präsidentin. Ein aufmerksames Mädchen entfernte die letzten Puderreste von ihrem Gesicht. Die Fernsehkameras waren bereits abgebaut. Der Protokollbeamte meldete:

»Der Direktor des Federal Bureau of Investigations, Mr. H. A. L. Tyson, und Spezialagent Mark Andrews, Madam President.«

Die Präsidentin erhob sich aus ihrem Sessel und wartete, um sie zu begrüßen. Langsam gingen sie auf sie zu.

»Mark«, flüsterte der Direktor.

»Ja, Sir?«

»Wollen wir es der Präsidentin sagen?«

**»Nichts für schwache Nerven! Man wünscht sich mehr solche Thriller.«** THE TIMES

Dr. Jack Hunt zieht mit seiner Familie von Dublin nach Chicago, um dort an einer angesehenen Klinik seinen Durchbruch in der Herzforschung zu erzielen. Als sein Chef im Büro erschossen wird, wird Jack kurzerhand in dessen Position befördert. Eigentlich erfüllt sich damit ein lang gehegter Traum – der jedoch bald zum Albtraum wird, denn Jack entdeckt, dass er der schrecklichen Korruptionsmaschinerie der Pharmaindustrie hilflos ausgeliefert ist. Der Versuch, sich dem zu entziehen, hat fatale Folgen ...

ISBN 3-404-14898-3

BASTEI
LÜBBE

Ein Kernforscher wird in seinem Schweizer Labor ermordet aufgefunden. Auf seiner Brust finden sich merkwürdige Symbole eingraviert, Symbole, die nur der Harvardprofessor Robert Langdon zu entziffern vermag. Was er dabei entdeckt, erschreckt ihn zutiefst: Die Symbole gehören zu der legendären Geheimgesellschaft der „Illuminati“. Diese Gemeinschaft scheint wieder zum Leben erweckt zu sein, und sie verfolgt einen finsteren Plan, denn aus dem Labor des ermordeten Kernforschers wurde Antimaterie entwendet ...

ISBN 3-404-14866-5

BASTEI
LÜBBE